प्रतिनिधि कहानियाँ

मृदुला गर्ग

सम्पादक
दिनेश द्विवेदी

राजकमल पेपरबैक्स

राजकमल पेपरबैक्स में
पहला संस्करण : 2013
पाँचवाँ संस्करण : 2023

राजकमल पेपरबैक्स : उत्कृष्ट साहित्य के जनसुलभ संस्करण

राजकमल प्रकाशन प्रा.लि.
1-बी, नेताजी सुभाष मार्ग, दरियागंज
नई दिल्ली-110 002
द्वारा प्रकाशित

शाखाएँ : अशोक राजपथ, साइंस कॉलेज के सामने, पटना-800 006
पहली मंजिल, दरबारी बिल्डिंग, महात्मा गांधी मार्ग, प्रयागराज-211 001
वेबसाइट : www.rajkamalprakashan.com
ई-मेल : info@rajkamalprakashan.com

बी.के. ऑफसेट
नवीन शाहदरा, दिल्ली-110 032
द्वारा मुद्रित

मूल्य : ₹150

PRATINIDHI KAHANIYAN
Representative Stories of Mridula Garg
Edited by Dinesh Dwivedi

ISBN : 978-81-267-2432-1

मृदुला गर्ग

मृदुला गर्ग के रचना-संसार में लगभग सभी गद्य विधाएँ सम्मिलित हैं। उपन्य।स, कहानी, नाटक, निबन्ध, यात्रा-संस्मरण, व्यंग्य आदि।

उनकी प्रकाशित पुस्तकें हैं— 'उसके हिस्से की धूप', 'वंशज', 'चित्तकोबरा', 'अनित्य', 'मैं और मैं', 'कठगुलाब', 'मिलजुल मन' और 'वसु का कुटुम' (उपन्यास); कुल प्रकाशित कहानियाँ—90, जिनको लेकर 2003 तक प्रकाशित 8 कहानी-संग्रहों की सम्पूर्ण कहानियों की पुस्तक 'संगति-विसंगति' नाम से प्रकाशित; 'एक और अजनबी', 'जादू का कालीन', 'साम दाम दण्ड भेद', क़ैद-दर-क़ैद (नाटक); 'रंग-ढंग', 'चुकते नहीं सवाल', 'कृति और कृतिकार' (निबन्ध-संग्रह); 'मेरे साक्षात्कार' (साक्षात्कार), 'कुछ अटके कुछ भटके' (यात्रा-संस्मरण); 'कर लेंगे सब हज़म', 'खेद नहीं है' (व्यंग्य-संग्रह)।

अन्य भारतीय भाषाओं समेत उनकी कृतियों के अनुवाद अंग्रेजी, जर्मन, रूसी आदि भाषाओं में भी हो चुके हैं। 'चित्तकोबरा' का जर्मन अनुवाद 'द जिफ़्लेक्टे कोबरा' शीर्षक से प्रकाशित। 'चित्तकोबरा' नाम से अंग्रेज़ी में प्रकाशित। रूसी में 'कोबरा मोएगो रज़ूमा' नाम से अनूदित। 'कठगुलाब' का अंग्रेज़ी अनुवाद 'कन्ट्री ऑफ़ गुडबाइज़' तथा 'कठगुलाब' शीर्षक से मराठी और मलयालम में प्रकाशित। 'वुडरोज़' शीर्षक से जापानी में प्रकाशित। 'अनित्य' उपन्यास अंग्रेज़ी में 'अनित्य : हाफ़वे टु नोवेह्यर' और मराठी में 'अनित्य' शीर्षक से प्रकाशित। 'मैं और मैं' मराठी में अनूदित। 'मिलजुल मन' उर्दू, पंजाबी, राजस्थानी, तमिल और तेलुगू में अनूदित। अनेक कहानियाँ भी अंग्रेज़ी, जर्मन, चेक, जापानी व भारतीय भाषाओं में अनूदित।

उन्हें अनेक पुरस्कारों के साथ 'कठगुलाब' के लिए 'व्यास सम्मान', 'मिलजुल मन' के लिए 'साहित्य अकादेमी पुरस्कार', हिन्दी अकादमी के 'साहित्यकार सम्मान', ह्यूमन राइट वॉच के 'Hellman Hammett Grant New York', उत्तर प्रदेश हिन्दी संस्थान के 'राममनोहर लोहिया सम्मान', 'उसके हिस्से की धूप' के लिए मध्य प्रदेश के 'अखिल भारतीय वीरसिंह सम्मान', 'जादू का कालीन' के लिए मध्य प्रदेश के ही 'अखिल भारतीय सेठ गोविन्द दास सम्मान' से सम्मानित किया जा चुका है।

'कठगुलाब' उपन्यास दिल्ली विश्वविद्यालय के बी.ए. पाठ्यक्रम तथा कई विश्वविद्यालयों में स्त्री-रचना/विमर्श पाठ्यक्रमों में शामिल है।

भूमिका

लगभग पाँच दशकों से लेखन जगत में सक्रिय कथाकार सुश्री मृदुला गर्ग का कथा संसार विविधता के अछोर तक फैला हुआ है। उनकी कहानियाँ मनुष्य के सारे सरोकारों से गहरे तक जुड़ी हुई हैं। समाज, देश, राजनैतिक माहौल, सामाजिक वर्जनाओं, पर्यावरण से लेकर मानव मन की रेशे-रेशे पड़ताल करती नज़र आती हैं। इस संकलन की कहानियाँ अपने इसी 'मूड' या मिजाज़ के साथ प्रस्तुत हुई हैं।

'हरी बिन्दी' स्त्री स्व-चेतना की वह कहानी है जहाँ औरत 'अपने आप' का जश्न स्वयं के साथ मना रही है, यानी 'सेलिब्रेटिंग विद हरसेल्फ '। एक सुबह जब आँख खुलने पर अहसास होता है कि पति अलसभोर दिल्ली जा चुका है और आज का सारा दिन उसका अपना है, बगैर किसी दख़लंदाजी के। बस फिर क्या...नीले सूट के साथ माथे पर हरी बिन्दी साँठ बेतुक से तुक मिलाती मौसम से बेपरवाह निकल पड़ती है, बम्बई की सड़कों पर बिन्दास। यह कहानी स्वयंचेता स्त्री का वह प्रस्थान बिन्दु है जहाँ वह 'अपने आप' के साथ कितनी काराविहीन, वर्जनाविहीन और तनावविहीन सार्थकता से लबरेज़ है। हरी बिन्दी के कंट्रास्ट का प्रतीक उसके निजत्व के रदीफ़ को क़ायनात के काफ़िये से जोड़ उसके अपने होने की तुक को बिठा देता है।

'साठ साल की औरत'—सुरभि घोष—पर अन्दर से सोलहवें साल की हसरतों को जीती हुई युवती, उसकी इक्कीस साल पहले एक शहर के अन्तर्राष्ट्रीय सेमिनार में शिरकत करने आए पुरातत्त्ववेत्ता डॉ. चन्द्रशेखर रामलिंगस्वामी उर्फ़ डॉ. चन्द्र से मुलाकात होती है, जहाँ वे साथ-साथ एक क़दीम गिरजाघर घूमने जाते हैं। परम्परा से जुड़े धीर-गम्भीर डॉ. चन्द्र और उन्मुक्तता की ललक पाले झिझकती युवती सुरभि घोष। इमारत की बाईं सीढ़ियों से चढ़ती सुरभि और दाईं सीढ़ियों से चढ़ते डॉ. चन्द्र यानी सदियों पुराना स्त्री-पुरुष का वही परम्परावादी वर्जनापूर्ण दृष्टिकोण। बारजों पर पहुँच, ऊँचाइयाँ लाँघती स्त्री और बारजे-दर-बारजे बदन

चुराता पुरुष। दोनों तरफ़ फिर वही शालीनता की बुक्कल। फिर कहानी का अन्त बहुत ही उदात्त और संवेदनापूर्ण है। इक्कीस बरस बाद साठ साल की औरत सुरभि फिर उसी शहर में, उसी इमारत में, उसी गिरजाघर में डॉ. चन्द्र के साथ जाती है। यकायक सुरभि का बाँहें फैला डॉ. चन्द्र को समेटना, डॉ. चन्द्र का बच्चे की तरह सीने में दुबक जाना और दोनों का एक ही सीढ़ी से वापस लौटना। अद्भुत निर्विकार रूप! आत्मीय तिरोधान है। यह वर्जनाएँ, परम्पराएँ सब ध्वस्त। यहाँ देह का द्वैत नहीं बल्कि विदेह का अद्वैत एकाकार रूप बच रहता है, जो कि प्रेम का बहुत ही गहरा चरम–परिपाक है। साठ बरस का परिपक्व अन्तराल, स्त्री–पुरुष के व्यक्तिगत प्रेम से उठकर एक शाश्वत विश्व–प्रेम से जोड़ देता है।

'समागम' की नायिका अपनी युवा बेटी की सन्देहास्पद मृत्यु से व्यग्र, शान्ति को तलाशती हरिद्वार में हर की पैड़ी पर ठीक गंगा के सामने जन समूह के साथ भयानक जनरव के बीच सीढ़ियों पर बैठी है। ऐसी ही एक भीड़ नौ बरस की उम्र में उसने आज़ादी की उस पहली शाम भी देखी थी जब कोई बूढ़ा भीड़ के पैरों तले कुचलकर मरता हुआ उसे दिखता है। तब भी वह ऐसी ही भीड़ में चीखती है, पर कोई उसकी चीख नहीं सुनता। और वह घुप्प अँधेरे में, तीन दिन बुखार में तपती बड़बड़ाती रहती है। दरअसल, ऐसा कुछ हुआ ही नहीं था। बहुत गहरा प्रतीक चुना गया है इस कहानी में। आधी–अधूरी आज़ादी की पहली शाम उन्माद–ग्रस्त भीड़ के नीचे जो बूढ़ा कुचला जाता हुआ दिखता है, वह गांधी को अप्रासंगिक बनाता और उनकी वैचारिकता को कुचलता यही जनसैलाब है, जो इतने बरसों बाद हर की पैड़ी पर गंगा का जयकारा लगा रहा है, दीपदान कर रहा है। तब भी समाज उन्मादित भीड़ था और देवभूमि में भी वही उन्मादित अन्धी भीड़ है। उस भीड़ में बूढ़े पिता की गोद में अधेड़ बेटे की मौत, और अपनी बेटी को याद करते हुए एक माँ का फूट–फूट कर रोना, यह मात्र व्यक्तिगत विलाप नहीं है बल्कि हमारी आधी–अधूरी आज़ादी से सहसम्बन्ध बनाता दुख में तब्दील हो जाता है। यह कहानी बहुत ही गहराई से निजी दुख की पड़ताल के बहाने पूरे देश की चरमराती व्यवस्था का भी पोस्टमार्टम करती है।

'वो दूसरी' कहानी में, तीसरी पीढ़ी की नायिका के माध्यम से पूर्व औरतों के तत्कालीन परिवेश का अनावरण किया गया है। दादी के स्थान पर, रंडियों के मौहल्ले से लाई गई एक ग़रीब लड़की जो अपनी कलात्मकता के साथ एक रुढ़िवादी घर में अपनी कला को बचाए है और प्रकारान्तर से किस तरह वह अपनी कला की विरासत सौंपने की छटपटाहट लिए दुनिया से प्रयाण कर जाती है। इस बात का चित्रण मार्मिकता के साथ मौजूद है। ये वो पूर्वज औरतें हैं जिन्होंने भीषण

वर्जनाओं के माहौल में भी अपने रिवायतों–रिवाजों से अलग, लीक से हट, ख़ुद की अस्मिता को ईजाद करने का हौसला हासिल किया। ख़ुद घुट गईं पर अपनी विरासत का ख़ज़ाना आने वाली पीढ़ियों को सौंप गईं, यह ज़्यादा मायनेखेज़ है।

'वह मैं ही थी' की उमा, जो कि आसन्न प्रसवा है, अपने पति के साथ एक औद्योगिक क़स्बे में रह रही है। जो घर उन्हें मिला है, उस घर में इससे पहले रहने वाली कर्मचारी की औरत प्रसव के दौरान बहुत ही विकृत तरीक़े से मर चुकी है। उस खाली घर में वह तख़्तनुमा पलंग उन्हें मिलता है, जिस पर कि उस औरत ने बच्चा पैदा करते हुए दम तोड़ा था। उसी पलंग पर उमा को भी सोना–उठना होता है। किंवदंती के समान फैली हुई उस औरत की मृत्युकथा के आतंक के साए और सीमेन्ट के कणों से बोझिल ऑक्सीजन में साँस न लेने की मज़बूरी से दहशतज़दा उमा जी रही है। आख़िरकार एक बरसती रात में उसी तख़्त पर, जिसमें चींटियाँ भरी हुई हैं, वह एक बच्ची को जन्म देती है यानी एक और औरत की दुनिया में आमद, परन्तु अधिक खून बह जाने और चिकित्सा के अभाव में गुर्दे ख़राब होने की स्थिति में वह दम तोड़ देती है। प्रसव की वेदना के व्यक्तिगत अनुभव पर लिखी गई यह पहली कहानी है जिसके समानान्तर अभी भी गाँव–क़स्बों में चिकित्सा के अभाव में जच्चा–बच्चा किस तरह दम तोड़ देते हैं, इसका भी भयानक वर्णन उस पहली औरत के माध्यम से हुआ है, जो उमा से पहले मर चुकी है।

कहानी 'इक्कीसवीं सदी का पेड़' यूँ तो ऊपर से पर्यावरण से जुड़ी हुई मालूम होती है और काफ़ी हद तक है भी, क्योंकि जिस तरह से कंक्रीट के जंगल न सिर्फ़ महानगरों बल्कि कस्बेनुमा शहरों में भी तेज़ी से फैलते जा रहे हैं। बल्कि छोटे शहरों में जिस तरह से आधुनिक सुख–सुविधाओं की बाढ़ आई है, उसने न सिर्फ़ शहर को बल्कि आस–पास के गाँव की हरियाली को भी नेस्तनाबूद करने में कसर नहीं छोड़ी। इस कहानी में भी कैसे बरसों पुराना, हरा–भरा, चहचहाता दरख़्त पॉलीथीन और कूड़ा–करकट की मार से भरभराकर धराशायी हो जाता है। पेड़ के इस औचक अवसान में एक ऐसी त्रासदी भी छिपी है जिससे कुछ लोग निश्चित ही गुजरे होंगे। इसमें अपने एक अति प्रियजन के बिछड़ने की पीड़ा भी नत्थी है।

'बंजर' कहानी के भीतर दर्द की जो पाताल गंगा प्रवाहित हो रही है वह एक हद तक असहनीय हो उठती है। मृत्यु के बाद सहानुभूति प्रकट करने वाले लोगों के उपदेश हमें किस हद तक वेध जाते हैं और हम एक भोथरी सहानुभूति के बीच फँसकर निष्ठुर विडम्बना को झेलने के लिए विवश हो जाते हैं। 'शब्द से बड़ा न कोई आडम्बर है, न अहंकार।' कहानी के अन्दर आया हुआ यह वाक्य अन्दर की वेदना को एक उपदेशात्मक सहानुभूति में तब्दील कर 'मैं' को 'वह' में तब्दील

कर देता है। सिर्फ़ वर्तमान में रहना कितना उत्पीड़क होता है, जब न भविष्य आमन्त्रित करे, न अतीत आमन्त्रण दे, तो क्षण भर को भी विमुक्ति नहीं होती। यह कहानी बहुत ही गहरे जाकर मानव मन और मानवीय संवेदनाओं की भीतरी–बाहरी पड़ताल करती नज़र आती है। यह अन्दर तक झकझोर देने वाली कहानी है।

'अगली सुबह' इन्दिरा गांधी की हत्या के बाद हुए दंगों पर आधारित है। इस कहानी में यह ज़ाहिर हुआ है कि उन्मादित भीड़ किस तरह से पाशविक होकर मनुष्यता को बौना करती है। इन्सान सिर्फ़ एक वस्तु की तरह निर्ममता और उन्माद का आखेट बन रह जाता है, और जब थर–थर काँपती हुई मनुष्यता क्षणमात्र में उन्मादी समूह के हाथों हलाक हो जाती है।

'उर्फ़ सैम' कहानी आज़ादी मिलने के बाद दिमाग़ी ग़ुलामी से ग्रस्त विकास पर आधारित है। कैसे कहानी का नायक सावन प्रताप सिंह अमेरिका में 'सैम' हो जाता है। मज़े की बात ये है कि जड़ों की तलाश अपने देश में करता वह एक चालाकी भरा कैरीकेचर बन के रह जाता है। आज़ादी मिलने के बाद हम ब्रितानी ग़ुलामी से शारीरिक रूप से मुक्त ज़रूर हो गए, पर ग़लत आर्थिक नीतियों के चलते हमारे झुंड के झुंड युवकों को देश छोड़ अमेरिका जा बसने पर मजबूर होना पड़ा। सैम एक ऐसा ही नौजवान है जो अपनी ज़मीन के लिए हुलसता तो है पर पैसा बनाने का हुनर इतनी शिद्दत से सीख चुका है कि पुश्तैनी मकान अपने नाम लिखवा लेने के लिए अपनी जड़ों और मिट्टी का ढोंग कर न सिर्फ़ बूढ़े माँ–बाप को चकमा देता है बल्कि बड़े भाई के हाथ में कुछ डॉलर थमाकर उनका पुश्तैनी हक़ूक से पत्ता कटवाकर अपनी दरियादिली का सबूत भी पेश कर देता है। कहानी मूल रूप से अपनी मिट्टी की जड़ों की तरफ़ नहीं बल्कि पैसे की तरफ़ दौड़ने की कहानी है।

एक मोड़ पर आकर दाम्पत्य किस तरह से उबाऊ और नीरस होकर संवादहीनता की जड़ स्थिति तक आ पहुँचता है, इस बात को 'वितृष्णा' कहानी के नायक दिनेश और शालिनी के माध्यम से दर्शाया गया है। दोनों के बीच जब संवाद था तब समय नहीं था, अब समय है तो संवाद नहीं। इसी बात को बहुत ही मनोवैज्ञानिक तरीक़े से दिखाया गया है।

'ग्लेशियर से' की नायिका मिसेज दत्ता जो कि शादी से पूर्व उषा भटनागर थी, अपने उसी अतीत को वर्तमान में खोजने की चेष्टा करती है। ताजीवास ग्लेशियर एक ऐसा हिमनद है जिसने कि मिसेज दत्ता उर्फ़ उषा भटनागर के जीवन की गतिमयता और निरन्तरता को मंथर कर दिया है। अकेले ही ग्लेशियर की तरफ़ निकल पड़ी नायिका अपने उस जीवंत अतीत से जुड़ना चाहती है जहाँ उसकी निजी

अस्मिता धड़क रही है। पठान, मृत्यु का फरिश्ता, जो बार-बार वक़्त के श्लेष से जीवन की तरफ़ ढकेल लाता है। मुक्ति न अतीत में है न भविष्य में। सिर्फ़ अपने 'ख़ुद को' वर्तमान में तलाशते हुए जीवन जीते चले जाने में है। यह कहानी एक छटपटाती, विडम्बना का संत्रास तो है ही परन्तु उस सबसे बढ़कर जीवन को तलाशने और अपनी अस्मिता को जीते चले जाने की प्रक्रिया की तलाश भी है।

जहाँ वातावरण मात्र उद्दीपन बन कथ्य को आगे बढ़ाने का फ़र्ज़ निभाने के अलावा स्वयं भी एक चरित्र बन जाए, वह है 'तीन लम्हे। एक बूढ़ी औरत, तीन, निम्न तबके से आए अधनंगे बच्चे और मूसलाधार बारिश—इस सब को जीती हुई वह औरत झाड़ी की ओट से छिपी-छिपी इन आनन्द के लम्हों को भोगती ख़ुद भी बच्चा और युवती के रूप में तब्दील हो जाती है। इतने सीधे तरीक़े से यह कहानी, बल्कि कहानी क्या एक 'सीक्वेंस' को जिस संजीदगी और संवेदना के साथ उकेरा गया है, वह एक मुकम्मल कहानी के कथातत्त्व से भी आगे जाता है। इतना आगे जाता है कि जहाँ कथ्य संवाद देशकाल वातावरण सब पिछड़ जाते हैं। रह जाता है सिर्फ़ एक जिजीविषापूर्ण असमाप्त समापन। इसी के समानान्तर 'जहाँ कमलनी खिलती है' कहानी भी है, जिसमें धूसर वीरान बंजर मैदान में मात्र दो औरतें हैं। एक मध्यवर्ग की सलीकेदार और दूसरी मेहनतकश वर्ग की, पहनने ओढ़ने के तरीक़े से विहीन। कहानी जिस निचाट बंजर सन्नाटे में साँस लेती है, वह अपने आप में रोंगटे खड़े कर देने वाला एक दारुण भाव है, परन्तु उस धूसरित जीवन रहित स्थान पर अनगिन कमलनियों का यकायक दिखाई देना मृत्यु से जीवन की ओर लौटता हुआ एक प्रखर सन्देश है। दोनों औरतों के बीच मात्र एक संवाद—पहली औरत का 'कुछ चाहिए' और दूसरी सर्वहारा वर्ग की औरत का यह कहना 'न, सोचा इकली कैसे बैठोगी' एक मध्यमवर्गीय सोच को यकायक ध्वस्त कर अपनी तरफ़ से जीवनदान देने जैसी प्रेरणा देने का सबूत बन जाता है। यहाँ पर वर्गभेद नहीं, सिर्फ़ एक ही चीज़ बचती है—करुणा।

अन्तिम कहानी 'खुशक़िस्मत' वास्तव में ख़ुशक़िस्मती से डरने वाली उस औरत की कहानी है जो पति के साथ बेटा-बहू के घर आई हुई है। पति को पुत्रशोक के दबाव के चलते पैरालिसिस का दौरा पड़ता है, यहीं से निकटतम रिश्तों की पोल खुलना शुरू हो जाती है। बहू के उपेक्षापूर्ण आतंकी व्यवहार के चलते वह लगभग अपाहिज पति को लिए हवाई जहाज द्वारा घर लौट आती हैं, और ऐन दीवाली के दिन पहले स्ट्रोक में ही पति भगवान को प्यार हो जाता है। इस कहानी की सबसे बारीक बुनावट इस बात में है कि कैसे असंवेदनापूर्ण स्थितियाँ व्यक्ति की मन:स्थिति को अवसान की उस कगार तक ले आती हैं जहाँ मृत्यु मुक्ति का दूत

बन जाती है। बहुत ही मार्मिक और दहला देने वाली कहानी है यह, जहाँ पर एकाकीपन का निष्ठुर वैभव एक आत्मिक सम्पृक्ति दे रहा है।

इस तरह से मृदुला गर्ग की कहानियों का समापन या प्रारम्भ कहीं भी हो, पर पढ़ना पूरा ही पड़ता है। यह एक ऐसा लुप्त-गुप्त संविधान है जिसे मानने के लिए पाठक बाध्य नहीं हैं, परन्तु इस तरफ़ उसका रुझान अनजाने ही चला जाता है। मृदुला गर्ग की कहानियाँ पाठक के लिए इतना 'स्पेस' देती हैं कि आप लेखक को गाइड बना तिलिस्म में नहीं उतर सकते, इसे आपको अपने अनुसार ही हल करना पड़ता है। यही कारण है कि बने-बनाए फ़ॉरमेट या ढर्रे से, ऊबे बगैर, आप पूरी रोचकता, कौतूहल और दार्शनिक निष्कर्ष तक पहुँच सकते हैं। गलदश्रुता के लिए जगह न होते हुए भी आपकी आँखें कब नम हो जाएँ, यह आपके पाठकीय चौकन्ने पर निर्भर करता है। यही मृदुला गर्ग की क़िस्सागोई का कौशल या कमाल है, जहाँ लिजलिजी भावुकता बेशक नहीं मिलेगी, पर भावना और संवेदना की गहरी घाटियाँ मौजूद हैं, एक बौद्धिक विवेचन के साथ।

—दिनेश द्विवेदी

अनुक्रम

हरी बिन्दी

आँख खुलते ही आदतन नज़र सबसे पहले कलाई पर बँधी घड़ी पर गई...सिर्फ़ साढ़े छह बजे थे। उसने फ़ौरन दुबारा कसकर आँखें बन्द कर लीं और इन्तज़ार करने लगी कि अब पलंग चरमरायेगा और आवाज़ आएगी—उठना नहीं है क्या ? पर जब कुछ देर चुप्पी बनी रही तो आँखें खोलकर देखा, बिस्तर पर वह अकेली है। अरे हाँ, रात ही तो राजन दिल्ली गया है। याद ही नहीं रहा। तो अब उठने की कोई जल्दी नहीं है। उसने ढेर सारी हवा गालों में भर कर एक लम्बी साँस छोड़ी और पूरे बिस्तर पर लोट लगा गई। दूसरे सिरे पर जाकर मुँह पर बाँह रख कर लेटी तो कानों में घड़ी की टिक-टिक बज उठी। वह मुस्करा दी। उसे कलाई पर घड़ी बाँध कर सोने की आदत है। रोज़ राजन चिढ़ कर कहता है, यह क्या, सारी रात कान के पास टिक-टिक होती रहती है। इसे उतारो न। उसने मुँह पर से बाँह हटा ली, तकिया खींचकर पेट के नीचे दबा लिया और लम्बे-चौड़े पलंग पर बाँहें फैलाकर औंधी लेट गई। ओह, सुबह देर तक सोने में कितना आनन्द आता है। राजन होता है तो सुबह छह-साढ़े छह से ही खटर-पटर शुरू हो जाती है। चाय-नाश्ते की तैयारी, दोपहर का खाना साथ में और आठ बजे राजन दफ़्तर के लिए रुख़सत। न जाने राजन को जल्दी उठने का क्या मर्ज़ है। ख़ैर, आज वह स्वतंत्र है। जो चाहे, करे। उसने शरीर को ढीला छोड़ दिया और दोबारा सोने की तैयारी करने लगी।

फिर आँख खुली तो साढ़े आठ बज चुके थे। उसने एक प्याला चाय बनाई और खिड़की का परदा हटाकर बाहर झाँकने लगी। दूर तक धुन्ध छाई थी। आज ज़रूर बरसात होगी, उसने सोचा। उसे धुन्ध बहुत भली लगती है। जब मालूम नहीं पड़ता, वहाँ कुछ दूर पर क्या है तो अनायास आशा होने लगती है कि कोई अनुपम और मोहक वस्तु होगी। मैं भी ख़ूब हूँ, उसने मुस्करा कर सोचा, मुझे धुन्ध में खुलापन लगता है और सूर्य के प्रकाश में घुटन! चाय पी कर गरम पानी से देर तक नहाया जाए, उसने सोचा और बाल्टी भरने लगी। फिर ठंडे पानी की फुहार ही ऊपर

छोड़ ली और एक ग़ज़ल गुनगुना उठी। बड़े तोलिये से ख़ूब रगड़ कर बदन पोंछा। आज एक अद्‌भुत स्फूर्ति और उत्साह का अनुभव हो रहा है। नीले रंग का कुर्ता और चूड़ीदार पाजामा पहना तो नीले रंग की बिन्दी माथे पर लगाने को हाथ बढ़ गया। फिर न जाने क्या सोचकर उसे छोड़ दिया और बड़ी सी हरी बिन्दी लगा ली। राजन होता तो कहता, नीले पर हरा ? क्या तुक है ? उसने दर्पण में दिख रही अपनी प्रतिच्छाया को ज़बान निकालकर चिढ़ा दिया, कहा, 'तुक की क्या तुक है ?' और खिलखिला कर हँस पड़ी।

दराज़ खोली तो नज़र चाँदी की बाली पर पड़ गई। उठाकर कानों में लटका लीं। विवाह के बाद से पहननी छोड़ दी थीं। नक़ली हैं न। और ज़रूरत से ज़्यादा बड़ी, राजन कहता है। एक पुराना बैग हाथ में ले, झपट कर बाहर निकल आई। बरामदे में मुंडू बैठा आराम से सिगरेट फूँक रहा था, राजन की। उसे देखते ही हथेली में छिपा, बड़ी संजीदगी से बोला, "खाना क्या बनाऊँ ?"

"कुछ नहीं," उसने कहा, "नहीं खाएँगे। तुम्हारी छुट्टी।"

मुंडू की घबराई सूरत देख वह हँस पड़ी और बोली, "मेरा मतलब, जो तुम्हें अच्छा लगे बना लो। तुम्हें ही खाना है, चाहे खाओ चाहे छुट्टी मनाओ।"

बिना यह चिन्ता किए कि ठीक कहाँ जाएगी या क्या करेगी, वह सड़क पर कुछ दूर चलती चली गई। बस इतना जानती है कि आज का दिन यों ही नहीं जाने देगी। कुछ तय करने से पहले बारिश शुरू हो गई। उसने कुछ दूर भाग कर टैक्सी को आवाज़ लगाई और भीतर घुसकर सोचने लगी, जब टैक्सी ली है तो कहीं-न-कहीं जाने को कहना पड़ेगा। जहाँगीर आर्ट गैलरी, उसने जो सबसे पहले मुँह में आया, कह दिया।

गैलरी में किसी आधुनिक चित्रकार की प्रदर्शनी हो रही थी। विशेष कुछ समझ में नहीं आया पर आनन्द अवश्य आया। आज कुछ भी करने में आनन्द आ रहा है। एक चित्र के आगे वह काफ़ी देर खड़ी रही। देखा, पूरे कैनवास पर रंग-बिरंगी रेखाएँ इधर-उधर दौड़ी चली जा रही हैं। अरे, उसने सोचा, यह तो बिलकुल मेरे कुर्ते की तरह है।

वह ज़ोर से हँस पड़ी, इतनी ज़ोर से कि पास खड़ा एक दढ़ियल उसे घूरने लगा। कहीं यही तो चित्रकार नहीं है ? बेचारा ! ज़रूर चित्र अत्यन्त त्रासद रहा होगा।

उसने चेहरा गम्भीर बनाया और दढ़ियल के पास जाकर विनम्रता से कहा, "सॉरी।" और बाहर निकल आई। बाहर आकर ख़याल आया, हो सकता है, वह कलाकार न हो, उद्योगपति हो। दो क़िस्म के इन्सान ही दाढ़ी रखने का साहस कर

सकते हैं, कलाकार और सामन्त। सामन्त अब रहे नहीं, उनका स्थान उद्योगपतियों ने ले लिया है। तब तो दिन भर यही सोचता रहेगा, उसने सॉरी क्यों कहा। उसमें भी नफ़े की गुंजाइश ढूँढ़ता रहेगा। वह दूने वेग से हँस दी।

फिर देखा, बारिश थमी हुई है पर आकाश अब भी काफ़ी ग़ुस्सैल नज़र आ रहा है। पूरा बरसा नहीं, उसने सोचा, और फिर सड़क थाम ली।

सड़क के किनारे रेस्तराँ देख याद आया कि काफ़ी ज़ोर से भूख लगी है। भीतर जाकर चटपट आदेश दे दिया, "एक गरमागरम आलू की टिकिया और एक आइसक्रीम, एक साथ।"

"एक साथ ?" बैरे ने आश्चर्य दिखाया।

"हाँ। कोई एतराज़ है ?"

"जी नहीं। लाया।"

उसे ठंडा और गरम एक साथ खाना भला लगता है। कहते हैं, दाँत ख़राब हो जाते हैं। कितना चटपट काम हो गया आज। राजन रहता है तो बढ़िया जगह बैठ कर आराम से खाने की सूची देखने के बाद, सोच-विचार कर आदेश दिए जाते हैं। खाकर बाहर निकली तो सोचा, पास किसी सिनेमाघर में पिक्चर देख ली जाए। क़िस्मत से अंग्रेज़ी की पुरानी मज़ाक़िया पिक्चर लगी मिल गई। डैनी के की। राजन कहता है, न जाने तुम्हें डैनी के कैसे पसन्द हैं। मुझे तो उसके बचपने पर हँसी नहीं आती। पर उसे आती है, ख़ूब आती है, फिर हँसी पर हँसी आती है...कभी-कभी बे-बात आती है, जैसे आज।

पिक्चर के दौरान वह आज और दिनों से ज़्यादा ठहाके लगा रही थी। पास बैठे आदमी की सूरत अँधेरे में दिख नहीं रही थी, पर हँसी की आवाज़ ज़रूर सुनाई पड़ रही थी। पता लग रहा था, हँसने में वह उससे दो क़दम आगे है। अदाकार की एक ख़ास बेचारगी की मुद्रा पर वे इतनी ज़ोर से हँसे कि उनके हाथ आपस में टकरा गए। सॉरी कहने के इरादे से एक-दूसरे की तरफ़ मुड़े, पर माफ़ी माँगने के बजाय एक ठहाका और लगा गए।

उसके बाद हर बार यही हुआ। हँसी आने पर वे अनायास एक-दूसरे को देखते और मिलकर हँसते।

खेल ख़तम होने पर एक साथ बाहर निकले तो देखा, साढ़े चार बजे ही काफ़ी अँधेरा हो चला है। आकाश यों तना खड़ा है कि अब बरसा, अब बरसा।

"कितना सुहावना दिन है," उसने अपने पड़ोसी से कहा।

"सुहावना ?" उसने कुछ अचरज से कहा, "या बेरंग ?"

"हाँ, कितना सुहावना बेरंग दिन है!"

वह हँस पड़ा, "समझता हूँ। सूरज यहाँ रोज़ निकलता है।"

"पर धुन्ध कभी-कभी होती है। आठ महीनों में आज पहली बार।"

"अब मानसून शुरू हो जाएगी?"

"हाँ, आज ख़ूब बरसेगा," उसने कहा। फिर अनायास जोड़ा, "कॉफ़ी पियेंगे?"

"ज़रूर।"

हलकी-हलकी फुहार पड़नी शुरू हो गई तो दोनों भाग कर सामने वाले रेस्तराँ में जा घुसे। उसने बाल झटक दिए और बोली, "आपका छाता कहाँ है?"

"छाता?"

"हाँ, आप लोग हमेशा छाता साथ रखते हैं न?"

वह ठहाका मार कर हँस पड़ा, "इंग्लैंड में।" उसने कहा।

कॉफ़ी मँगा कर दोनों सामने, काले पड़ आए, समुद्र को देखते अपने-अपने ख़यालों में खो गए।

सहसा उसकी आवाज़ सुनकर वह चौंकी, "आप क्या सोच रही हैं, यह जानने के लिए पेनी का ख़र्चा करने को तैयार हूँ," वह कह रहा था।

"दीजिए," उसने हँस कर कहा।

उसने निहायत संजीदगी से जेब में हाथ डाला और एक पेनी आगे कर दी। उसने उसे हथेली में बन्द कर लिया।

"बतलाना सच सच होगा।"

"मैं सोच रही थी, समुद्र में कूद पडूँ तो कितनी दूर तक अकेली तैर सकूँगी। और आप? आप क्या सोच रहे थे? पर पेनी नहीं दूँगी," उसने मुट्ठी कसकर बन्द कर ली, जैसे उसमें किसी आत्मीय का दिया उपहार हो।

"बुरा तो नहीं मानेंगी?" उसने पूछा।

"नहीं," उसने कह दिया पर दिल बैठ गया। अब वही घिसी-पिटी आशिक़ाना बातें शुरू हो जाएँगी।

"मैं सोच रहा था, बारिश बढ़ जाने पर यहाँ से वोरली तक का टैक्सी भाड़ा कितना लगेगा?"

वह ज़ोर से हँस पड़ी, दुर्भावना से नहीं, हर्ष के अतिरेक से।

"मुझे रास्ते में छोड़ते जाएँगे तो आधा," उसने कहा।

"बहुत ख़ूब," उसने यह नहीं पूछा कि वह रहती कहाँ है।

उसे लगा, जीवन में पहली बार ऐसे इन्सान के साथ बैठी है, जो यह नहीं जानना चाहता, उसके पति हैं या नहीं, और हैं तो क्या काम करते हैं।

"समुद्र के जल पर गिरती वर्षा की बूँदें कितनी अच्छी लगती हैं," उसने कहा।

"हाँ।"

कुछ देर दोनों चुप रहे।

"प्रशान्त महासागर पर जब जहाज़ जाता है, तो उसके अग्रभाग से चिरता जल चाँदी की तरह चमकने लगता है," अतिथि ने कहा।

"क्यों?"

"शायद फ़ोसफ़ोरेसंस के कारण। आपने कभी नहीं देखा?"

"नहीं।"

"मौक़ा मिले तो देखिएगा।"

"आप बहुत घूमे हैं?" उसने हलकी ईर्ष्या के साथ पूछा।

"बहुत," वह याद करके मुस्करा रहा था।

"सबसे अच्छी जगह कौन सी लगी?"

"जब जहाँ हुआ," वह हिचकिचाहट के साथ मुस्कराया, पता नहीं वह समझे या न समझे।

वह हामी में सिर हिलाकर मुस्करा दी।

उसने देखा, कॉफ़ी ख़तम हो चली है और बैरा बिल लिए आ रहा है। बाहर वर्षा थमने लगी है, धुन्ध भी छँट रही है। नहीं, धुआँधार नहीं बरसेगा। वह संकेत झूठा निकला। अब धुन्ध हट जाएगी और वही तेज़ प्रकाश वाला सूर्य निकल आएगा।

बिल आने पर उसने उठा लिया, कहा, "न्योता मेरा था।"

अतिथि ने बहस नहीं की। शुक्र है, उसने सोचा, पैसे देने की ज़िद करने लगता तो सब कुछ बिखर जाता।

टैक्सी लेकर चले थे कि घर आ गया। उतरते-उतरते पैसे निकालने लगी तो उसने रोक दिया, "रहने दीजिए।"

"क्यों?" उसके माथे पर शिकन पड़ गई।

"आज का दिन मेरे लिए काफ़ी क़ीमती रहा है।"

"कैसे?"

"मैंने आज से पहले किसी को हरी बिन्दी लगाए नहीं देखा," उसने स्निग्ध स्वर में कहा।

वह ज़रा ठिठकी कि टैक्सी चल दी। कुछ दूर जाकर आँखों से ओझल हो गई।

साठ साल की औरत

सुरभि घोष ने अपनी एक कहानी में लिखा था, साठ की होने पर औरत निरापद हो जाती है। कुछ भी करे लोकापवाद नहीं होता। कितनी बेवक़ूफ़ी की बात थी। जैसे लोकापवाद का न होना औरत को निरापद करने को काफ़ी हो। और जो लोक से इतर अपना मनोजगत है उसका क्या? पर उसका आग्रह तो साठ की होने पर पता चलेगा न? चालीस की उम्र में साठ इतनी दूर लगता है कि जो चाहो कह लो।

आज इक्कीस साल बाद, सुरभि घोष उसी शहर में है, जहाँ पहले पहल डॉ. चन्द्रशेखर रामलिंगस्वामी से मिली थी। इतिहास के उन प्रोफ़ेसर का नाम इतिहास की तरह लम्बा था। पर कहते उन्हें सब डॉ. चन्द्र थे।

इतिहासकार डॉ. चन्द्र से सुरभि घोष की मुलाक़ात एक गोष्ठी में हुई थी। जब उन्होंने उसे गिरजाघर ले चलने का प्रस्ताव रखा तो वे दोस्त क्या परिचित भी नहीं थे। नहीं, वे उसे पूजा या प्रवचन में नहीं ले जा रहे थे, सिर्फ़ इमारत दिखलाने। इतिहासकार डॉ. चन्द्र को अपने शहर की तारीख़ी इमारतों से ख़ास लगाव था। वे उन पर लिख बोल कर भी काम चला सकते थे, चलाते भी थे। पर कभी-कभी आँख में उँगली डाल कर समझाने का दौरा पड़ जाता था। अलबत्ता, कभी-कभार। उस बार जब पड़ा तो सुरभि घोष सामने थी।

''इस शहर में आई हैं तो वह गिरजाघर देखे बग़ैर मत लौटिएगा,'' उन्होंने कहा था।

''वही क्यों?'' उसने पूछा था।

''अपनी तरह का वह अकेला गिरजा है।''

''अपनी तरह के तो सभी अकेले होते हैं,'' उसने तपाक से कहा था।

डॉ. चन्द्र ने इनकार नहीं किया था, पर हँसे भी नहीं थे। शायद वे कम हँसते होंगे।

गिरजाघर पहुँचने तक सुरभि के मन में सवाल, दलील, क़यास का सिलसिला, आदतन ख़ूब चला था। पर वहाँ पहुँचते ही सब कुछ बेख़याल, ख़ामोश हो गया था।

गिरजाघर पाँच मंज़िला है। दाएँ-बाएँ दो घुमावदार ज़ीने हैं। वे हर मंज़िल के बारजे पर जाकर मिलते हैं, फिर उलटी दिशा में ऊपर बढ़ते हैं। मंज़िल-दर-मंज़िल बारजा सँकरा होता जाता है। अच्छा हुआ, इतनी जानकारी डॉ. चन्द्र ने नीचे ही दे दी थी। चढ़ना शुरू करने के बाद सुरभि दिवा स्वप्न में थी जहाँ आदमी को सुनाई तो देता है, पर वह सुनता नहीं।

सरे राह मिले मुलाक़ाती डॉ. चन्द्र और सुरभि घोष ने अलग-अलग सीढ़ी से ऊपर चढ़ना शुरू किया। डॉ. चन्द्र दाएँ, सुरभि बाएँ। नीचे जब डॉ. चन्द्र ने कहा कि इस गिरजे पर अलग-अलग सीढ़ी से चढ़ने की परम्परा है तो सुरभि ने उनकी बात को 'बात' जितनी ही तवज्जह दी थी और उनकी वाली सीढ़ी पर क़दम रख दिया था। पर उन्होंने ख़ासी सख़्ती से उसे बाएँ हो जाने की हिदायत दी थी।

परम्परा पुजारी। ज़िद्दी बच्चा। बाएँ ज़ीने से ऊपर जाते सुरभि हँसती रही थी। जल्दी ही बारजे पर डॉ. चन्द्र से भेंट हो गई थी। नीचे जैसे मुलाक़ात ही न हुई हो, कुछ ऐसी नज़र से दोनों ने एक-दूसरे को देखा था और मुस्करा दिए थे। सुरभि को गिरजाघर का शिखर दिखलाई दिया तो उसने गर्दन बढ़ा कर आसमान भी देख लिया था। सूरज शायद इमारत के पीछे था, क्योंकि आसमान पर परछावाँ रोशनी का उजास था धूप नहीं। एक-दूसरे के सामने से होकर, अब सुरभि दाएँ और चन्द्र बाएँ ज़ीने से ऊपर चढ़ते हुए दूसरी मंज़िल के बारजे पर जा मिले।

धरती अब कुछ और नीचे छूट चुकी थी। पर दीख भरपूर रही थी। चौक पर घूम रहे इन्सानों के चेहरे पहचान पाना मुमकिन नहीं था, पर उनका वजूद आँखों के दायरे में मौजूद था। फिर भी वे अलग, नीचे और दूर थे। सम पर एक-दूसरे के नज़दीक सिर्फ़ चन्द्र और सुरभि थे। पहले अग़ल-बग़ल, फिर आमने-सामने।

इस बार, सुरभि खुल कर मुस्करा नहीं पाई। डॉ. चन्द्र की निगाह चेहरे पर महसूस हुई तो आँखें बरबस झुक गईं। वह उनके आगे से निकली और दोबारा बाईं सीढ़ी पकड़ ली।

सीढ़ी चढ़ते हुए दिल की धड़कन तेज़ हो ही जाती है, सो हुई। चढ़ भी तो इतने फ़र्राटे से रही थी जैसे ऊपर पहुँचने पर कोई ख़ज़ाना हाथ लगने वाला हो। पेट में बुलबुला उठा तो जम कर ही बैठ गया। बहुत धीमे-धीमे वह छाती की तरफ़ सरका। अब फूटे कि अब फूटे। एक अनर्गल रोमांच उसमें क़ैद था जैसे बढ़िया जासूसी नाटक या फ़िल्म देखते हुए होता है। यहाँ तक कि छज्जे पर पाँव बढ़ाने

से पहले, वह आख़िरी पैड़ी पर ठिठकी खड़ी रह गई। लम्बी साँस खींचकर अपने को सहेजा तो छाती में अटका बुलबुला धौंक से फूट गया। वह छज्जे पर ठिली चली आई। आँख के कोने से देखा, डॉ. चन्द्र दाएँ बाजू पर थे। छाती की धौंकनी जैसे चाल में भर गई। डॉ. चन्द्र को देखकर अनदेखा करती, वह भाग कर दाएँ ज़ीने पर जा चढ़ी।

धीरे-धीरे चाल मंद होती हुई सुस्त पड़ गई। क्यों भागी वह बारजे से? छजली बनाई जाती है, ठहरकर नज़ारा देखने को। ऊपर और नीचे का, नहीं? और यह दोतरफ़ा गोल ज़ीना? यह क्यों बनाया गया था? सवाल क्या उड़ आया, मधुमक्खी सा गुंजार करता मन में देर तक फड़फड़ाता चला गया।

जवाब शायद मिल भी जाता पर तभी दूसरा सवाल डंक मार बैठा। मान लो, वह चौथे तल पर पहुँचे और डॉ. चन्द्र वहाँ न हों? वह नज़ारा करती खड़ी रहे पर वह नहीं आएँ? कभी न आएँ? सुस्ती भूल वह बारजे पर खिंच आई।

डॉ. चन्द्र और सुरभि वहाँ एक साथ पहुँचे। एक-दूसरे के पहलू में आकर थमे। रुके...एक ख़म खाया और आमने-सामने हो गए। इतने क़रीब कि बदन चुरा कर निकलना मुश्किल था। पर उन्होंने पूरी एहतियात बरती और अनछुए, रास्ता काटकर फिर बिछड़ गए।

सुरभि के बदन पर हौले-हौले पसीने की परत बनने लगी। बूँद-बूँद करके उभरी, चाव भरी सिहरन के साथ। ज़ीना ढका था तो क्या, हवा न सही, ठंडक फिर भी काफ़ी थी। पल्लू से मुँह-माथा पोंछने को मन नहीं हुआ।

खुले छज्जे पर पहुँची तो ठंडी हवा ने पसीजे बदन पर फुरफुरी ला दी। डॉ. चन्द्र से एकदम सामना हो गया। वह उसकी वाली सीढ़ी की तरफ़ तलबगार निगाहें जमाए खड़े थे। तंग बारजे पर आकर दोनों अपनी-अपनी जगह अडोल खड़े नज़दीकी महसूसते रहे। वक़्त के गुज़रने का वहाँ कोई मानी नहीं था। न अलेहदगी का। उस फ़क़त दम तन्हाई ने अलेहदगी को शिरकत में तब्दील कर दिया था। पता नहीं राज़ क्या था, पर जो था नुमायाँ हो चुका था।

सुरभि ने पाया, उसका चेहरा पसीने से नहीं, आँसुओं से तरबतर था। यह बार-बार बिछड़कर मिल पाना कितनी बड़ी नियामत है। हर्ष और विषाद की मिली-जुली तरंगें उसे झकझोर कर दिल के भीतर से एक शब्द ऊपर खींच रही थीं। वही उसके चारों तरफ़ बज रहा था, मिलन! वह भूल चुकी थी, कितने बरस, कितने जीवन, कितने जन्म वह जी चुकी थी। बस इतना जानती थी कि यह आख़िरी पड़ाव था, अलौकिक मिलन का। उसने आँखें बन्द कीं और नीचे छलाँग लगा दी।

लगाई पर लगी नहीं। देखा डॉ. चन्द्र की मज़बूत हथेलियों ने उसे दोनों तरफ़ से जकड़ रखा था।

सुरभि के भीतर एक अदम्य लालसा जग उठी। डॉ. चन्द्र उसे वहीं, तभी, फ़ौरन प्यार करें। छाती पर भींच कर, मुँह ऊपर उठाएँ, चूमें, बार-बार चूमें। पागल कर देने वाली हसरत के साथ वह इन्तज़ार करती रही कि वे उसकी चाहत पर अमल करें। प्यार करें, पर वे करें। सुरभि पहल नहीं कर सकती थी। नीचे कूदकर जान दे देना एक बात है, भविष्यहीनता में निरापद और पुरुष को बाँहों में लेकर प्यार का आमन्त्रण देना, एकदम दूसरी। डॉ. चन्द्र का मुँह उसके कान से सटा था। उन्होंने कहा, वापस चलें ? वह हिली नहीं तो ठेलकर ज़ीने पर एक पैड़ी नीचे उतार दिया। ख़ुद दूसरी सीढ़ी की तरफ़ हो लिए।

शिथिल चाल, पसीने से लथपथ, लस्त-पस्त, वह ज़ीना दर ज़ीना उतरती गई। लौटते हुए भी हर बार बारजा आया। कभी डॉ. चन्द्र दीखे कभी नहीं। धीमी गति के यान की तरह, वह दाएँ-बाएँ सीढ़ियाँ पकड़ती नीचे उतर आई। डॉ. चन्द्र क्षण भर बाद पहुँचे। उसे देख मुस्कराए और बोले, "तो सुश्री घोष कैसा लगा गिरजा ?"

सुरभि ने आँखें फाड़कर उन्हें देखा, फिर आसमान तक उठे गिरजाघर के शिखर को। पूरी दूरी को फलाँग कर दृष्टि वापस धरती पर फिसली और वह ग़श खाकर वहीं गिर पड़ी।

पलक झपकने भर को होश गुम रहे होंगे, फिर लौट आए। शर्मसार, वह उठकर बैठने को थी कि डॉ. चन्द्र की आवाज़ सुनकर रुक गई। आँखें मूँदे पड़ी रही जैसे अब भी बेहोश हो।

"सुरभि! सुरभि!" वे इतनी वाचाल आत्मीयता के साथ उचार रहे थे कि प्रिय, प्रियतमा जैसे उपसर्ग प्रत्यय अनायास जुड़े जा रहे थे। बहुत देर नहीं चल सकता था। चोरी किसी को हो, पकड़ी जाए तो शर्म आती है। वह उठी, खड़ी हुई, कहा, "सॉरी। कभी-कभी हो जाता है। वाइन पीने से।" अब कुछ तो कहना था।

"वाइन ? सुबह-सुबह आपने वाइन पी ?"

"नहीं," उसने कहा, "कल पी होगी। मुझे नहीं मालूम। पहले ऐसा कभी नहीं हुआ। आप इतनी जिरह क्यों कर रहे हैं ?"

"जिरह!" वे निरीह हो आए थे, "सुश्री घोष आप बहुत थक गईं क्या ?"

"मर गई," उसने कहा और हँस पड़ी। काफ़ी हँसी। जितना अकेले मुमकिन था। डॉ. चन्द्र नहीं हँसे। ज़रूर वह आदमी कम हँसता होगा।

आने वाले दिनों में उनका परिचय बढ़ा और जहाज़ी पंछियों वाली हमराह दोस्ती में बदल गया। ऐसी ईमानदार आत्मीयता में जो उन्हीं लोगों के बीच पनप पाती है, जो जानते हैं कि उनका साथ कुछ निश्चित दिनों के लिए है। बीती बातें याद दिलवा कर शर्मिन्दा करने का मौक़ा नहीं आएगा, इसलिए जो चाहें खुल कर कह सकते हैं। उदार होकर एक-दूसरे के उस शौक़ में भी हिस्सेदारी कर सकते हैं, जिसमें अपनी दिलचस्पी न हो। बाद में वह यह कहने नहीं आएगा कि पहले तो पसन्द था, अब क्या हुआ ? गोष्ठी चली कुल जमा एक हफ़्ते। कम नहीं होता एक हफ़्ता। नियमितता अलग आज़ाद सात दिन। जैसे हर दिन में चौबीस नहीं, चालीस घंटे हों। कम-से-कम बारह के बीस तो बनाए ही जा सकते हैं। सो वे बनाते रहे। कुछ गोष्ठी के आयोजकों की कृपा से कुछ अपनी तरफ़ से। यानी गोष्ठी में पर्चे पढ़े सुने बहसाए, साथ-साथ फिर शाम को खाना, पीना, घूमना, बतियाना भी साथ किया।

यूँ आख़िरी शाम आ पहुँची। स्थानीय विश्वविद्यालय ने गोष्ठी के सभी भागीदारों को शाम की दावत का न्यौता भेजा। दावत एक पुरानी इमारत में थी। पुराने राजमहलों, मठों में ढाबों का खुलना आम बात हो चुकी थी। गोल मेज़ों के चारों तरफ़ छह-छह कुर्सियाँ लगी थीं। सुरभि और चन्द्र के साथ बैठे थे अमेरिकी जानेथन, फ्रांसीसी निकोल, जर्मन राइमन और चेक राक्ज़ान। ठीक समझे आप। अन्तर्राष्ट्रीय गोष्ठी थी और औरत-मर्द इकट्ठा बैठे थे। मेज़ पर शराब के नाम पर वाइन की बोतलें रखी थीं। साथ में नमकीन बिस्कुट। गप्पों की गर्मागर्मी से सुरभि के साथी वाइन पर वाइन पिये जा रहे थे। मेज़ पर रखी बोतलें ख़तम हुईं तो और मँगा ली गईं।

काफ़ी देर तक सुरभि वाइन से हाथ खींचे रही। वह जानती थी, गिरजाघर से नीचे उतरने पर आँखों के आगे जो अँधेरा छाया था, वह वाइन की वजह से नहीं था। एक घूँट भी हलक के नीचे नहीं उतरी थी। पर पहले एक बार वाइन का महज़ एक जाम पी कर, वह धराशायी हो चुकी थी। हुआ सिर्फ़ एक बार, क्योंकि पिया ही सिर्फ़ एक बार। पर तभी से वाइन से दुश्मनी ठान ली थी। पर अब जब साथी जाम पर जाम ख़ाली किए जा रहे थे, वही भरा का भरा गिलास सामने रखे रहना, नागवार मालूम पड़ रहा था। जब-जब झुकी बोतल, उसके जाम से रुसवा होकर मुँह फेरती, वह बौखलाकर बिस्कुट कुतरने लगती। बाक़ी लोग वाइन की नई बोतल मँगाते तो वह पानी की गुहार लगा देती। मेज़ के तमाम बिस्कुट ख़तम हो गए। न पानी आया, न और बिस्कुट। तब हाथ डुलाते बैठे रहना, नागवार से नामुमकिन होने लगा। आख़िर उसने सामने रखा जाम उठा लिया और ख़ाली भी

कर दिया। भरे जाने पर शायद दूसरी बार भी पी लिया। इस तरह चार घंटे गुज़रे और रात के ग्यारह बज गए।

"चलें?" कहकर साथी उठ खड़े हुए।

"पर खाना?"

सुरभि के मुँह से निकला।

"खाना?" पाँचों ने एक साथ कहा, "आप खाकर नहीं आईं?"

"नहीं, यहाँ दावत थी न, शाम की?"

शाम की दावत! खाना! इन लफ़्ज़ों में कौन-सा मज़ाक़ छिपा था, सुरभि समझ नहीं पाई। पर उसके साथी हँसी से दोहरे होते रहे। बीच-बीच में बेचारी हिन्दुस्तानी, पूर्वी मेहमाननवाज़ी मालूम, जैसे जुमले उभरे और दब गए।

"यहाँ शाम की दावत में खाकर आने का रिवाज है। अब उठो," चन्द्र उसके कान में फुसफुसाए तो उसने समझा, वे हँस नहीं रहे थे।

शुक्र था कि वे हँसते कम थे वरना उस वक़्त वह शायद रो पड़ती। भूखे पेट इन्सान बड़ा बेबस हो जाता है। ख़ासकर जब, दुश्मन वाइन पेट में कटार चला रही हो। उसने उठने की कोशिश की तो सिर घूम गया। पर डॉ. चन्द्र उसकी बाँह कसकर पकड़े रहे और वह बिना लड़खड़ाए बाहर आ गई। बाहर काफ़ी ठंड थी। हवा तेज़, साफ़ और सर्द थी। जैसी रात के दूसरे पहर में होनी चाहिए। सिर सँभला तो उसने देखा, बाक़ी साथी आगे या पीछे, कहीं छूट चुके। वहाँ, वह और चन्द्र, दो ही थे।

तभी चन्द्र हँस पड़े। सुरभि चौंक उठी। पर बाँह छुड़ाने लायक सिर नहीं था। फिर भी बदन अकड़ा होगा, क्योंकि उन्होंने अपने पर क़ाबू पाने की कोशिश की। कामयाब नहीं हुए। बोले, "तुम सारे बिस्कुट खा गईं!" और दबाने पर दुगने ज़ोर से फूट पड़ने वाली हँसी हँस दिए। सुरभि को भी हँसी आ गई। सहसा चन्द्र बोले, "टिप।" और वापस मुड़ लिए। सुरभि की बाँह अब भी उनकी पकड़ में थी, सो साथ खिंचना पड़ा। वे वापस ढाबे पर पहुँचे। दरवाज़ा बन्द था, पर ढकेलने पर खुल गया। भीतर मैनेजर के सिवा कोई नहीं था। वह मेज़ पर बैठा बाक़ायदा खाना खा रहा था। नमकीन बिस्कुट नहीं।

"क्या चाहिए, रेस्तराँ बन्द हो चुका," उसने कहा।

"आपका शुक्रिया," चन्द्र ने कहा। फिर अपनी वाली मेज़ पर दस का नोट रखा और बाहर चले आए।

"खाना!" सुरभि के मुँह से निकलने को हुआ, वापस घोंटा तो निकला, "नोट किसलिए?"

"उम्दा शाम के लिए," चन्द्र ने कहा, "यादगार शाम होगी न, यह?"

तुम्हारी वजह से, सुरभि ने शब्दों के अर्थ को पकड़ा। "हाँ" की भंगिमा में उनकी तरफ़ देखा। उन्होंने कहा, "तुम्हें भूख लगी है न। ग़लती मेरी थी। गोष्ठी के बाद तैयार होने होटल गई थीं तो मुझे बतलाना चाहिए था, खाकर आना।"

"कोई बात नहीं। इतने बिस्कुट तो खा गई," वह हँस दी। पर पेट में ख़ालीपन बना रहा।

"मेरे डेरे पर डबलरोटी वग़ैरह है। चल कर खा लो," उन्होंने कहा। सवाल नहीं किया गया था। जवाब की ज़रूरत नहीं थी। सुरभि ने चाहा, कुछ न बोले, चुपचाप उनके साथ चलती जाए। कुछ दूर चली भी। पर...नशा था कि उतरता चला गया। चित्त चौकन्ना हुआ नहीं और नज़र साफ़ कि हौसले पस्त हो गए। उसने वही कहा जो कहा जाता रहा है। "अलस्सुबह उड़ान है। अब सोना चाहिए।"

वे कुछ देर या शायद काफ़ी देर चुप रहे। फिर बोले, "ठीक है। अपने होटल में ही खा लेना। कैफ़े खुला होगा।"

वह बात नहीं है, उसने कहना चाहा, कम-से-कम सोचा, कहना चाहिए। पर नहीं कहा। विदा दे लेकर होटल पहुँच गई। अगली सुबह, निर्धारित उड़ान पकड़कर अपने शहर लौट गई।

इक्कीस वर्ष बीत गए। अब वह फिर उस शहर में है, जहाँ पहले-पहल डॉ. चन्द्र से मिली थी। फिर विश्वविद्यालयी गोष्ठी है। फिर वह मेहमान बनकर आई है। इस बार भी वह समाजशास्त्र विषयक पर्चा पढ़ने वाली है। अब भी इतिहास में उसकी रुचि है। इस बार भी डॉ. चन्द्र से मिलना होगा या नहीं उसे नहीं मालूम। गोष्ठी में हिस्सा लेने वालों की फ़ेहरिस्त में उनका नाम नहीं है। फिर भी क्या वे इसी शहर में हैं, उसी विश्वविद्यालय में प्रोफ़ेसर? विश्वविद्यालय, फ़ोन भर मिलाना होगा, पता चल जाएगा। तो करे? पहले दो दिन गोष्ठी की व्यस्तता और सोचा-सोची में बीत गए। दूसरे दिन, उसका अपना पर्चा पढ़ा जा चुका तो फ़ुरसत के साथ राहत मिली। दोपहर बाद, वह अकेली पुराने गिरजाघर चल दी। पर ऊपर नहीं चढ़ी। एक नज़र शिखर तक देखा कि मन हुआ, पलटकर कमरे में चली जाए। सो, चली गई।

तीसरे दिन स्थानीय विश्वविद्यालय में इतिहास के प्रोफ़ेसर डॉ. जेम्स गोल्डमेन का व्याख्यान था। दोपहर के खाने तक उस पर चर्चा चली। फिर मेज़बान की हैसियत से डॉ. गोल्डमेन एक-एक मेहमान की ख़ैर-ख़बर लेने लगे। आपसी बातचीत शुरू हुई तो उनके विभाग के डॉ. गोल्डमेन से डॉ. चन्द्रशेखर

रामलिंगस्वामी के बारे में पूछे बग़ैर कैसे रहा जा सकता था ? सो पूछा। नाम सुनकर डॉ. गोल्डमेन जोश में आ गए। "आप जानती हैं उन्हें ? विलक्षण इतिहासकार हैं पर एकान्तप्रिय, निस्संग, नहीं ? बैठे-बिठाए एक दिन नौकरी और शहर छोड़कर चले गए। आजकल स्वतंत्र शोध कर रहे हैं। गोष्ठियों में नहीं जाते। निमन्त्रण भेजा था, पर...अच्छा सुनिए, आप बात कीजिए न उनसे..." कहते-कहते उन्होंने फ़ोन उठा लिया।

नहीं...हाँ...अभी रहने दीजिए...बाद में करूँगी...नम्बर...ऐसे कई, टूटे-बिखरे शब्द समूह दिमाग़ में उभरे, पर मुँह से कुछ कह पाने से पहले, फ़ोन का चोगा उसके हाथ में था और डॉ. गोल्डमेन दूसरे मेहमान के पास।

हलो-हलो सुनकर कहना पड़ा, "डॉ. चन्द्र ?"

"जी।"

"मैं...सुरभि घोष...याद नहीं होगा...इक्कीस साल पहले...गोष्ठी में..." उसकी आवाज़ डूबने लगी कि उधर से ज़ोरदार इक़रार आया।

"सुश्री घोष। आप आ गईं!"

"सोचा...हाल पूछूँ...," वह हकला गई।

"क्यों, मिलते हैं न। यहाँ से दो सवा दो घंटे का रास्ता है। कहाँ मिलें ?"

"गिरजाघर पर," वह कह उठी।

"दो ज़ीनों वाले ? ठीक है। साढ़े चार बजे गिरजाघर के सामने।" फ़ोन कट गया।

वह चोंगा हाथ में लिए बैठी रही। ग़लती हो गई। होटल में मिलने को कहना था। डॉ. गोल्डमेन से नम्बर लेकर फ़ोन कर सकती है। पर फ़ौरन करना होगा वरना वह निकल पड़ेंगे। डॉ. गोल्डमेन आसपास दिखलाई नहीं पड़े। उठकर उसने तुरन्त ढूँढ़ा नहीं। सोच-साच कर जब उठी, देर हो चुकी थी। फ़ोन करने का कोई मतलब नहीं था। वह कॉफ़ी पर कॉफ़ी पीती रही, फिर वक़्त से पहले गिरजे के लिए निकल पड़ी। सोचा, उनके आने तक आसपास घूम लेगी। पुरानी यादें अकेले जी लेगी, उनका चाव उतार फेंकना आसान होगा।

वह गिरजाघर तक पहुँची तो देखा वे सामने से चले आ रहे हैं। दो घंटे लगे नहीं रास्ते में।

"आपके तो सब बाल सफ़ेद हो गए ?" देखते ही उसने कहा।

"आप चाहती हैं, इन्हें काले करूँ ?" उन्होंने कहा।

बेवक़ूफ़! इक्कीस साल बाद मिलने पर यह कहा जाता है।

नहीं-नहीं, उसने कहा कि नहीं, पता नहीं।

"आपने तो लिखा था, साठ साल के बाद लोकापवाद नहीं होता। फिर लोगों के चाहने से बाल काले क्यों करें ?" उन्होंने कहा तो अपनी बेवक़ूफ़ी, बदतमीज़ी सब ज़ेहन से निकल गई। पूछा, "आपको कैसे पता ?"

"क्यों, लिखकर छपवाएँगी तो सभी को पता चल जाएगा। अंग्रेज़ी में होगा तो मुझे भी।" कहकर वे हँस पड़े। "देखा, कैसी विडम्बना है, एक इतिहासकार के लिए। हैं हम दोनों हिन्दुस्तानी पर अंग्रेज़ी में अनुवाद न हो तो मैं आपको पढ़ न पाऊँ।" वे फिर हँसे।

"मेरी किताब यहाँ ?"

"यहाँ नहीं। हिन्दुस्तान गया था तब ख़रीदी थी।"

हिन्दुस्तान गए थे। उसका मुँह उतर गया। उससे सम्पर्क नहीं किया ? वह भी तो निस्संग थी, इनकी तरह। प्रिय की तरह एकान्त को साथ लिए।

"पत्नी साथ थीं," उन्होंने कहा, "और तब मैं साठ का नहीं हुआ था।" अब वे और खुल कर हँसे।

सुरभि इधर-उधर ताकने लगी, जिससे एक-दूसरे को देखने से बचा जा सके।

"उधर एक कैफ़े है, वहाँ बैठें ?" भटकती नज़र को सबब देने के लिए उसने कहा।

"ऊपर नहीं चलेंगी ? फिर यहाँ..."

"चलिए," शर्मिन्दगी में वह एकदम आगे बढ़कर ऊपर चढ़ने लगी। डॉ. चन्द्र दूसरे ज़ीने की तरफ़ बढ़ गए।

बदहवास सी वह पहली मंज़िल के बारजे पर पहुँची। तेज़-तेज़ चढ़ी होगी, क्योंकि वे वहाँ नहीं पहुँचे थे। उनका इन्तज़ार किए बिना, उसने दूसरा ज़ीना पकड़ लिया। इस तरह तो क्या पता, वह चोटी पर पहुँच कर वापस भी उतर जाए और रास्ते भर वह निस्संग, विलक्षण इतिहासकार मिले ही नहीं ? अच्छा रहे। रहे ? उसकी चाल में सुस्ती आ गई। जब वह दूसरे तल्ले के छज्जे पर पहुँची तो उन्हें वहाँ इत्मीनान से खड़े पाया।

"पहली मंज़िल पर मिलीं नहीं ?"

"आप देर से पहुँचे।"

"मैंने कितना इन्तज़ार किया। सोचा, दूसरी सीढ़ी पर जाकर देखूँ, ऊपर तो नहीं चली गईं ? फिर सोचा, क्यों परम्परा तोड़ी," वह हँस दिए।

अरे, यह आदमी इतना वाचाल और हँसोड़ कब हुआ ? हँसा तो था, उस आख़िरी शाम को भी।

"चलें ?" उन्होंने ही कहा और ऊपर बढ़ गए।

इस बार, अलग-अलग चढ़ते उनके क़दमों में तालमेल रहा होगा, क्योंकि तीसरे तल पर वे वैसे ही आमने-सामने प्रकट हुए जैसे कुछ देर पहले नीचे हुए थे।

सूरज इमारत के पीछे कहीं होगा, क्योंकि सामने आकाश पर मोतिया आभा थी, जगर-मगर चौंध नहीं। उनके बालों की सफ़ेदी निष्कपट थी। हलकी रोशनी पड़ने पर और झक श्वेत लग रही थी। उसके अपने बाल भी काफ़ी पक चले, पर वह उन्हें काला करती है।

साठ की उम्र में लोकापवाद नहीं होता। बेवक़ूफ़ी की बात करो तो सारी दुनिया पढ़ लेगी, अक़्ल की लिखो तो पाठकों का टोटा पड़ जाएगा। सोच रहे होंगे, साठ की हो गई, बाल रँगने का मोह नहीं छूटा। उनके सामने से गुज़र कर आगे बढ़ते, वह ठिठक गई। ठहरी रही। उन्हें जो कहना था, वह सुनने को। कहेंगे ज़रूर। वाचालता जो पा गए हैं उम्र के साथ। वे एक शब्द भी बोले तो वह ऊपर जाने के बजाय नीचे उतर जाएगी। वे नहीं बोले। दोनों चुप खड़े रहे। उसके भीतर इक्कीस बरस पहले का वक़्त साँस लेने लगा। हवा के बगूले सा उठा और बिठलाए न बैठा। साँस और अहसास पर अल्फ़ाज़ भारी पड़ते हैं। उसने सोचा, आगे बढ़ने से पहले शब्दों से भींच कर बगूले को बिठला दे। पूछे, यह गिरजा कब बना ? किसने बनाया ? क्यों बनाया ? कौन थे ये जो बारजे पर जाकर खड़े हुए ? क्या प्रेमी ? अभिशप्त या आश्वस्त ? भला ऐसे बगूला बैठा करता होगा ? चक्राकार उठता आँधी की मुनादी करने लगा।

मिलो, अलग हो, फिर मिलो, फिर अलग हो और...

वे दोनों पाँचवीं मंज़िल के बारजे पर साथ-साथ खड़े थे। सुरभि के भीतर चाहत उठी कि वे उसे अपनी बाँहों में घेर लें। कि वे दोनों एक घेरे में हों जिससे एक की साँस दूसरा सुन सके। ज़्यादा देर उसने इन्तज़ार नहीं किया। अपनी बाँहें फैलाईं और चन्द्र को उनके घेरे में ले लिया। वे बच्चे की तरह उसके सीने पर दुबक गए।

फिर वे दोनों एक ही ज़ीने से नीचे उतर आए।

समागम

मैं उस रोमांचक क्षण का इन्तज़ार कर रही थी, जो कुछ देर में मुझे अभिभूत करने वाला था। अपने-अपने अनुभव से सभी ने कहा था, अभूतपूर्व होती है, वह अनुभूति। हमेशा के लिए स्मृति में अंकित हो जाती है।

अनुभव से कहा या अनुमान से, कौन जानता है ? ख़ुद कहनेवाला भी नहीं ! शाम साढ़े सात बजे गंगा की आरती होनी थी। अभी कुल छह बजे थे। पर हर की पैड़ी पर तिल रखने की जगह नहीं थी। सीढ़ी-दर-सीढ़ी एक अपार भीड़ जंगली घास की तरह एक के ऊपर एक लदी हुई थी। कहीं दरार या छीड़ नहीं थी। फिर भी लोग आते जा रहे थे और भीड़ के बीच समाते जा रहे थे। मैं भी समायी थी, इसी तरह, कुछ देर पहले। सच तो यह है कि अगर नवागंतुकों का एक रेला मुझे ठेलकर अपने साथ आगे बहा न लाया होता तो मैं सरहद से ही लौट जाती। मुझे भीड़ से बहुत घबराहट होती है।

नहीं, डर नहीं लगता, कम-से-कम वह डर नहीं सताता, जिससे प्रभावित होकर चारों तरफ़ से लाउड-स्पीकरों पर हिदायतें दी जा रही थीं। कृपया यात्री ध्यान दें। अपना सामान साथ रखें। जेबकतरों और उठाईगीरों से सावधान रहें। औरतें अपने ज़ेवर की देखभाल ख़ुद करें।

बेसुरे भजन गायन के बीच में किए जा रहे सावधान के ऐलान जिस डर को शब्द दे रहे थे, वह मेरे भीतर कहीं नहीं था। ज़ेवर मैं पहनती नहीं। रुपया-पैसा, थोड़ा-बहुत जो है, गंगा तट लेकर आई नहीं। पास में धन्ना सेठ बैठा हो या उठाईगीर, मेरे लिए दोनों एक तरह की हौल को जन्म देने वाले थे। शोर बढ़ रहा था।

संध्या के जोबन पर आने के साथ, भीड़ ने गंगा मैया की जै भी बोलनी शुरू कर दी थी। उसके अलावा, हाथों में बही थामे वर्दीधारी स्वयंसेवक, उचक-उचक कर, ऊँची आवाज़ में यात्रियों से आरती के लिए अनुदान माँग रहे थे, हाँ जी आप, गंगा मैया की आरती के लिए पैसा बोलिए।

गंगा मैया की जै क्र-क्री, क्र-क्री
गंगा मैया—क्री-क्री
तोहे पियरी—क्र-क्र—
चढ़ाई—क्री-बो-क्र-क्री।
सामान सँभाल कर रखें।
गंगा मैया की आरती के लिए कितना रुपया, बोलिए।
जेबकरों और उठाईगीरों से सावधान।
क्री-क्री-जय गंगा मैया की।
क्री-क्री-क्री-क्री।

पता नहीं माइक की ख़राबी थी या रिकार्ड की, पर भजन के सुर क्री-क्री से चिर कर हवा में खो जाते थे। हाँ, ऊँचे स्वर में दी जा रही सावधान रहने की हिदायतें, फटे बाँस सी कर्णकटु होने पर भी, अपने शब्द यात्रियों तक सुरक्षित पहुँचा देती थीं।

जब पहले-पहल यात्रियों के झुंड ने धकिया कर मुझे यहाँ ला बिठलाया था तो मैं देर तक नज़रें नीची किए रही थी। कम-से-कम जगह में समाने के लिए मैं घुटनों को हाथों से घेरे बैठी थी। मेरे चारों तरफ़ ठठ की ठठ भीड़ थी, इसका मुझे अहसास था। फिर भी उसे अनदेखा किए रहने की कोशिश में मैंने यों दम साध रखा था कि ख़ुशनुमा ठंडी हवा के बावजूद मुझे पसीना आ गया था। पेट में हौल के गोले उठ रहे थे, जिन्हें वापस दबाए रखने के लिए मैं खुल कर साँस लेने से कतरा रही थी। पर बार-बार होते दुनियादार ऐलान उन हौल के गोलों में सुई चुभोने लगे थे।

इतनी दीन-हीन, जेबकतरों और उठाईगीरों से डरी हुई भीड़! इससे भला कैसी घबराहट? यह मेरा वजूद क्या ख़तम करेगी? मैंने सिर उठाकर देखा, दूर तक सिर ही सिर, धड़-ही-धड़, शान्त स्थिर। कोई हलचल नहीं, धकापेल नहीं। नए आगंतुकों का रेला आता, जनसर में हिलोर उठती पर शीघ्र ही समागम हो जाता। फिर वही शान्त-स्थिर समूह। जैसे घाटी की सीढ़ियों पर मोम के पुतले स्थापित कर दिए गए हों, ठूसमठूस। गहन सन्नाटे के बीच रह-रहकर उठता गंगा मैया की जै का उद्घोष भी उसे तोड़ नहीं पाता था। ध्वनि ऊपर उठती और हवा उसे सोख लेती। जैसे पसीना। हाँ, मेरे बदन का पसीना भी सूख चला था। इतने पास-पास सटे शरीरों के बावजूद किसी देह गंध का अहसास नहीं था।

मैंने अपने चेहरे से सटे चेहरों पर निगाह घुमाई। एकदम भावहीन। कोई आशंका, आशा, आकांक्षा नहीं। लगता नहीं था उन्हें किसी क्षण की प्रतीक्षा थी।

अधैर्य न सही, सधा हुआ धैर्य तो दिखना चाहिए था। नहीं था। जो था, इतना भावहीन था कि वह अनंत काल तक, बिना प्रश्न, बिना सोच-विचार, बिना अशान्ति, प्रतीक्षा करते रहने की आदत में से ही पैदा हो सकता था। तभी न उनका उद्‌घोष भी उनसे विलग था। लगता था जयकार उनके समवेत गलों से सायास नहीं निकलता, यों ही अकेले-दुकेले हवा में तिर आता है। वे सब वहाँ थे, अभिलाषा, चेष्टा, उत्कंठा से परे, जहाँ बस थे। इसे ही स्थितप्रज्ञ कहते हैं? तब क्या सिर्फ़ मुझे ही किसी रोमांचक क्षण का इन्तज़ार था?

गंगा मैया की जै।
उठाईगीरों और जेबकतरों से सावधान।
अपना रुपया पैसा सँभाल कर रखें।
गंगा मैया की आरती के लिए कितना?
औरतें अपना ज़ेवर बचाएँ।

कर्कश घोषणाओं को हवा नहीं सोख पाई। वे हवा पर क़ाबू पा कर, धम-धम, सिर पर बसने लगी। स्थितप्रज्ञता की धज्जियाँ उड़ गईं।

गंगा मैया की आरती के लिए रुपया दीजिए।

अपना रुपया पैसा सँभालिए।

उठाईगीरों से बचाइए।

दीजिए दीजिए। बचाइए बचाइए।

दीजिए-बचाइए का शोर सुन मैं तिक्त हँसी हँस दी। एक बार फिर मैंने अपने पास अंटे चेहरों पर नज़र डाली। सब शान्त, निरीह, निर्विकार।

तो किसी ने कुछ नहीं सुना?

मेरे पेट में दोबारा हौल के गोले उठने लगे।

उस भीड़ ने भी कुछ नहीं सुना था। भीड़ सुनती नहीं। भीड़ सुन नहीं सकती। भीड़ में भटका आदमी खो जाता है, हमेशा के लिए। उसके पैरों के नीचे कुचलता चला जाता है। हम पुकारते रह जाते हैं, विनती करते रह जाते हैं, भीड़ रौंदती हुई आगे बढ़ जाती है। कोई कुछ नहीं सुनता।

वह पहली-पहली पन्द्रह अगस्त थी। उत्सव की संध्या। इंडिया गेट पर ज़बरदस्त हुजूम और उसके पैरों तले रौंदा जा रहा एक बूढ़ा। मैं चीख़ी थी, चिल्लाई थी, नौ बरस की अपनी उम्र की तमाम ताक़त लगाकर बार-बार चीख़ी थी। पागल की तरह भीड़ को धक्के दे कर, लात-घूँसे मार कर आगाह करने की, रोकने की, नाकाम कोशिश की थी मैंने। और उस कोशिश में अपने परिवार से बिछुड़ गई थी। भयानक थी वह भीड़, वह शाम।

दोनों तरफ़ से बाधित होने पर भी मैं किसी तरह लड़खड़ा कर नीचे की पैड़ी पर खड़ी हो गई।

"बैठ जाइए," बराबर वाले ने शान्त भाव से कहा।

"अब क्या होगा?" कातर स्वर में मैं फुसफुसाई।

"आरती होगी।"

"मुझे जाना है," मैंने चीख़ना चाहा पर गला रुँध गया।

"अभी नहीं। आरती के बाद। बैठ जाइए," उसी शान्त स्वर में उसने कहा। मैं बैठ गई।

आँखें सामने गंगा के प्रवाह पर जमा दीं। असंख्य दीप उस पर जल-बुझ रहे थे। लोग पत्ते से बनी नाव में छोटा सा घी का दीप जला कर जल में प्रवाहित कर रहे थे। अब, जब दिन का उजाला मलिन पड़ने लगा था, दीपों का क्षीण प्रकाश टूटते तारों की तरह चकमक करके बुझ रहा था।

हवा तेज़ थी। क्षण-दो-क्षण में ही दीप बुझ जाते थे, पर इतने में दूसरे जल उठते थे। पानी पर जगमग तारे टूटते चले जा रहे थे। मेरे पास भी तो है पत्ते की नाव, फूलों की पंखुड़ियों से भरी। बीच में स्थित नन्हा दीप और कपूर। यहाँ आकर बैठने से पहले उसे गंगा में प्रवाहित करना चाहिए था पर उससे पहले ही यात्री मंडली ने मुझे प्रवाहित कर यहाँ पहुँचा दिया था। अप्रज्वलित उदास दीप मेरी गोद में दुबका पड़ा था। भीड़ के सामने किसका वश चला है।

...फिर भी मेरे परिवार ने मुझे ढूँढ़ लिया था पन्द्रह अगस्त बीत जाने पर, अगले दिन या शायद उसके अगले दिन। बीच में अँधेरा ज़रूर घिरा था। एक अँधेरी रात या दो।

अब सोचती हूँ, अगर बीच में अन्धकार न आया होता तो मैं उस बूढ़े को कभी न भुला पाती। यह भी कि अगर बूढ़ा आँखों के सामने न रहा होता तो वह तमस मुझे लील गया होता पर एक आतंक दूसरे को काटता, क्षीण करता रहा था। बूढ़ा और घुप अँधेरा, दोनों, फ़ंतासी के हिस्से बन गए थे।

मेरे कहे पर किसी ने विश्वास नहीं किया था।

कल्पना थी तुम्हारी, सबने कहा था। उमस, उत्तेजना और भीड़ की गंधाती रेलपेल से पैदा हुई उद्भ्रान्ति में देखा दुःस्वप्न था। कहाँ, कहीं भी तो कोई बूढ़ा कुचला नहीं गया। कुचला जाता तो क्या उसकी लाश नहीं मिलती? शिनाख़्त नहीं होती, चलो, शिनाख़्त न भी होती तो लावारिस लाश, सबूत बनी, पड़ी तो मिलती। रुँदी-पिसी लाश, वह भी इंडिया गेट पर, अख़बार वाले ख़बर छापे बग़ैर छोड़ देते

क्या ? नहीं, सब बच्ची का भ्रम है, आँख लग गई होगी, सपना देखा होगा, डर गई होगी। आँख में अंजनहारी भी तो निकल रही है, दिख भी कहाँ रहा होगा ठीक से। गरमी, उमस, धकापेल, ऊपर से आँख में दर्द और उसमें से लगातार गिरता पानी। आँख में तकलीफ़ होते हुए आपको इसे घर से बाहर ले ही नहीं जाना चाहिए था।

कहानी गढ़ने का शौक़ होता है बच्चों को। कहानी को यथार्थ मान बैठते हैं, उस पर विश्वास करने लगते हैं और हमें भी करवाना चाहते हैं। अब इसी को लें, बीच में गुज़रे वक़्त के बारे में यह जो बतला रही है, वही कौन-सा सच है। दो-चार सवाल करो तो बौखला जाती है, जवाब गड़बड़ाने लगते हैं। पुलिस स्टेशन पर तमाम बत्तियाँ लगी हैं, कहाँ था वह काला घुप अँधेरा, जिसकी यह बात करती है ? दीखता नहीं था। साँस घुटता था, अँधेरा था सब तरफ़ अँधेरा, काला-डरावना, काला अँधेरा, काला अँधेरा। बुख़ार का प्रमाद था। बुख़ार आ गया था न वहाँ इसे, उसी का प्रलाप अब तक सिर पर हावी है। आँख में दर्द, बुख़ार, ऊपर से भीड़ के धक्के, उमस और घुटन। भीड़ को भी क्या दोष दें। आज़ादी का पहला दिन, उन्माद तो होगा ही। बाँध तोड़ती पहाड़ी नदी सी हरहरा रही थी भीड़, बच्चे डरेंगे नहीं तो क्या ? इससे कहिए, भूल जाए सब कुछ।

भूल जाओ सब कुछ। बार-बार मुझसे कहा गया। कहीं कोई बूढ़ा कुचला नहीं गया। कुछ नहीं हुआ, बस तुम भीड़ में खो गई थीं और ढूँढ़ने पर वापस मिल गईं। न बूढ़ा था, न अँधेरा, सब बुख़ार में देखा गया दुःस्वप्न था, कल्पना और सपने से बुनी कहानी, भूल जाओ उसे। भूल जाओ सब कुछ, बार-बार वही शब्द दोहराए गए और मुझसे उन्हें भूलने को कहा गया। शब्द मुझे रट गए, फिर भी बहुत कुछ मैं भूल गई पर भीड़ को नहीं भूली। घर के लोग रामलीला देखने जाते तो मैं ग़ुसलख़ाने में छिप जाती। भीड़ मेरे लिए हौवा बन गई थी।

अब सोचती हूँ, अगर वाक़ई आज़ादी की उस पहली शाम, कोई बूढ़ा भीड़ के पैरों तले कुचल कर मरता तो क्या उसकी ख़बर छपती ? पुलिस वाले उसकी लावारिस लाश की शिनाख़्त करवाते ? उस उत्सवी माहौल को एक ग़रीब बूढ़े की मौत के लिए कौन ध्वस्त करता ? कोई नहीं। उस दिन भीड़ केवल सड़कों पर नहीं थी, हमारे भीतर, हर किसी के हृदय के अन्दर भी थी। हम भीड़ के हिस्से थे, हमारा अपना अलग वजूद मिट चुका था। हम भीड़ थे, बस भीड़ थे और भीड़ होने में ख़ुश थे क्योंकि उसी तरह हम आज़ाद थे, मुक्त थे, गरिमामय थे।

फिर जब तन्द्रा टूटने पर हमारा वजूद जगा तो क्या हुआ ? हम इतने हतबल क्यों हो गए, इन बुझते दीपों की तरह ?

"माँ! माँ!" कोई आर्त कंठ से मेरे कान में फुसफुसाया।

मैं हिल गई। अब इतनी जगह भी बाक़ी नहीं थी कि बदन हरकत कर पाता। पर मेरा पूरा अस्तित्व थरथरा गया। जितनी नज़र घूम सकती थी, मैंने घुमाकर देखा। मेरे ठीक पीछे बैठा बूढ़ा, हाथ जोड़े, क्षीण स्वर में उचार रहा था, "माँ, गंगा माँ!"

"क्या हुआ ?" मेरा स्वर काँप गया।

बूढ़े को कन्धों से थामे अधेड़ ने कहा, "अभी आरती होगी।"

"ये ठीक तो हैं ?"

"हाँ माँ, गंगा माँ," बूढ़े के सुर-से-सुर मिला कर उसने भी उचारा। इतना बूढ़ा आदमी। जैसे पुतला नहीं, उसकी छाया हो। भीड़ के ऊपर तैर कर आ गया होगा, तभी कुचला नहीं गया। उसके साथ का अधेड़ ख़ुद कम कृशकाय नहीं, सत्तर से कम क्या होगा ? और बूढ़ा ? आयु के हिसाब के ऊपर इतना महीन कि अगर उस समय बाक़ी शोर थमा हुआ न होता तो कानों को छू कर भी अनसुना निकल जाता। अधेड़ ने उसे कन्धों से ऐसे थाम रखा था जैसे हाथ हटाते ही वह धराशायी हो जाएगा।

"माँ, गंगा माँ," उसके स्वर का बारीक कम्पन कानों की लवों पर महसूस हो रहा था वरना पता चलना मुश्किल था कि वह जीवित है भी या नहीं। "माँ, गंगा माँ," अधेड़ का स्वर, कम्पन को संबल दिए हुए था। दोनों की अश्रुधारा बह रही थी।

मेरा मन हुआ, मैं भी माँ, गंगा माँ, का उच्चारण करूँ, आँसुओं को बेरोक बह जाने दूँ। नहीं कर पाई। डर था कि एक बार अंकुश हटा दूँगी तो दोबारा अनुशासित नहीं हो पाऊँगी। फिर प्रकाश भी बहुत ज़्यादा था। संध्या का अवसान क़रीब था पर अब तक धुँधलका हुआ नहीं था। सूर्यास्त के साथ आरती होनी थी। तब तक उजाले से आँखें चुराना असम्भव था। और फिर इतने लोगों का जमावड़ा। पर वे क्या मेरी तरफ़ देखेंगे।

सामने ब्रह्मकुंड में लोग डुबकी लगा रहे थे। मर्द-औरतें, दोनों निर्वसन, निर्द्वंद्व, निस्पृह। कोई किसी की तरफ़ देख नहीं रहा था। उन पत्तों की नावों की तरफ़ भी नहीं, जो उनके पास से बही चली जा रही थीं। बीच डगर, उनकी नज़रों के सामने, कितने जलते दीप हवा के प्रकोप से बुझ रहे थे पर किसी को परवाह नहीं थी।

काश, कुछ देर के लिए सारे दीप जले रह सकते। तब मैं भी माँ, गंगा माँ जप सकती, शायद।

मैंने कान लगाकर सुना, बूढ़े का स्वर क्षीण से क्षीणतर होता जा रहा था पर उसका कंपित जाप जारी था। धीरे-धीरे मेरी समझ में आया कि लाउड-स्पीकर काफ़ी देर से चुप्पी साधे हुए थे। हवा का वेग बढ़ चला था। हल्की खुनकी बदन

में सिहरन पैदा कर रही थी। बूढ़े के शब्द हवा में तिरोहित हो रहे थे। बस बीच-बीच में जब हवा का कोई झोंका सेंध लगाकर हमारे पास-पास अटे शरीरों के बीच घुस आता, तो उसकी काँपती आवाज़ भी कानों को सहला कर गुज़र जाती। कोलाहल और आवागमन रहित वातावरण अब बिलकुल शान्त था पर निस्तब्ध नहीं। पहली बार मुझे समवेत प्रतीक्षा की धड़कन की अनुभूति हुई। हवा के झोंके और बूढ़े के जाप की तरह, वह भी श्वास-प्रश्वास बन, माहौल को जीवन के आह्लाद से भर रही थी।

शंख की ध्वनि ने शान्ति को झंकृत किया। आरती शुरू हो गई।

ब्रह्मकुंड के चारों ओर ऊँची-ऊँची लपटें उठीं। घंटे-घड़ियाल बजे और आरती के सुर घंटियों की टनटनाहट के साथ तरंगित होने लगे। ये कैसी लपटें थीं, ऊपर उठतीं, चक्राकार घूमतीं, पानी में प्रतिबिम्बित होतीं, ऊँची-ऊँची लपटें। जैसे प्रकाश का भँवरजाल हो, अग्नि का उल्लसित नर्तन।

जय गंगा माता, श्री जय गंगा माता।
जो नर तुमको ध्याता, मैया जी को ध्याता।
मनवांछित फल पाता, जय गंगा माता।

सस्वर गायन के मधुर सुर प्रकाश के नर्तन को थाप दे रहे थे। मैं घुटनों के बल उठ आई। जल से भीगी, घाट की सीढ़ियों पर थोड़े-थोड़े फ़ासले पर पुजारी खड़े थे। प्रत्येक का कपड़े से ढका हाथ एक वृहदाकार दीपगिरी थामे था। नीचे एक दीर्घकाय दीप, उसके ऊपर मंज़िल-दर-मंज़िल बने असंख्य छोटे-छोटे दीप। सब प्रज्वलित। सबकी ज्वाला मिलकर लपट बन कौंध रही थी। उसी लपट को पुजारी नदी की आरती में चक्राकार घुमा रहे थे। अग्निज्वाला का वह चक्रवात, जल में प्रतिबिम्बित होकर आलोक के भँवरजाल सा प्रतीत हो रहा था। ब्रह्मकुंड का पानी आग का सोता बन गया था। उसमें से स्फुलिंग की तरह ऊपर उठ रहे थे, घंटियों और गायकों के स्वर। यही वह रोमांचक क्षण था जिसका सबको इन्तज़ार था?

फिर मुझे अब भी इन्तज़ार क्यों है?

पूरे दो बरस के इन्तज़ार के बाद आई थी मैं हरिद्वार। तब नहीं आई थी, बेटी ने मना कर दिया था।

''मेरी देह के अवशेष अपने बग़ीचे के पेड़ों में डाल देना। हड्डियों की खाद फल के पेड़ों के लिए अच्छी होती है,'' उसने अपनी वसीयत में लिखा था।

क्यों लिखी वसीयत उसने इतनी कम उम्र में? मैं नहीं जानती। मैं आज तक नहीं जान पाई कि उसकी मृत्यु दुर्घटना थी या हत्या। मुझे तो उसकी मृत देह मिली थी और एक सरकारी बयान।

मुझे सिर्फ़ इतना बतलाया गया था कि उस इतवार की सुबह, वह अपने अकेले घर के ग़ुसलख़ाने में नहाने गई थी, और वहीं गिर पड़ी थी। नल के ऊपर बनी पत्थर की पाटी से टकरा कर। यह देखिए, सिर पर ज़ख़्म। किसी भोथरी, भारी चीज़ से टकराने से बना घाव है। नल के ऊपर लगी पाटी बहुत नीची थी। जल्दी में उठो तो टकराने की पूरी सम्भावना रहती थी। और जल्दी में तो, आप जानती हैं अमला हमेशा रहती ही थी।

पर पिछले तीन सालों से वह उसी ग़ुसलख़ाने का इस्तेमाल करती आई थी, अब तक सिर उससे बचाए रखना सीख चुकी होगी। होनी! दुर्घटना तिथि बतला कर नहीं होती।

चौबीस घंटे बीत गए थे। किसी ने खोज-ख़बर नहीं ली थी। मंगलवार को अदालत में पेशी थी। सोमवार को मुवक्किल और साथी वकील सलाह करने आए तो दरवाज़ा पीट-पीट कर परेशान हो गए थे। खिड़की की छड़ निकालकर भीतर दाख़िल हुए तो लाश बरामद हुई। हाँ, ढीली तो थीं ही खिड़की की छड़ें। अब आप जानिए, छोटे क़स्बे का घर, कौन वहाँ ग्रिल लगी होती है। ग़ुसलख़ाने में कोई दरवाज़ा था नहीं, नहाते हुए कमरे की साँकल चढ़ा लेती थी, सो वही चढ़ी हुई थी।

ठीक है, छड़ निकालकर कोई भी अन्दर आ सकता था और उसके सिर पर वार कर सकता था। पर क्यों करता? कोई प्रयोजन तो साबित हुआ नहीं था। न उसके साथ बलात्कार हुआ, न किसी चीज़ की चोरी हुई, यहाँ तक कि तमाम काग़ज़ात भी ज्यों-के-त्यों ताले में बन्द सुरक्षित पाए गए थे।

हाँ, हम जानते हैं, उन दिनों वह घोरेट की पत्थर खदानों की मज़दूर यूनियन की तरफ़ से केस लड़ रही थी। उनके नेता का अपहरण हो गया था। निचली अदालत में सिद्ध हो चुका था कि अपहरण डाकुओं ने किया था पर विपक्षी दल कुछ राजनीतिज्ञों का नाम लेने पर उतारू था। उन्होंने अमला को अपना वकील बनाया था। बहुत भावुक, संवेदनशील लड़की थी। अपनी समझ में शोषित जनता का साथ दे रही थी। पर तब तक उसकी समझ में आ चुका था कि केस में जान नहीं थी। ठोस तथ्यों के न रहने पर वह केस हारती-ही-हारती। अब मुवक्किल तो कहेंगे ही, अकाट्य तथ्य थे उसके पास। पर जो था ताले में बन्द, सुरक्षित अदालत के सामने पेश था। बहुत महत्त्वाकांक्षी, खरी, धुन की पक्की लड़की थी अमला। ग़लत चुनाव और हार, दोनों बर्दाश्त के बाहर थे उसके लिए। उसके साथी वकील ने भी यही बयान दिया था अदालत में।

"तब क्या उसने ख़ुद पाटी से सिर दे मारा?"

"न, न, हम यह नहीं कहते, बस बेख़याली में। मालिकों को, सबको बहुत दुख है उसकी मौत पर। इतनी मेधावी, निडर, दबंग, निःशंक लड़की और ऐसा करुण अन्त!"

"फिर उसने वसीयत क्यों लिखी? इतनी कम उम्र में?..."

"वही तो। साफ़ ज़ाहिर है कि वह हताशा की मनःस्थिति में जी रही थी। आत्महत्या का ख़याल बार-बार मन में आता रहता था; मन क्षुब्ध-विक्षुब्ध हो तो दुर्घटना और आत्महत्या में फ़र्क़ ही कितना रह जाता है।"

"पर अमला तो कभी हताश, हतबल नहीं होती थी।"

"आप माँ हैं। आपको तो ऐसा लगेगा ही। जननी, प्राणदात्री, करुणामयी, जवान बेटी के दुःख में कातर माँ, मानेगी लड़की को हतबल, हताश...या सनकी?"

महिम ने विश्वास कर दिया था। सनकी नहीं तो क्या थी अमला, जो इतना पढ़-लिख कर, उज्ज्वल भविष्य की स्वामिनी होकर, लखनऊ, कानपुर में वकालत न करके, राजस्थान के धूल-धूसरित क़स्बे घोरेट में पड़ी हुई थी? मैं विश्वास नहीं कर पाई थी, इसलिए मारी-मारी फिर रही हूँ। महिम कानपुर में हैं, अपनी नौकरी पर, भीड़ से घिरे, भीड़ में समाए।

शायद महिम सही थे। अपनी ओर से मैं जानती ही कितना थी। सिर्फ़ यह कि वह अकेली, घर से दूर घोरेट में रहकर काम करती थी। समाज के अभिशप्त, लाचार अंग की मुफ़्त वकालत करती थी, बड़े-बड़े सेठों और सरकारी प्रतिष्ठानों से लोहा लेती थी, कर्तव्यनिष्ठ, जुझारू और नेकदिल थी। मेरे लिए तो वह एक ज़िंदादिल, भरोसेमंद, हँसमुख, डूब कर प्यार करने वाली लड़की भर थी। ज़िद्दी पर अड़ियल नहीं, ख़रीदने खाने की शौक़ीन, पर देने में कंजूस नहीं। हर विपदा से ख़ूब लड़-झगड़ लेने पर, अन्ततः हँस कर बात बना ले जाने में माहिर। अगर मैं कहूँ कि वह औरों से अलग, अनूठी और अनुपम थी तो क्या? हर माँ को अपनी बेटी अनूठी लगती है। पर मेरी बेटी शायद पगली भी थी। महिम कहते हैं, सनकी। शायद ठीक कहते हैं। भीड़ में न खोने का उसका संकल्प पागलपन ही तो था।

महिम उसकी दुखद परिणति के लिए मुझे दोषी ठहराते हैं।

क्यों जाने दिया मैंने उसे उस बीहड़ असुरक्षित प्रदेश में? क्यों स्वीकार का संबल दिया, हर जोखिम भरे अभियान में?

"अजीब माँ हो तुम। बेटी की कोई फ़िक्र नहीं है। सारी दुनिया की माँएँ चाहती हैं, उनकी बेटियों का विवाह हो, घर-बार हो, संतान हो। वे सुखी, सुहागन,

गृहस्थिन बनकर जिएँ। एक तुम हो, बेटी के माध्यम से अपनी महत्त्वाकांक्षाएँ पूरी करना चाहती हो। आज़ादी, चुनाव का अधिकार, मुक्त चिन्तन, दुनिया को बदल डालने के सपने, विरोध, विद्रोह, समाजसेवा, बकवास। अपने अहं को तुष्ट करने के खोखले साधन हैं सब। सारा क़ुसूर तुम्हारी मान्यताओं का है। ख़ुद लीक से हट कर जीने के सपने देखे। पूरे नहीं हुए तो बेटी पर थोप दिए। अब भुगतो, रोओ, चीख़ो, तिल-तिल कर मरो बेटी की याद में।''

शायद महिम ठीक कहते हैं। शायद सारा क़ुसूर मेरा ही है। मेरी महत्त्वाकांक्षाएँ थीं, मैं इनकार नहीं करती, पर मैंने उन्हें बेटी पर नहीं थोपा। बस, उसके मार्ग में अवरोध पैदा नहीं किया। बहला-फुसला कर छोटी उम्र में उसका विवाह नहीं किया। मैंने उसे रोका नहीं, ठीक है, पर किसी रास्ते पर झोंका भी नहीं।

पर मैं मनोविशेषज्ञ नहीं हूँ, मनोविश्लेषण करवाना भी नहीं चाहती। हो सकता है, मेरी असन्तुष्ट महत्त्वाकांक्षाएँ ही मेरी बेटी के मन में घर करती गई हों। मुझे प्रभावित, रोमांचित करने के लिए ही वह उस कर्म पथ पर अग्रसर हुई हो। मेरे ही कारण वह...फिर भी मैं रोई-चीख़ी नहीं थी। अपने को लांछित-प्रताड़ित नहीं किया था। लीक से हट कर चलने को दोष नहीं दिया था।

महिम के सामने मैंने रोदन को भीतर घोट कर, उसकी मृत्यु को स्वीकार कर लिया था। धीमे स्वर में एक बार कहा था, ''ज़रूरी नहीं है कि हर बहादुर लड़की का यही अंजाम हो। डर-डरकर जीने से तो अच्छा है...।''

''कि मर जाओ!'' महिम फट पड़े थे, ''लो मर गई लाड़ली मेरी। जाओ ख़ुशी मनाओ। घी के दीये जलाओ।'' अब मेरे चारों तरफ़ घी के दीये जल रहे थे और मेरी बेटी...

मेरा दीप बुझा पड़ा था मेरी गोद में। भीड़ मुझे ठेलकर आगे न बढ़ा देती तब भी शायद मैं उसे प्रज्वलित नहीं कर पाती। महिम का कहा याद आ जाता, तीली हाथ में लेते ही। मैं सिर झुका कर उसे सहलाने लगी। प्रकाश के नर्तन में बहुत भयावह अँधेरा था। मैं देखना नहीं चाहती थी। शायद मेरी आँखों से आँसू भी निकल रहे थे, मेरी गोद धुँधला गई थी।

''इतना घी क्यों बरबाद करते हैं ये लोग? कितने बच्चे खाना खा सकते हैं, इतने में,'' मैंने सुना अमला कह रही थी। अमला। अमला कहाँ है इस हुजूम में? पर...हुजूम भी कहाँ है? एकदम सूना है घाट, हर पैड़ी रीती। मगर अमला कहीं है ज़रूर, तभी न मैं उसकी आवाज़ साफ़ सुन रही हूँ, जैसे मेरी अपनी गोद से निकल कर आ रही हो।

"तुझे क्या जवाब दूँ, बेटी, मैं ख़ुद प्रश्नचिह्न। बनी हुई हूँ। समाधान और शान्ति की खोज में भटक रही हूँ।"

"तुम बहुत भोली हो माँ, यहाँ भला क्या मिलेगा? भीड़ में कुछ नहीं मिलता। जो मिलता है, अकेले। अकेले जूझना पड़ता है, निपट अकेले।"

"मैं जानती हूँ, अमला! मैं यहाँ बिलकुल अकेली हूँ। जब आई थी, मेरे चारों तरफ़ भीड़ थी। अब नहीं है। मैं देख रही हूँ, यहाँ हर आदमी अकेला है। भीड़ का मतलब क्या है, किसे कहते हैं भीड़ हम? बहुत सारे अकेले व्यक्तियों के एक साथ, एक जगह, जमा होने को ही न। भीड़ से मेरा डर मिट गया। पर तू अपनी कह, बेटी! तुझे अपने किसी सवाल का जवाब मिला था, मरने से पहले? उपलब्धि का सन्तोष, प्राप्य का हर्ष, अपनी तरह जी पाने का आनन्द, कुछ पाया था? या यूँ ही, रीती-की-रीती, सब इच्छाएँ मन में सँजोए, चली गई? यह क्या हो गया, बेटी! क्यों हुआ?"

अपना रोदन कानों में पड़ा तो चौंककर मैंने आसपास देखा। आरती समाप्त हो चुकी थी। लोग उठकर जा रहे थे। सीढ़ियों पर ख़ाली जगह दिखने लगी थी। पर मेरी कमर पर दूसरे शरीर का भार वैसा ही बना हुआ था।

मैंने गरदन घुमाकर देखा। मेरे कन्धों पर अपना भार डाले जो व्यक्ति बैठा था, उसकी गोद में बूढ़ा अकड़ा पड़ा था। सूखी लकड़ी सा निर्जीव। बूढ़े की सद्गति हो गई थी। इतनी सुखद मृत्यु। बेटे की गोद में, गंगा किनारे, ठीक आरती के समय।

"मैं तेरी गोद में सिर रख कर मरी होती, अमला, तो मुक्ति मिल गई होती मुझे।"

"ठीक से देखो, माँ, बेटा बाप की गोद में मरा पड़ा है, बाप बेटे की गोद में नहीं। मैं तुम्हारी गोद में सिर रख कर मरती। तब भी..."

सच! आँसू पोंछ कर देखते ही समझ में आ गया। मेरे कन्धे-से-कन्धा लगाए जो बैठा था, बूढ़ा ही था। उसकी गोद में उसका अधेड़ बेटा जड़ पड़ा था। उसकी काठ हुई देह को लाठी की तरह थामे बूढ़ा अब भी माँ, गंगा माँ, बुदबुदा रहा था। मेरा सर्वांग काँप गया। पर मैं हिली-डुली नहीं। मेरा सहारा हटते ही बूढ़ा भरभरा कर गिर पड़ता। मैंने हाथ बढ़ा कर पास खड़े आदमी का कुर्ता पकड़कर खींचा। उसने देखा। औरों ने भी देखा होगा। चार-पाँच लड़कों ने झुककर मृतक की देह को बूढ़े की गोद से उठा लिया। हाथ की लाठी छूटते ही बूढ़ा काँपते पत्ते की तरह पीछे गिरा। मैंने उसे अंक में भर लिया। छोटे बच्चे की तरह। वह अब भी माँ, माँ उचारे जा रहा था।

"अमला, अमला," मैंने पुकारा।

"क्यों इतना सोच करती हो माँ, मृत्यु, मृत्यु होती है, कहीं भी, कैसे भी हो।"

"नहीं, मुझे बतला, क्या रहस्य था तेरी मृत्यु के पीछे? वह दुर्घटना थी या हत्या या... ? मुझे बतला।"

"यह क्या है, माँ? दुर्घटना, महाप्रयाण, निर्वाण या लम्बे अभाव के कारण हुई हत्या?"

"सवाल मत कर। मैं तेरी तरह वकील नहीं हूँ, टीचर भर हूँ। पर बच्चों को तभी पढ़ा पाऊँगी, जब मन को शान्ति मिलेगी। यह सब क्यों हुआ, बेटी! मुझे बतला, मैं क्या करूँ?"

"जीवन को सँवारो, माँ, और क्या है करने को।"

"कैसे अमला?" मैंने पुकारा।

"अन्त्येष्टि के लिए चलो माँ।"

कोई लड़का मुझे बाँहों से घेर कर उठाते हुए कह रहा था। मैंने देखा, बूढ़ा मेरी गोद से किसी युवक की गोद में पहुँच चुका था। कुछ और लड़के मुझे घेरे खड़े थे।

"आओ माँ," लड़के ने पुचकार कर मुझसे कहा।

"अमला, अमला," मैंने पुकारा। कोई जवाब नहीं मिला।

"वह चली गई," मैं फूट-फूट कर रो दी, "मुझे छोड़कर चली गई।"

उन्होंने मुझे बेटी का नाम लेकर रोने दिया। फिर धीरे-धीरे, बिना जल्दी मचाए, मुझे उठाकर खड़ा किया। मैंने एक लड़के के कन्धे का सहारा लिया और उनके साथ चल पड़ी।

फूलों की पंखुड़ियों से लदी पत्ते की नाव उन्होंने मेरे हाथ से लेनी चाही, पर मैंने अपनी पकड़ नहीं छोड़ी। अन्त्येष्टि के लिए मेरे पास पुष्पांजलि रहे और आँखों में आँसू। इस बार रोदन को भीतर नहीं घोंटूँगी, जी भर कर रोऊँगी।

वो दूसरी

हर इन्सान की ज़िन्दगी में तीन औरतें आती ही आती हैं—माँ, नानी और दादी। मेरी बदक़िस्मती कि मैंने नानी-दादी को न जाना। मेरे माँ-बाप की शादी होने से पहले ही दोनों चल बसीं। मेरा वजूद तक उन्हें क़बूल न रहा।

नाना ने दुबारा शादी नहीं की, इसलिए नानी की जगह, नानी की याद ने ले ली। माँ बराबर उनकी कहानी मुझे सुनाती रहीं और यूँ उनकी शख़्सियत के तिलिस्म को जिलाए रखा। एक मैं थी, उलटी खोपड़ी वाली, सुनती नानी की और सोचती दादी की। जिन्हें माँ ने क्या, मेरे बाप ने भी देखा न था। उन्हें जन्म देते ही वे चल दी थीं। माँ ने जब मेरे पिता को जाना तो पार्श्व में दूसरी थीं। ठीक समझे आप, दादी को मरे साल भी न हुआ था कि दादा ने दूसरी शादी कर ली थी। मैंने दादी की तरह जिसे जाना, वही दूसरी थीं।

न-न, हम उन्हें दूसरी कहकर नहीं पुकारते थे। वही, दिवंगत दादी को, मुसलसल, पहली कहकर, ख़ुद को दूसरी बनाए रखती थीं। कभी-कभार, जब माँ, नानी को छोड़, दादी पर आतीं तो ज़िक्र दूसरी का रहता, पहली का नहीं। दरअसल, पहली के बारे में थोड़ी-बहुत जो जानकारी उन्हें थी, दूसरी की मार्फ़त ही हासिल हुई थी।

माँ बतलाती रही थीं कि जब वे, बहू बनकर उनके घर आईं तो अगवानी में सास नहीं, सास की जिठानी को खड़े पाया। बड़े लाड़-चाव से उन्होंने बहू को देहरी पार करवाई और लम्बी साँस भर कर कहा, 'आज वह होती तो कितना ख़ुश होती। वैसे ख़ुश यह भी कम नहीं पर...अरे ओ छोटी।'

उनके पुकारने पर, अचानक ऊँचे सुर में गाई जा रही ग़ज़ल थम गई। माँ के कानों में उस फड़कती ग़ज़ल के बोल, बाहर बारजे में ही पड़ गए थे। पर उसका दूर का भी ताल्लुक़, उनकी सास से हो सकता है, सोचा न था। अब देखा कि एक औरत, जो तौर-तरीक़े, से किसी सूरत, माँनुमा नहीं थी, अधूरा काम छोड़ने की

कसमसाहट के साथ, फ़र्श से उठ खड़ी हुई है। और ताया सास कह रही हैं, 'अब, बहू, यही तुम्हारी सास है।'

उस औरत ने उनके पास आने या उन्हें अपने पास बुलाने की पहल नहीं की। वहीं से हाथ उठाकर आशीष दी, कहा, 'पहली होती तो आज कितना ख़ुश होती। दूधो नहाओ, पूता फलो।' कहते न कहते, वे वापस फ़र्श पर थीं, और छूटी ग़ज़ल पकड़ने की ग़रज़ से हारमोनियम सहेज रही थीं।

कुछ ही देर में कमरा, दुबारा, ग़ज़ल की गिरफ़्त में था। खुरदरी पर पुरसोज़ आवाज़ में गाई जा रही ग़ज़ल में, कुछ ऐसी आशिक़ाना तलब थी कि मुजरे का समाँ बँध गया था। असमंजस में भरी माँ, उन्हें ताकती, खड़ी रह गई थीं। आगे बढ़कर पाँव छूने का ख़याल भी ज़ेहन में नहीं आया था। ताया सास ने ज़्यादा वक़्त दिया भी नहीं था। बाँह से थाम कर, रस्में पूरी करवाने, कमरे के दूसरी तरफ़ ले चली थीं।

वह औरत, उसी तरह, सुरों को भरपूर उठान दे कर, ऊँची आवाज़ में पास रही थी। उसे घेरे जो पाँच-छह औरतें बैठी थीं, उन्होंने भी उठकर, बहू के पास आने की कोशिश नहीं की थी। उनमें से एक को दिखला कर, ताई ने इतना ज़रूर कहा था, 'वह...तिल्ले के काम की हरी साड़ी में जो है, मेरी भाँजी है, बिट्टो। तुम जानो जैसी बहन की जाई वैसी मेरी।' पर उसे पास नहीं बुलाया था। वह ढोलकी लिए बैठी थी पर फ़िलहाल थाप नहीं दे रही थी। शायद ग़ज़ल के सुर उसकी पकड़ के बाहर हो गए थे। कुछ देर बाद सँभाल पाए...शायद...

'मुँह दिखाई को औरतें आती होंगी, तुम बैठ लो,' ताया सास ने माँ को टकोरा था। माँ पीढ़े पर बैठ गई थीं। पर उनका मन, पूरी तरह, ज़ोम पर आ रही ग़ज़ल में टँका रहा था। यहाँ तक कि आने वालियों की काइयाँ नज़रों और बेलौस फ़िकरों की बाबत सोच, पशेमाँ होने का भी ख़याल न आया था। उस वाक़ये का मुझसे बयान करते हुए, माँ दुबारा उसी मोहपाश में बँध गई थीं। कहा था, 'तब मेरी समझ में नहीं आया था कि जैसे-जैसे ग़ज़ल उठान पर आ रही थी, उनकी खरखरी आवाज़ में, जो कामुकता पैदा हो रही थी, उसके बारे में, यह तय करना क्यों मुश्किल था कि वह मर्दाना है या औरतनुमा। यानी, वह मर्द को आसक्त करेगी या औरत को? अब तो ख़ैर जान गई हूँ कि कामुकता ऐसी क़यामती चीज़ है, जो मर्द-औरत को यकसाँ लुभाती है। तब नहीं जानती थी।'

तभी नीचे से बाक़ायदा मर्द की मर्दाना आवाज गूँजी थी, 'उससे कहो, धीरे गाए।' उन्होंने एकदम गाना बन्द नहीं किया होगा, करना मुमकिन नहीं था। बंदिश में सहज रूप से वक़्फ़ा आया होगा। इसीलिए पहले से कहीं धीमी आवाज़ में कहा

गया, अगला फ़िकरा, साफ़ सुनाई पड़ गया। 'रंडियों के मौहल्ले की है न, तभी...' आगे का जुमला, कई मर्दों की मिली-जुली हँसी में खो गया। कहने वाला भी नाराज़ कम, चुहलबाज़ ज़्यादा लगा। सास ने बीच में बोल, ग़ज़ल रोक दी, हारमोनियम भी। पर लज्जित या अपमानित, वे नहीं दिखीं। माँ ने अचरज के साथ देखा था, उनके चेहरे पर एक नख़रीली मुस्कान तैर आई है, जैसे कई बार का सुना आशिक़ाना जुमला, फिर सुना हो। उनके बजाय माँ पर्याप्त लज्जित-अपमानित हो ली थीं। चेहरा लाल हो गया था, माथे पर पसीना चुहचुहा आया था। सास से अनदेखा न रहा होगा। उन्होंने हँस कर कहा था, 'इनका तो हमेशा का एक ही बोल।'

तभी औरतें आनी शुरू हो गई थीं। जो आई, उसने यह ज़रूर कहा, 'आज वह होती तो कितना ख़ुश होती।'

हर बार दूसरी ने हँस कर जोड़ा, 'न हो पहली। जिठानी जी तो हैं।' चार-पाँच बार हो लिया तो ताई ने याद दिलाया, 'तू भी तो है, छोटी।'

'हाँ', वे खिलखिला दी थीं, 'मैं तो हूँ ही, पहली की जगह।'

माँ को पूरा व्यापार, ख़ासा अटपटा लगा था। बाद में, रफ़्ता-रफ़्ता दूसरी ने काफ़ी बातों का ख़ुलासा कर दिया था।

रंडियों के मौहल्ले के बारे में, माँ की जिज्ञासा सबसे ज़्यादा थी। पर मुँह खोलकर उस बदनाम बस्ती का नाम लेना नामुमकिन था। इन्तज़ार ही कर सकती थीं कि दूसरी ख़ुद बात छेड़े। ज़्यादा इन्तज़ार नहीं करना पड़ा था। दूसरी को बोलने-बतियाने से गुरेज़ न था। ख़ूब तफ़सील से बतलाया था।

'मैं ठहरी ग़रीब घर की लड़की। इकलौती तो क्या। लड़की और ग़रीब घर की। रंडियों के मौहल्ले के पिछवाड़े, रिहाइश थी अपनी। शाम ढले उस मौहल्ले में मुजरा जमता तो वह-वह ग़ज़ल उठान भरती कि सुनो तो गश खा जाओ, दीन-दुनिया की सुध न रहे। एक बात कहूँ, बीबी, जिठानी जी से न कहियो, पास में मन्दिर भी था अपने ग़रीबख़ाने के। वहाँ भी शाम-सवेरे कीर्तन हुआ करे था। एक-से-एक भजन गाए जाते थे। पर उन लोगों की ग़ज़लों के पासंग न ठहरे कभी भी। ग़ज़लों की क्या कहूँ, बीबी, बोल ऐसे कि पाँव थिरक उठें। पर बीबी, मैं जो एक दिन नाची हूँ। मैंने कुछ किया तो यह कि उनके सुर से सुर मिलाकर, गा दी। आप-से-आप। कैसी ऊँची, बेझिझक आवाज़ में गाया करे थीं वे कि, गली पार कर, एक-एक बोल यूँ साफ़ कानों में उतरे, कि जस-का-तस उचार लो। वही किया करती थी मैं। जितना ऊँचा वे गायें, उतना मैं। क़िस्मत मेरी ऐसी बलवती कि मेरी माँ, बेचारी, ऊँचा सुना करे थी। उस ग़रीब ने तो कभी ठीक से उन्हें ना सुना तो

मेरी क्या बिसात। जान ही न पाई, कितना ऊँचा बोल उठ लिया मेरा। बाप भी मेरा कम बेचारा ना था। ग़रीब, हमारी-अपनी रोटी का जुड़ाग करने, देर रात तक, जाने कहाँ-कहाँ सिर फोड़ता फिरे था। घर पर रहता तब न टोका-टोकी करता। मैं इतनी बेवक़ूफ़ भी न थी कि उसके घर रहते, रियाज़ करती। रियाज़। और सुनो।' वे बेसाख़्ता हँस दी थीं। और काफ़ी हँस लेने के बाद, हारमोनियम ले बैठी थीं। कुछ दिनों के अन्तराल के बाद, बीच में छूटी कहानी फिर शुरू हुई थी।

'जब बाऊजी तुम्हारे, पहली के इन्तक़ाल के बाद, दूसरी की खोज में निकले और हमारे ग़रीबख़ाने पहुँचे तो सबने जाना कि मैं किस क़दर बेवक़ूफ़ थी। जैसी रीत है, बाऊजी ने जब मेरे बाप से कहा, बच्चों की ख़ातिर दुबारा ब्याह करना है, ग़रीब घर की ही लड़की चाहिए। तो समझो, वह भवसागर तर गया। मेरे इम्तिहान देने की बारी आई तो मैंने, उसकी नाव क्या, लुटिया ही डुबो दी बीच सागर, ख़ुशक़िस्मत था जो कंगाल न हुआ।'

''बाऊजी ने कहा, सुना है, यह गाना जानती है, कहिए कुछ सुनाए। लो, इन्हें कैसे ख़बर लग गई, मेरी समझ में न आया। बहुत बाद में सोचा, उनकी आवाज़ मुझ तक पहुँचे थी तो, कौन जाने, मेरी भी उन तक पहुँची हो। वह तो ख़ैर बाद की बात है। उस वक़्त तो, जैसे ही मुझसे कहा गया, गाओ, मैं शुरू हो गई। वह फड़कती ग़ज़ल गाई और इतनी ऊँची आवाज़ में कि सकता छा गया। सुर कुछ ज़्यादा ही ऊपर उठ गए थे। घबराहट में, तुम जानो बीबी, सुजान सवार भी, या तो ठिठका रह जाए है या लगाम खींचनी ही भूल जाए है। फिर मैं तो...मेरा गाना सुनकर बाप की मेरे, समझो कि दिल की धड़कन ही बन्द हो गई। पर बाऊजी हँस दिए, बोले, रंडियों के मोहल्ले की है आख़िर। कोई बात नहीं, सीख जाएगी।'

'क्या मतलब, आवाज़ नीची रखना सीख जाएगी या ग़ज़ल न गाना सीख जाएगी ? मेरे बाप ने दूसरे वाला मतलब लगाया होगा। काफ़ी फटकार पिलाई मुझे पर कितनी कहता, बाऊजी ने रिश्ते से इनकार तो किया नहीं था। पर माँ मेरी, शायद मुझ से भी ज़्यादा पगलैट थी। बोली, रसिया है अपना दामाद। गाना सुनते आँखें हुलस रही थीं।'

'ऐसा नहीं है, बीबी, कि आवाज़ धीमी रखने की कोशिश ना की हो मैंने। कितनी तो बाऊजी की डाँट-डपट सुनी। एक वह थी, पहली, सलीक़ेदार, छुई-मुई, सूफ़ियानी, एक यह है, गावदी, बेशऊर। और बाऊजी क्या, सभी कहते रहे। कहाँ पहली, कहाँ यह। तभी न बाऊजी ने चारों बेटों को जिठानी जी के हवाले कर दिया, दो पहली के, दो मेरे जाये। तमीज़-तहज़ीब सिखलानी थी कि नहीं। उनके भी जो हैं, यही हैं, अपना तो तकदीर ने दिया नहीं। बहन की जाई एक है ज़रूर

पर लड़की। एक बात है अपनी जिठानी ही हैं बड़ी इन्साफ़-क़ायदे वाली। दिन में चाहे बीसियों बार कहें, जैसी बहन की जाई, वैसी मेरी, पर पालते वक़्त, बेटों को, हाँ-हाँ, भतीजों को, हमेशा ज़्यादा कर के आँका। चारों के चारों, शहर के बढ़िया स्कूल-कॉलेजों में पढ़े। छोटे दोनों तो अभी पढ़ रहे हैं, बड़े भइया की नौकरी लग गई, वहीं शहर में, इनकी (मेरे पिता जी की) भी लग जाएगी, देर-सबेर। सच, उनका हक़ उन्हें देन में जिठानी जी ने कभी कोताही नहीं की। जेठ जी कौन अपने छोटे भाई से कम हैं। बाऊजी को तो तुम जानो, लड़कियाँ फूटी आँख ना सुहातीं। कहा करे हैं न, एक ही शुक्र है भगवान का कि लड़की ना दी। मेरी तरह गाने लगती तो बाऊजी उसका गला ही टीप देते। मेरा क्यों न टीपा ? पूछो, बीबी, पूछो, जवाब है मुझे पे। लाख कहते फिरें, आवाज़ नीची रख, आवाज़ नीची रख, पर ग़ज़ल सुनने की तलब उठती रही है बराबर। जब-तब हुक्म सुनाने से बाज़ ना आते, अरी ओ रंडियों के मोहल्ले की, सुना तो अपनी फड़कती ग़ज़ल कोई ?'

दूसरी से बोलने-बतियाने में माँ को ज़बरदस्त रोमांच महसूस होता, और वे डर जातीं। उनके क़रीब जाना चाहिए कि नहीं ? सास तो उन्हें, किसी हाल, माना नहीं जा सकता था। सास थीं तो ताई, उनका साथ ख़ूब उबाऊ और सुकूनदेह था। पिता जी भी उन्हें ताई के पास देखते तो, कभी-कभार, पास आ बैठते। दूसरी के पास पाते तो कभी पास न फटकते। माँ के मन में अपनी असली सास को लेकर बहुत कौतूहल था। पिता जी से पूछा, उनकी अपनी माँ कैसी थीं, तो बड़ा ठंडा जवाब मिला, 'पता नहीं, मैंने उन्हें नहीं देखा।' उसके बाद उनकी चुप्पी इतनी खिंची कि माँ को लगा, दोनों बुढ़ा लिए।

मेरी माँ वकील की बेटी थीं, हर बात की तह तक पहुँचना, उनकी ख़ानदानी बीमारी थी। उन्होंने क़यास लगा लिया कि उनके पति, अपनी माँ को, उन्हें पैदा करते ही मर जाने के लिए, माफ़ नहीं कर पाए थे। पर दूसरी तो अच्छी-भली, मुँहज़ोर, ज़िंदा थीं। उनके बारे में पूछने पर भी, उतना ही ठंडा जवाब मिला था, और चुप्पी उसी तरह खिंची थी। माँ ने कहा था, वे दूसरी को समझ नहीं पातीं, क्या करें, उनके साथ वक़्त गुज़ारें या नहीं, आख़िर वे उनकी सास थीं। जवाब मिला था, वे ऐसी ही हैं। फिर चुप्पी यूँ खिंची थी कि लगा था, वे दोनों, उस दूसरी और उसके रसिया शौहर से तो ज़्यादा बूढ़े हो ही चले होंगे। इस चुप्पा-चुप्पी में, माँ की जिज्ञासा और बढ़ गई थी। यह भी वे समझ गई थीं कि पहली के बारे में, ढंग की मालूमात होगी तो, दूसरी के ज़रिए।

ताया सास समेत गाँव के किसी प्राणी से पहली के बारे में पूछतीं तो लगता, किसी देवी या अप्सरा का बखान सुन रही हैं। कहने को सबके पास बहुत कुछ

था। पर वकील की बेटी, मेरी जिरह प्रेमी माँ को, उसमें झूठ के सिवा कुछ सुनाई न देता। क़सूर उनका नहीं था, माँ ने मुझसे कहा था, मर कर इन्सान, इन्सान नहीं रहता, नाटक का नायक या नायिका बन जाता है। जैसे मरना ही सब कुछ हो, ख़ुद इन्सान कुछ नहीं। दूसरी, अकेली, ऐसी शख़्स थी, जिसके लिए, पहली मर कर भी मरी नहीं थी, हाड़-मांस की औरत की तरह, उसके क़द से ऊँचा क़द निकाले, बराबर में खड़ी रहती थी। उन्होंने उन्हें देखा भले न था पर उनके इन्सान और मादा होने के दो सबूत शुरू से आँखों के सामने रहे थे। उन्हें देखकर, पहली की सूरत का अन्दाज़ हो जाता होगा। सीरत का गुमान कराने को, गाँव के तमाम लोग थे, अपने से उनकी तुलना सुन-सुन कर तस्वीर बन गई होगी। लोगों की बातों पर पूरी तरह विश्वास उन्होंने नहीं किया होगा, इतनी भोंदू नहीं थीं। पर इतना मान लिया होगा कि पहली उनसे ठीक उलट थी। अपने से उलट की कल्पना करने में कष्ट जितना हो, रोमांच भरपूर है। उसी बल पर उन्होंने पहली की ख़ासी मांसल छवि गढ़ ली होगी।

मुझे यक़ीन है, माँ थोड़ी मशक्कत करतीं तो पहली की सरापा कैफ़ियत, दूसरी से उगलवा लेतीं और उसके ज़रिये, दूसरी को भी बख़ूबी समझ लेतीं। पर वे कन्नी काट गईं। मेहनत से मुँह फेरा या रोमांच से घबरा गईं, कहना मुश्किल है। वे ख़ुद कई बार मुझसे कह चुकी थीं कि दूसरी का साथ, जितना मोहित करता था, उतना डराता भी था।

इधर रसोईघर में अँगीठी पर खाना चढ़ाया जा रहा होता, उधर दूसरी चौपड़ फैला कर बैठ जातीं कि, आओ बीबी, दो-एक बाज़ी हो जाएँ। माँ कहतीं, रसोई ? तो जवाब मिलता, जिठानी जी हैं न। माँ डाँवाँडोल होतीं कि आवाज़ आ जातीं, 'बहूरानी सुन तो...' दरअसल, दूसरी के पास उनके देर तक बने रहने पर, ताई को कोई-न-कोई काम सूझ जाता और वे, प्यार पगी पुकार दे उठतीं, 'बहूरानी...' माँ रोमांच छोड़, वाजिब की तरफ़ भाग लेतीं। जाते हुए कहना न भूलतीं, काम निबटा कर अभी आई। पर जब लौटतीं तो दूसरी को कुछ और सूझ चुका होता।

कभी वे कहतीं, 'चलो तुम्हें तबला बजाना सिखला दूँ। तुम बजाना, मैं गाऊँगी। हारमोनियम अकेला क्या-क्या करेगा ? सुर देगा, ताल नहीं न। या कहो तो, ग़ज़ल गाना सिखला दूँ ?' माँ की बोलती बन्द हो जाती। ताई जी बुला रही हैं कह, ख़ुद पुकार का आह्वान करती, भाग लेतीं।

जो थोड़ा-बहुत आपस में कहा-सुना गया था, साड़ी पर फूल-पत्ती छापते हुआ था। अपनी कहानी, दूसरी ने तफ़सील से सुनाई ज़रूर थी, पर तमाम, एक बार में नहीं ! रफ़्ता-रफ़्ता, तोड़-तोड़ कर, कई बैठकों में।

पहले दिन शुरुआत यूँ हुई थी कि शहर से साड़ी के लिए बढ़िया टाइगर वॉयल आई थी। बेहतरीन रंग थे। बसंत पंचमी पास थी, सो एक पीली साड़ी सामने फैला कर, दूसरी ने कहा था, 'सुना है, तुम फूल-पत्ती आँकने में ख़ूबर माहिर हो। पेन्सिल से ज़रा खींच तो दो इस साड़ी पर। धागे तो मैं भी पूर लूँगी या अपनी बिट्टो रानी से भरवा लूँगी। इसका हाथ ख़ूब साफ़ है। पर चित्रकारी करना, हर किसी के बस का नहीं। मैं तो कहूँ हूँ, गाने-बजाने से कम हुनर नहीं है इसमें। पर तुम कौन तस्वीरें खींचोगी। फूल-पत्ती को ही कह रही हूँ न। इतना तो कर लोगी।' माँ ने सावधानी और क़रीने से, बढ़िया वॉयल पर, फूल-पत्तियाँ उकेर दी थीं। पर दूसरी या बहन की जाई, बिट्टो रानी ने, उनमें धागे भरे या नहीं, पता नहीं चला। अपनी आँखों से देखा नहीं। उन्हें चौपड़ और हारमोनियम से फ़ुर्सत मिलती तब न। गाँव में माँ का बसेरा ज़्यादा दिन हुआ भी नहीं। जानतीं तो वे हमेशा से थीं कि पिता जी की नौकरी लगेगी तो शहर में। पर चारेक महीनों के भीतर हो जाएगी, वह नहीं सोचा था। गाँव छोड़ने का वक़्त क़रीब आया तो, दूसरी से अन्तरंग होकर, पहली के बारे में सविस्तार जान लेने की इच्छा और तेज़ हो गई।

तभी, ऐसी अनहोनी घटी कि जी-की-जी में रह गई। हुआ यह कि माँ को पता चला, वे गर्भवती हैं। ताई के साथ, लजीली-नख़रीली ख़ुशी मना पातीं, उससे पहले, एक ख़बर और हाथ लग गई। यह कि दूसरी भी गर्भवती है। माँ की 'ख़ुशी' मनाना भूल, पूरा परिवार शर्मसार हो उठा। सबसे ज़्यादा मेरे दादा, दूसरी के रसिया बाऊजी। बेटे-बहू के नक़्शे-क़दम पर, उस उम्र में! वह ऊँची आवाज़ में गाई जा रही ग़ज़ल तो थी नहीं कि सारी तोहमत, रंडियों के मोहल्ले पर थोप कर, पल्ला झाड़, अलग हो जाते। माँ-पिता जी के शहर रुख़सत होने तक, बेचारे, तमाम रोब-दाब भूल, मुँह छिपाए फिरा किए। दूसरी, अलबत्ता, ख़ुशी का बाक़ायदा इज़हार करती रहीं, खुलेआम। जैसे माँ नहीं, वे, पहली बार गर्भवती हुई हों। माँ ने तो पति और ससुर की शर्म यूँ गाँठ बाँधी कि दूसरी से सीधे मुँह बात करना ही छोड़ दिया।

गनीमत यह हुई कि पिता जी जब शहर रवाना हुए तो, माँ को साथ जाने से, किसी ने मना नहीं किया। दूसरी का जापा सिर पर यूँ शर्म ताने खड़ा था कि ताया सास ने ख़ुद निकास ढूँढ़ निकाला। कहा, बहू ठहरी बेहद नाज़ुकजान, उसका जापा, शहरी अस्पताल में डॉक्टरी मदद से होना चाहिए, गाँव की दाई भरोसे नहीं। एक बार भुगत चुके न, दूध का जला, छाछ फूँक-फूँक कर पीता है। किसी ने मुँह खोलकर यह नहीं पूछा, दूसरी के जापे का क्या? ताई ने बिना पूछे कह दिया, उसकी कौन पहली जचगी है, दो ठीक ठाक निबट चुकीं। जहाँ तक ख़ुद दूसरी का सवाल

था, उन्हें माँ या किसी और में कोई दिलचस्पी नहीं थी। अपनी तीसरी जचगी को ले, यूँ, ख़ुशदिल थीं कि ख़तरे का अन्देशा, पास फटकने से डरा पड़ा था।

यूँ अलग-अलग मुकामों पर, नौ महीने पूरे हुए, और दो बच्चियाँ पैदा हुईं। एक मैं, दूसरी मेरी बुआ। मैं, सही सलामत, आज तक जी रही हूँ पर बुआ, चंद घंटों की मेहमानी कर, भगवान को प्यारी हुईं। भगवान के प्यार के लिए, सबने, उसी की मर्ज़ी को ज़िम्मेदार ठहराया और राहत की साँस ली। बस दूसरी, सदमे से यूँ काठ हुईं कि फिर कभी नहीं उबरीं। चुप्पी में पनाह ली और बाहर आईं तो सिर्फ़ यह कहने। 'एक पहली थी, बच्चा जन्मा तो सलामत रहा, ख़ुद चल बसी। एक करमजली मैं हूँ, बच्ची को लील, ख़ुद ज़िंदा बैठी हूँ।'

मैंने दूसरी के बारे में माँ के मुँह से चाहे जो सुना हो, अपनी आँखों से उन्हें ठीक बुढ़िया ही देखा। उनकी निस्बत, दादा कम बूढ़े मालूम हुए। ग़ज़ल तो बहुत दूर की कौड़ी थी, मुझे नहीं याद, मैंने उन्हें कभी भजन भी गुनगुनाते सुना हो। गाना-बजाना तो दूर, कभी उन्हें हँसते-बतियाते भी न देखा। देखा तो बस, ख़रबूजे के सूखे बीज छील, मग्ज़ निकालते। या हद-से-हद, कभी-कभार, भुने आटे या बेसन के लड्डू बेचते। चार-पाँच बरस की रही हूँगी मैं, जब कि शुरुआती यादें मन पर दस्तक देती हैं। याद आता है कि वो दूसरी दादी हमारे साथ नहीं रहती थीं। साल-दो-साल में आती ज़रूर थीं, दो-एक महीनों के लिए। और मैं भी, गाँव, उनके पास जाया करती थी, कभी छोटी बहनों और माँ के साथ, कभी अकेले। ज़्यादातर गर्मियों की छुट्टियों में। और हाँ, दूसरी को हम दादी नहीं, भाभी जी कहा करते थे। दादी तो हम, पिता जी की ताई को कहते थे। माँ-पिताजी भी उन्हें ताई और दूसरी को भाभी कहते थे। उन्होंने भी तो, माँ को, दादी की तरह, कभी बहूरानी या बहू नहीं कहा था। शहर हो या गाँव, भाभी जी की छवि वही रहती। चुपचाप मग्ज़ निकालती या हद-से-हद लड्डू बेचती। फिर गुड़िया कब बनाती होंगी? हाँ, गुड़िया मुझे ख़ूब याद है। याद क्या, कल तक भी, वह मेरे-उनके रिश्ते की कड़ी रही थी। जब भी वे हमारे घर आतीं या मैं गाँव जातीं, वे मुझे एक या दो गुड़िया ज़रूर देतीं। माँ कहतीं, भाभी ने अपने हाथों से बनाई है। चीथड़ों-कतरनों से। हम तीन बहनों में, गुड़िया की हक़दार, सिर्फ़ मैं होती थी। शुरू में बहनें चिढ़ती-कुढ़ती थीं, पर धीरे-धीरे, मेरे साथ-साथ, वे भी, उन एक जैसी दीखने वाली गुड़ियों से ऊब चली थीं। उम्र के साथ, मेरी ऊब में शर्मिन्दगी भी आ मिली थी।

उन्हीं दिनों, ज़रूर किसी दिन, भाभी जी के गाँव लौट जाने पर, उनकी दो शोभाहीन गुड़ियों और उनके अपने उदासीन, उबाऊ वजूद पर, मैंने खीज ज़ाहिर की होगी, तभी माँ ने दूसरी की कहानी सुनानी शुरू की होगी। अलग-अलग

पड़ावों से होकर, वह दूर तक चली थी। उसी के दौरान, वह दिन भी आया था, जब माँ ने गहरे पछतावे के साथ कहा था। 'ऐसी काठ ये उसके मरे पीछे हुईं। और किसी को तो तनिक फ़र्क़ पड़ा नहीं था। इनके दुख में दिलासा देने की भी किसी ने न सोची। मैंने भी नहीं। दिलासा छोड़, इनके दुख को समझने की कोशिश भी नहीं की। सच कहूँ, औरों की तरह, मैंने भी उसके मरने पर राहत महसूस की थी। ससुर जी रिटायर होने को थे। तेरे साथ, उसका सारा काम भी, हमें निबटाना पड़ता। तेरे पिता जी ने किस फ़र्ज़ से कब कन्नी काटी। दोनों छोटे भाइयों की पढ़ाई में भी...फिर यह...बेटी के साथ की छोटी बहन...करना पड़ता तो करते ही। पर न करना पड़े, वही भला, नहीं ?' मैंने सुन भर लिया था। पर धीरे-धीरे माँ की कहानियों के चलते, दूसरी में मेरी दिलचस्पी जगने लगी थी। उम्र जब चौदह-पन्द्रह पर पहुँची तो वय-सन्धि के सुरूर में, मैं दादी से पूछ बैठी, 'माँ कहती हैं, भाभी जी पहले ग़ज़लें गाया करती थीं, अब क्यों नहीं गातीं ?' उस बार माँ भी साथ थीं। दादी ने उनकी तरफ़ देखकर चुहल की थी, 'लाला कहा करें थे ना, सीख जाएगी बड़े घर की तमीज़-तहज़ीब। सो सीख गई।'

फिर चुहल भूल, पसीजे स्वर में जोड़ा था, 'गाना-बजाना कब का छूट गया, रानी। तू हुई, समझ, उसी के बाद से।' उससे ज़्यादा कुछ कहने को वे तैयार नहीं थीं। माँ की कहानियाँ भी चुक ली थीं। अब ज़िन्दगी के मंच पर मैं पाँव रख रही थी; वे प्रस्थान कर चुकी थीं। उन्हीं दिनों, मैं अपने भीतर, एक नई प्रतिभा की पहचान कर रही थी। यूँ तो बचपन से ही मैं चित्रकारी करती रही थी। सब स्कूलों की तरह, हमारे स्कूल में भी, कला की कक्षा लगती थी। अध्यापिका हमेशा मेरे चित्रांकन की तारीफ़ करती थीं; अंक भी मुझे ऊँचे मिलते थे। पन्द्रह-सोलह की उम्र तक आते-आते, मैंने पाया कि मेरा शौक़, छवि अंकन की तरफ़ बढ़ रहा था। स्कूल के बाद, शाम को चित्रांकन सीखने के लिए, मैंने एक नामी चित्रकार के पास जाना शुरू कर दिया था।

शौक़ के उस मंज़र में, गर्मियों में मैं गाँव गई। तब भाभी जी ने जो गुड़िया मुझे पकड़ाई, उसमें मुझे उन्हीं की सूरत नज़र आने लगी। और यूँ उनकी सूरत में, नई-नई शौक़ीनी पाए, मेरे चित्रकार मन की दिलचस्पी पैदा हो चली। अगले दिन, जब अन्यमनस्कता की मूर्ति बनी, वे ख़रबूजे के बीज छील रही थीं, तो मुझे चाव आया, उनका छवि चित्र बना डाला जाए। मैं काग़ज़-पेन्सिल लेकर उनके सामने जा बैठी और उन्हीं की तरह, मौन साधे, छवि आँकने लगी।

कुछ वक़्त बीतने पर मैंने देखा, मग्ज़ निकालते उनके हाथ, शिथिल पड़ते-पड़ते, थम गए हैं। उचटे, उकताये बदन में चौकन्नापन आ गया है। गरदन और

कमर ऊपर खिंचकर सीधी हो गई हैं। चेहरा, हलके स्मित से रँगा, आकर्षण कोण पर टिका है। जैसे कोई पेशेवर मॉडल या शोख़ कमसिन हो। मैंने अपने अचरज को ज़ाहिर नहीं होने दिया। दम साधे रेखाएँ खींचती रही। छवि खंडित न हो जाए। कुछ देर यूँ ही चित्र बनता रहा, फिर, उन्होंने धीमे से कहा, ''इस लायक़ सुन्दर तो मैं ना हूँ। पहली थी।'' चुप्पी का टूटना, अब मुझे भला लगा। बात को चलाए रखने की ख़ातिर पूछा, ''आपको कैसे पता ?''

उनका जवाब चौंकाने वाला था, ''तस्वीरें देखकर।'' उन्होंने कहा।

कौन सी तस्वीर ? मैंने गाँव के उस घर में किसी औरत की तस्वीर कभी देखी न थी। शहर के घर में भी, पहली-दूसरी दादी तो दरकिनार, पूज्य नानी जी की भी कोई तस्वीर न थी।

मुझे याद है, एकदम शुरू में, मैंने माँ से पूछा था, पहली की कोई तस्वीर नहीं थी क्या, जो वे उनकी शक्ल-सूरत जानने को, दूसरी का मुँह ताकती रहीं ? माँ ने हँस कर कहा था, उस ज़माने में फ़ोटो खींचने का चलन नहीं था। कोई रेखाचित्र बना देता तो हो जाती। उसी का सोच कर, उन्होंने ताई जी से एक मर्तबा पूछा ज़रूर था। उनका जवाब था, 'तस्वीरें रानियों-महारानियों की बनाई जाती हैं, या रंडियों-तवायफ़ों की।' बाद में, बरसों बाद, मुझे छवि अंकन करते देख, माँ ने एक राज़ की बात बतलाई थी। मेरे नाना भी छवि अंकन किया करते थे, नानी का एक चित्र भी उन्होंने बनाया था। और ज़माने के चलन के अनुरूप, उसे अलमारी में बन्द करके रखा हुआ था। माँ ने एक बार चोरी से देखा था। नानी की छोड़ो। नाना ने तो दुबारा शादी तक नहीं की थी। उनके बारे में माँ ने जाने क्या-क्या किंवदंतियाँ गढ़ रखी थीं। पर भाभी जी, नानी की नहीं, पहली दादी की कह रही थीं। कौन-सी अलमारी में बन्द है, उनकी तस्वीर ? चित्र पूरा हो गया तो मैं भाभी जी के एकदम क़रीब गई। फुसफुसा कर पूछा, ''उनकी तस्वीर है आपके पास ?''

उन्होंने मेरे हाथ से चित्र झपट लिया। आँख भर कर देखा और बोलीं, ''यह मैं हूँ ?'' उनके चेहरे पर लवलीन विस्मिति बिखर गई। उस वक़्त, बुढ़ापे के बावजूद, वे मुझे काफ़ी सुन्दर लगीं। तो माँ ने ग़लत नहीं कहा था, कभी वे काफ़ी आकर्षक रही होंगी। मैंने मन-ही-मन अपनी पीठ ठोकी। वाह, क्या छवि उकेरी कि मॉडल की छुपी लुनाई बाहर आ गई।

''लाइए,'' मैंने चित्र वापस लेने को हाथ आगे किया पर उन्होंने झट उसे धोती के पल्लू में लुका लिया। चेहरे पर त्रस्त भाव उभर आया। बोलीं, ''ना। बाऊजी देखेंगे तो टुकड़े कर देंगे।''

मैं समझ नहीं पाई, किसके, उनके या चित्र के ?

"किसी से कहना मत।" उन्होंने कहा।

"पर..."

"ले गिरी खा।" मुट्ठी भर मग्ज़ उन्होंने मेरे हाथ में ठूँस दिए। जब तक मैं उन्हें सँभालती, वे चित्र ले, सिरे से ग़ायब हो गईं।

उसके बाद वे दिखीं तो उसी अन्तर्लीन मुद्रा में। गिरी निकालती, लड्डू बेचती, अन्यमनस्क, निर्लिप्त।

मैंने दो-एक बार कोशिश की कि सामने बैठ कर, एकाध चित्र और आँक लूँ। पर मुझे तैयार देख, वे झट उठ जातीं और अपने कमरे में जाकर दरवाज़ा बन्द कर लेतीं। उन्होंने इस तरह ख़ुद को मुझ से क्यों काट लिया, मैं समझ नहीं पाई। मैंने कहा भी, "मुझे चित्र वापस नहीं चाहिए। आप रखिए..." पर बीच ही में, दबी आवाज़ में 'चुप' कहकर, वे उठ गईं।

लगा, इस बार जाते हुए गुड़िया नहीं मिलेगी। जान छूटी। पिछले कई सालों से, मैं उनकी दी गुड़िया, बिट्टो बुआ के बच्चों में बाँट जाती थी। मेरे गए पीछे उन्हें पता चल ही जाता होगा। पर मुझसे कभी किसी ने उसका ज़िक्र नहीं किया था।

जाने का वक़्त आया तो, बदस्तूर, भाभी जी ने गुड़िया मुझे पकड़ा दी। मैंने सरसरी निगाह उस पर डाली और भौंचक रह गई। पहले, उनकी किसी गुड़िया में ऐसी उम्दा कारीगरी देखी न थी। धागों से कढ़े नाक-नक़्श, तीखे, दिलकश; बदन की गढ़न कटावदार, नाज़ुक; पहरावा नफ़ीस, सलीक़ेदार।

"अरे, यह तो पूरी पेंटिंग है पेंटिंग। आप चित्रकारी जानती हैं क्या?" मैंने मुँह से निकला। पर माँ तो कहती थीं...

"मेरा क्या...तू तो जानती है...वारिस है...हमारी..." उन्होंने बुदबुद कर के कहा। गुड़िया में मगन, मैंने कुछ सुना, कुछ नहीं। इसे साथ ले जाऊँगी, यह गुड़िया नहीं कलाकृति है, मैंने तय किया। हमारी चित्रकला की कक्षा में कलाकृति शब्द का सबसे ज़्यादा इस्तेमाल होता था।

चलने की तैयारी में, भागते-दौड़ते गुड़िया, दादी को दिखलाई तो वे भी चौंक गईं। "यह तो...यह तो..." कह के हकला रही थीं कि मैं चहक उठी, "कमाल की है न। जैसे किसी को सामने बिठला कर छवि उतारी गई हो।"

"वही तो...वही..." वे फिर हकलाईं कि मैं भाग ली। कलाकृति के लिए सामान में जगह बनानी थी न। दादी की बुढ़ाती हकलाहट सुनती रहती तो गाड़ी छूट न जाती।

अगले साल गर्मी की छुट्टियों में, मैं गाँव नहीं गई। अगले मार्च में हायर सैकंडरी के बोर्ड के इम्तिहान होने थे, इसलिए गर्मियों में स्कूल में विशेष कक्षाएँ

लगनी थीं। फिर मेरे चित्रकार गुरु ने भी, उन्हीं दिनों, मुझे ख़ासतौर पर कुछ गुण सिखलाने का आश्वासन दिया था। उसके लिए हर हाल में वक़्त निकालना था। यूँ वक़्त था कहाँ? सोलह बरस की उम्र सिर पर, दुनिया भर का सोच-विचार, सखी-सहेलियाँ, राज़-रियाज़, कौन जाता शहर छोड़कर। स्कूल का आख़िरी साल था। बहुत कुछ छूटना था कॉलेज जाने पर। तब तक तो संग साथ बना रहे।

इम्तिहान ख़तम हुए तो मौज-मस्ती सूझी। शहरों में चाचा-ताऊ के जितने बच्चे थे, सबने एक साथ, गाँव जाने का कार्यक्रम बनाया। मैं एक तरह से मुखिया चुनी गई, गाँव के घर के बारे में मेरी जानकारी सबमें ज़्यादा थी, मैंने ही उन्हें जलता रखा था। मेरी परधानी शुरू होती, उससे पहले गाँव से तार आ पहुँचा कि भाभी जी का स्वर्गवास हो गया। अरसे से मियादी बुख़ार आ रहा था, कई बार मुझे याद किया था। मेरे बोर्ड के इम्तिहान चल रहे थे, इसलिए ख़बर मुझसे छिपा कर रखी गई थी।

अब, सबको गाँव जाना ही था। गए।

उनका संस्कार हो लिया तो बिट्टो बुआ, मुझे, हाथ से पकड़कर अपने कमरे में ले गईं। दरवाज़ा ढुकाया ही नहीं, बाक़ायदा कुंडी चढ़ा कर बन्द किया। लकड़ी की अलमारी खोली। उसमें ठुँसे तरह-तरह के सामान के बीच से एक टीन का बक्सा निकाला। पुराने कपड़ों के अम्बार में छिपा पड़ा था। बाहर आया तो पिचका, बदरंग। ज़ंग खाया ताला भी दिखा पर जिस कुंडी में लटक रहा था, वह ख़ुद उखड़ी पड़ी थी। फिर भी बड़े जतन से सँभालकर, उन्होंने, उसे मुझे पकड़ाया। हाथ लगाते ही, ताले समेत ढक्कन खुल गया। भीतर मेरा बनाया, भाभी जी का चित्र था।

इसमें इतनी लुकाछिपी की क्या बात है। पर हँसी-मज़ाक़ का मौक़ा न था। जब बनाया था, नज़र भर देख भी न पाई थी। अब लगा, बुरा नहीं बना था। जड़वा कर बैठक में लगाया जा सकता है, अपने शहर के घर में। मैंने ठीक से परखने को चित्र उठा लिया। नीचे एक और छवि चित्र था। भाभी जी का हरगिज़ नहीं। चेहरा, फिर भी पहचाना सा था। मन में गुड़िया कौंध गई, जो पिछली बार मिली थी। तस्वीर में बराबर उसकी सूरत झलक मार रही थी। अपना नीचे रख, उसे उठा लिया, बहुत अहतियात के साथ। फिर चित्र। वही सूरत। उठाया तो फिर वही। कमरा मायाजाल में बदल गया। यह क्या जादू है। एक-एक कर के सभी चित्र मेरे आसपास लेट गए। मेरे वाले को छोड़, आठ थे। मेरे वाले से कहीं बेहतर। कला की निपुणता में, चेहरे के लावण्य में। जितनी समझ मुझे थी, उसके हिसाब से, चित्र बहुत बढ़िया...नफ़ीस थे। तो भाभी जी, छिप कर चित्रकारी करती थीं? यक़ीन नहीं हुआ, माँ ने कहा था, फूल-पत्ती भी उनसे बनवाई थीं, साड़ी पर।

अकबकाए हाल, बुआ से पूछा, "भाभी जी ने बनाए थे?"

"ना", उन्होंने कहा, "पहली ने।"

"सूरत किसकी है?"

"उनकी अपनी।"

तभी! भाभी जी पहचानती थीं उनकी सूरत। पर भाभी जी के पास चित्र आए कैसे? पहली चल बसीं, तभी न दूसरी आईं। दादी जी ने दिए? पर भाभी जी तो कह रही थीं...

पर बुआ अब भी बोल रही थीं। 'तेरे लिए हैं। मुझ पे संगवा गईं बेचारी। तुझ पे तो आया भी न गया आख़िरी दिनों में। कित्ता याद किया। अपनी जाई रही नहीं, तुझी पे क़ुरबान होती रहीं। पर तूने कब परवाह की...'

बिट्टो बुआ को इतना बोलते पहले नहीं सुना था। सुनती तो क्या ध्यान देती? मेरे लिए वे भाभी जी की परछाईं भर थीं, वह भी माँ के बतलाए इतिहास में। एक गाती, दूसरी बजाती, वरना चौपड़। एक का छूटा तो दूसरी का भी छूट लिया होगा। मैंने तो उन्हें जब कभी एक नज़र देखा तो, बच्चों से घिरे हुए। पर वे बोले चली जा रही थीं। 'बेटे पैदा किए तो समझो जैसे पहली के, वैसे इनके। ब्याह कर के आईं तो किसी ने कुछ माना थोड़ा। जब पेट में वह आई, तेरे साथ वाली, तो समझ, अपने को मान बैठीं ये भी। क्या शौक़ जगमगाया था मन में बच्चे का, सब धरा रह गया। मेरे तो बाद में हुए पर कभी जो हाथ लगाया हो, कभी जो लाड़ किया हो। बस एक तू थी, जिस पर जान छिड़कती रहीं।'

ऐसे जान छिड़कते तो कभी देखा नहीं। देखने की तकलीफ़ कब की? बुआ ने भी कहाँ चेताया? मरे पीछे हमदर्द बनना क्या मुश्किल है। पर तस्वीरें?

"ये तस्वीरें उन्हें किसने दीं, दादा जी ने? ख़ूब सहेज कर रखीं। जड़वा कर कहीं टाँगी क्यों नहीं? अच्छा नहीं माना जाता था तब? पिता जी को मालूम है इनके बारे में? ताऊ जी को? और दादी को?" सवाल करने शुरू किए तो मैं भी धाराप्रवाह बोलती गई।

"हाँ, दादा ज़रूर सहेजते तेरे।" बुआ तंज से बोलीं, "पा जाते तो जला न डालते। जैसे और जलाईं। रंडियों के मौहल्ले की ये थीं, वे नहीं। उनकी आबरू पर आँच कैसे आने देते।"

"तस्वीरें जला दीं? क्यों?"

"आइने में देख-देख जो अपनी छवि आप उकेरे, रंडी से कम क्या हुई," बुआ ने बन्द दरवाज़े पर नज़र डाल लेने पर भी, फुसफुसा कर कहा। और तुरन्त जोड़ा, "मुझे मती घूर। तेरे दादा का कहा, कहा मैंने।"

"फिर ये कैसे बचीं? और भाभी जी के पास..."

"पहली के मरे पीछे, बच्चों समेत, उनका सारा सामान, तेरे दादा ने तेरी ताया-दादी के ज़िम्मे डाल दिया कि ले सँभाल। चाहे ख़ुद बरत, चाहे आने वाली बहुओं के लिए सहेज। पहली बहू आई, उनकी अपनी। मौसी ने कुछ गहना-गुरिया उसे दिया, कुछ आगे के लिए रखा। हाँ, उतरन-शुतरन सब उसी के माथे मढ़ी। उसी में ये भी थीं।"

"बक्सा खोलकर नहीं देखा?"

"तो, और सुनो। तस्वीरें बक्से में थोड़ा थीं। पुरानी गुदड़ी के अस्तर के बीच से मिलीं। धो-धा कर दुबारा बनाने को उधेड़ी तो दिखीं। मेरे सिवा कोई नहीं जानता। दूसरी ने क़सम दी थी मुझे, अब मैं तुझे दे रही हूँ, किसी से कहियो मत।"

बुआ ने चित्र, भाभी जी की साड़ी में लपेट दिए। मैंने अपने संदूक़ में कपड़ों के नीचे जमा लिए।

शहर पहुँच लूँ। किसी से कहे बिना भला कैसे रहा जाएगा।

वह मैं ही थी

जब भी उमा को वह औरत याद आती, एक ख़ौफ़ उसके वजूद पर तारी हो जाता। वह औरत, जो कमरे में उसी पलंग पर बच्चा पैदा करते मर गई थी, जिस पर आजकल उसे लेटना पड़ता था। कई बार सोचती थी अपना बिस्तर उठाकर दूसरे कमरे में ले जाए और फ़र्श पर बिछा कर सो रहे। पर अपने ख़ौफ़ को दूसरों पर ज़ाहिर करना इतना आसान नहीं था। मनीष पर तो बिलकुल नहीं। उससे कहा तो वह अबूझ आँखों से उसे देखता रहेगा और अपनी बात समझा न पाने का डर उसकी दहशत को और गाढ़ा कर देगा। माँ जी से कहा तो वे वही क़िस्सा बयान करना शुरू कर देंगी, जिससे उसे ख़ौफ़ आता था।

जब वह इस घर में आई, तुम्हारी तरह गर्भवती थी। यहाँ कारख़ाने की नई शाख़ा शुरू हुई तो उसके पति का तबादला अचानक बड़े शहर से इस क़स्बे में हो गया। आख़िरी महीना बहुत बुरा बीता उसका। रात को बिस्तर पर लेटती तो घंटे-आधे-घंटे में उठ बैठती। छाती मसल कर कहती, साँस नहीं आ रही। बार-बार यही कहती, साँस नहीं आती। लोग सुनते और कहते, सब्र करो, आदत पड़ जाएगी। यह जो कारख़ाने में सीमेन्ट उड़ता है, वही हवा को भारी बना देता है, उसी से साँस नहीं आती। किसी को नहीं आती, शुरू-शुरू में, फिर आदत पड़ जाती है। सबको पड़ गई तो उसे क्यों नहीं पड़ेगी। वह पूरी-पूरी रात बैठ कर गुज़ार देती। कोशिश करती ज़्यादा चले फिरे नहीं, पति को नींद पूरी करनी थी न! कारख़ाने में नया-नया तबादला, काम का बोझ इतना कि बिस्तर पर लेटते ही नाक बजाने लगता।

फिर भी, दिन में जब तब वह उससे कह उठती। वह जानती है, वह बच्चे को जन्म देने में बचेगी नहीं। शुरू-शुरू में पति सुनता और सुस्त हो जाता। कैसे बुरे वक़्त, इस क़स्बे में पटका गया। न अस्पताल, न डॉक्टर, पर करता क्या बेचारा! न ख़ुद की माँ ज़िंदा, न पत्नी की, छोड़ता भी तो कहाँ छोड़ता उसे? उसके सामने वह यही दिखलाता कि घबराने की कोई बात नहीं थी। उसकी बात हँसी में टालते-

टालते आदत पड़ गई और धीरे-धीरे उसने ध्यान देना बन्द कर दिया। रोज़-रोज़ एक ही बात, कोई कब तक सुने।

उमा सुनती और सोचती, पर यह तो मेरी कहानी है। बिलकुल मेरी कहानी। पर कहती नहीं। कैसे कहती ? मनीष की माँ ज़िन्दा थी और उसकी ख़ुद की भी।

फिर उस औरत पर सफ़ाई का फ़ितूर सवार हो गया। रात-रात भर न सोए न साँस ले, बस घर को सजाती घूमे। कलात्मक रुचि की थी, चित्र बनाया करती थी। अब क्या हुआ कि दिन-रात कैनवास पर रंग उड़ेलने में अपने को खपा दिया। घर की तमाम दीवारें अपने बनाए चित्रों से पाट दीं। फ़र्श की जो धुलाई-रगड़ाई की कि पूछो मत। कम्पनी की मेज़-कुर्सियाँ उठाकर स्टोर में बन्द कर दीं। यह पलंग उसने ख़ुद खड़े होकर बढ़ाई से बनवाया था। पलंग क्या तख़्त समझो। हाँ, लकड़ी बढ़िया लगवाई और बनवाया ख़ूब लम्बा-चौड़ा। पर नीचा तो देखो कितना है, फ़र्श से कुल छह इंच ऊपर। गद्दा भी पतला सा। पता है क्यों ? दिमाग़ में यह ख़याल चढ़ गया कि सारा सामान कमरे से बाहर निकालकर नीचा तख़्त डालेगी तो कमरा बड़ा और ख़ाली लगेगा। ख़ाली जगह में हवा क़ाबू आ जाएगी और वह साँस ले पाएगी। साँस आने पर, कौन जाने एक रात नींद भी आ जाए। पर उम्मीद कहाँ रंग लाई। सीमेन्ट के कण उसी तरह हवा को बोझिल बनाए रहे। उसके फेफड़ों को चुनौती देते रहे और वह छाती मसलती रात भर इधर-उधर डोलती रही। उसे लगता उसका अजन्मा बच्चा आकर छाती में अटक गया है। कभी-कभी महसूस होता, वह ज़िन्दा नहीं, मर चुका है। अन्दर पड़ा-पड़ा फोड़े की तरह सड़ रहा है। इसलिए साँस नहीं आती, नींद ग़ायब हो गई है, खुली आँख बुरे-बुरे सपने आते हैं। पर पक्का पता करने का कोई तरीक़ा नहीं था। क़स्बे में न अस्पताल था, न एक्स-रे मशीन और न डॉक्टर। इन्तज़ार के सिवा चारा न था। उस क्षण का जब पेट में दर्द की ऐंठन शुरू हो और बच्चा ख़ुद-ब-ख़ुद जन्म ले ले। दाई का काम तो नाल काटना और बच्चे को नहलाना भर था। प्रकृति साथ न दे तो मौत से कौन लड़ सकता है। दाई जो कर सकती थी, किया। उस औरत की क़िस्मत ख़राब थी। बच्चे का सिर माँ के जिस्म में अटका रह गया। बाहर आकर ही नहीं पाया। बाद में सुना, बड़े शहर में उसके परिचित कह रहे थे, फॉरसेप लगाकर बच्चे को बाहर खींच लेते तो दोनों की जान बच जाती। पर यहाँ कौन लगाता फॉरसेप ? मर गई बच्चे समेत इसी कमरे में, इसी बड़े तख़्त पर, जिस पर तुम लेटी हुई हो। बदक़िस्मत थी बेचारी।

बदक़िस्मत या महज औरत, उमा सोचती। यह उसकी कहानी है या मेरी या हर उस औरत की, जो अपने वर्ग और स्थान से तोड़ कर दूसरी जगह फेंक दी जाती है ? जब वह शादी से पहले कॉलेज में अर्थशास्त्र पढ़ाया करती थी तो उसकी हेड

ने एक बार कहा था, विवाह करते हुए जिस बात का ख़याल रखना चाहिए, वह है स्थानमूलक तुष्टिगुण, यानी प्लेस युटिलिटी। उमा समेत सब हँस दिए थे। विवाह के अर्थशास्त्रीय विवेचन पर हँसने के सिवा कर भी क्या सकते थे! आज समझ में आता है, उनकी बात में दम था। भारत जैसे भीषण असमानताओं वाले देश में वर्ग और स्थान की भूमिका एक जैसी है। सिर्फ़ औरत ऐसी चीज़ है जिसे कहीं से उखाड़ कर कहीं फेंका जा सकता है, इस धारणा के साथ कि वह जड़ें जमा ही लेगी। ऐसे तो कोई कीकर--बबूल से भी पेश नहीं आता। पर क़ुसूर किसका है? ख़ुद औरत का न। परजीवी की तरह इन्तज़ार क्यों करती है कि कोई सुदृढ़ जड़ों वाला वृक्ष मिले तो उसके कन्धों पर चढ़ कर जीना शुरू कर दे। जड़विहीन क्यों बनाए रखती है ख़ुद को।

नहीं, उमा ये सब माँ जी से नहीं कहती। उनका एक ही जवाब होता, तुम्हारे माँ–बाप को शादी से पहले सोचना चाहिए था। माँ–बाप को, उमा को नहीं। मनीष से कहने का सवाल ही पैदा नहीं होता था। अबूझ, अकबकाए भाव से उसे देखते रहने पर, जो समझ उसकी आँखों में उपजती, वह सिर्फ़ यह कहती कि उसकी बातों का बुरा क्या मानना, गर्भवती स्त्रियाँ ऊल–जलूल सोचा ही करती हैं। कहती क्या, वह सिलसिलेवार सोचती भी नहीं थी। यों ही टुकड़ा–टुकड़ा तर्क दिमाग़ में उठता और किरच–किरच दहशत मन में रड़कती रहती। फिर रात के अँधेरे में एक क्षण ऐसा आता, जब निस्सीम आतंक उसके पूरे अस्तित्व पर हावी हो जाता।

न चाह कर भी उसे वही कहानी बार–बार सुननी पड़ती थी। माँ जी न सुनाएँ तो कोई और औरत सुना जाती थी। उन्होंने भी तो उन्हीं सबसे सुन–सुन कर रटी थी। मनीष का नया–नया तबादला उस क़स्बे में हुआ था, इसलिए कारख़ाने में काम करने वाले सभी अफ़सरों और बाबुओं की बीवियाँ एक–एक करके उससे मिलने आ चुकी थीं। सबकी ज़बान पर छह महीने पहले मरी औरत की कहानी थी, जिसे अपनी–अपनी शैली में वे उसे सुना जाती थीं।

औरत मर गई तो पति का दिल टूट गया। इस घर में रह नहीं पाया। अगले दिन पड़ोसी के घर जा टिका और मैनेजर को दरख़्वास्त दे दी कि उसका घर बदल दिया जाए। इस घर के पीछे, ज़रा दाएँ को जो घर है, वह अलॉट हुआ है उसे। आजकल यहाँ है नहीं। शादी कराने दिल्ली गया हुअ है। आदमी अकेला कब तक रहे। छह महीने बीत चले। अच्छा हुआ बच्चा माँ के साथ निबट लिया, वरना कौन पालता बेचारे को। आदमी का तो दिल ऐसा टूटा कि घर छोड़कर जाते वक़्त यह पलंग यहीं छोड़ गया। कहने लगा, मुझसे देखा नहीं जाएगा। उसकी हैबतनाक चीख़ों और

बच्चे की बेआवाज़ मौत का साक्षी है यह। हर वक़्त उसकी याद दिलाएगा। बड़ी साध से बनवाया था बदक़िस्मत ने।

दाई के बाहर आकर कहने पर कि दोनों ख़तम हो गए, वह रोता हुआ कमरे में दाख़िल हुआ तो सबसे पहले ख़ून से तरबतर पलंग देखा। फिर पलंग पर पड़ी उसकी लाश। वह तो चीख़ मार कर बेहोश हो गया, बाक़ी लोग भी डर से जकड़े खड़े रह गए। औरत की लाश की आँखें चौड़ी खुली हुई थीं और ख़ौफ़ और दर्द भरा था उनमें, कि किसी की हिम्मत पास जाने की नहीं हुई। सुना, मरघट के डोम ने ही आँखें बन्द कीं उसकी। बच्चा उसी के साथ जला। अटका जो पड़ा था बीच में। न पूरा बाहर, न पूरा अन्दर। कोई लेडी डॉक्टर होती तो बाहर खींचकर देख लेती, मरा है या ज़िन्दा। पर...देखकर होता क्या ? ज़िन्दा होता भी तो पालता कौन ? तुमने देखे नहीं, बच्चों के कितने सुन्दर-सुन्दर चित्र बनाए थे उसने। उस घर में लगे हैं, देख आना किसी दिन। सारे-के-सारे सहेज कर ले गया उसका पति। बस, एक यह पलंग छोड़ गया। यों धो-पोंछ कर साफ़ कर दिया था एक पड़ोसी ने, पटना शहर से डिब्बा लाकर पॉलिश भी मार दी थी, बिस्तर फिंक ही चुका था, पर वह ले जाने को तैयार नहीं हुआ। मैनेजर कहने लगा, कारख़ाने के स्टोर में पलंग वैसे भी कम हैं, कुछ टूट-फूट गए, कुछ अफ़सरों की बहाली बढ़ गई। जो अगला अफ़सर इस मकान में आएगा, इस्तेमाल कर लेगा। पलंग है बढ़िया, नहीं ?

कहानी सुनते-सुनते उमा का चेहरा पीला पड़ जाता, साँस घुटने लगती, पेट में हौल का गोला उठ आता, सिर में चक्रवात भर जाता और उबकाई लेती वह उसी तख़्त पर निढाल पड़ जाती। आने वाली अफ़सर की बीवी होती, तो कान के पास आकर फुसफुसाती, "बच्चा यहाँ मत होने दो। यहाँ की दाई दस बच्चे करवाती है तो सात माँएँ मर जाती हैं। मेरे दोनों बच्चे शहर में हुए, माँ के घर। तुम अपनी माँ के पास दिल्ली क्यों नहीं चली जातीं ?" क्लर्क की बीवी होती तो त्रस्त आँखों से कहती, "आपने यह घर कैसे ले लिया, छह महीने से ख़ाली पड़ा था, कोई यहाँ आने को तैयार नहीं था। उस औरत का भूत...आप तो गर्भवती भी हैं। बच्चा जनने अपनी माँ के पास क्यों नहीं चली जातीं ? आपकी सास नहीं मानेगी क्या ?" कोई-कोई औरत माँ जी से कह भी देती। तब वे लम्बी आह भर कर कहतीं, "इसके माँ-बाप! उनहें अपने सैर-सपाटे से फ़ुर्सत मिले तब न!"

वह बात नहीं है। उसके माँ-बाप और छोटी बहनें संवेदनहीन नहीं हैं। वह तो उनकी महानगरीय दृष्टि है, जो उन्हें बिहार के इस धुर क़स्बे की वास्तविकता देखने नहीं देती। वे जानते ही नहीं कि उनके देश में ऐसे गाँव-क़स्बे भी हैं, जहाँ डॉक्टर नहीं हैं, चिकित्सा की सुविधाएँ नहीं हैं, जहाँ हर बीमारी का इलाज इस्पिरीन

की गोली या तुलसी का काढ़ा है। दिल्ली शहर में भी लाखों लोग हैं, जो इसी क़स्बाई तरीक़े से जीते-मरते हैं, उनके बारे में भी वे क्या जानते हैं? उनके लिए बच्चे के जन्म में औरत का मरना बाज़ारू फ़िल्म का लटका है या सस्ते उपन्यास की गप। वे जानते ही नहीं, क़स्बा होता क्या है। उनके लिए छोटे-से-छोटा शहर है, जयपुर या कानपुर, जहाँ अस्पताल, कम-ज़्यादा आधुनिक होते हैं, डॉक्टर कम-ज़्यादा क़ाबिल, पर होते ज़रूर हैं। घर के बिस्तर पर, दाई की मदद से एक भिगोना उबले पानी के भरोसे, बच्चे नानी-दादी ने पैदा किए थे, जिन्हें उसकी आधुनिक बहनें मनुष्य का दर्जा देने को भी तैयार नहीं थीं। वे संवेदनहीन नहीं, संवेदनशील थीं अपने वातावरण के प्रति। वही अर्थशास्त्र का स्थानमूलक तुष्टिगुण! वर्ग और स्थान का न पट सकने वाला अन्तर उन्हें बिहार के इस औद्योगिक क़स्बे की सच्चाई जानने नहीं दे सकता था।

जब उसके गर्भवती होने के बाद, मनीष का तबादला अचानक यहाँ होने के आदेश आए, तो उसने सुझाव दिया भी था कि उमा माँ-बाप के पास जाकर बच्चे को जन्म दे। सुनकर वे भौचक रह गए थे। दोनों छोटी बहनों को लगा था शहर में दंगा हो गया। उनकी व्यस्त सामाजिक ज़िन्दगी की रफ़्तार में अड़चन तभी आती थी, जब शहर में फ़साद हो जाए। कॉलेज के बाद पिक्चर, पार्टी, नाटक, सैर-सपाटा उनकी दिनचर्या के अभिन्न अंग थे। अस्पताल की भागमभाग और बच्चे की चिल्लपों की उसमें गुंज़ाइश नहीं थी। ऐसा नहीं था कि उसके बच्चा पैदा करने या पालने में उन्हें हाथ बँटाना पड़ता, बच्चा अस्पताल में डॉक्टर-नर्स के भरोसे पैदा होता, पर बेफ़िक्री और तफ़रीह में कुछ मनोवैज्ञानिक फ़र्क़ पड़ ही जाता। माहौल भी कोई चीज़ होती है। रात को बच्चा 'टाऊँ-टाऊँ' करके नींद ख़राब करता और दिन में मौज-मस्ती करते यह अहसास मन को सालता रहता कि उमा अकेली है। पेट बढ़ी औरत को साथ लेकर बाहर जाना बहनों को सोफिस्टिकेटेड प्रकृति को रास नहीं आता और उसका अकेले घर पर पड़े रहना न्यायपूर्ण नहीं लगता। बेकार के धर्मसंकट में कोई पड़े क्यों, जब उनके महानगरीय धर्म के अनुसार, बच्चे का जन्म उसकी और उसके पति की अन्तरंग समस्या थी, जिससे उनका कोई सम्बन्ध नहीं था। माँ-बाप की सहानुभूति भी अपने माहौल के प्रति थी। उमा उन्हें क्या दोष देती! शादी से पहले वही कहाँ जानती थी कि हिन्दुस्तान में ऐसे गाँव-क़स्बे भी हैं, जहाँ डॉक्टर, अस्पताल, चिकित्सा-यंत्र, ऑक्सीजन तो दूर, मामूली दवाइयाँ और इंजेक्शन भी नहीं होते। होता है एक प्राथमिक चिकित्सा केन्द्र, कम्पाउंडर, दाई, एस्पिरीन की गोली और उबला गरम पानी। जानी तो अनजान अन्धे की तरह, गर्भ धर, इस क़स्बे में न चली आती। पर...जाती कहाँ?

शुरू-शुरू में उसने मिलने आने वाली औरतों से पूछा भी था, "यह कैसी जगह है कि यहाँ कारख़ाना है, घर हैं, फ़र्नीचर हैं पर अस्पताल या डॉक्टर नहीं हैं?"

जवाब मिला था, "हैं क्यों नहीं। आम बीमारियों के लिए प्राथमिक दवाख़ाना है। एक प्राइवेट जनरल फ़िज़ीशियन भी है। गम्भीर बीमारी हो तो कम्पनी अपने मातहतों को इलाज़ के लिए पटना भेज देती है। बस लेडी डॉक्टर नहीं है। तो भई, देहात में तो बच्चे दाई ही जनवाती है। हाँ, जच्चा-बच्चा की मृत्यु दर काफ़ी ज़्यादा है। पर क्या किया जाए, गँवई गाँव का यही हाल है अपने देश में! जिनका मन यहाँ नहीं टिकता, मायके या ससुराल चली जाती हैं। तुम जानो, हमारे यहाँ लड़कियाँ मैक़े जाना ही पसन्द करती हैं। एकाध कोई ससुराल जा टिकती है। इसीलिए लेडी डॉक्टर की ज़रूरत कभी महसूस नहीं हुई। पर अब कम्पनी के मालिक बूढ़े हो चले। नई हवा के उनके लड़के बहुत चाहते हैं, यहाँ अस्पताल खुले, इलाज का वाजिब इन्तज़ाम हो, लेडी डॉक्टर तक बहाल की जाए। योजना बन गई है, दो-तीन साल तक अस्पताल हो जाएगा यहाँ।"

पर उमा का बच्चा तो अगले महीने पैदा होना था। उसे रोक कर नहीं रखा जा सकता था। दो-तीन साल क्या, प्रकृति एक बार निर्णय ले ले तो घंटा, आधा घंटा भी रोका नहीं जा सकेगा। तभी न, इतना आसान है बच्चे का जन्म और इतना दुष्कर! अपने हाथ में कुछ है ही नहीं—उसका जी करता था पटना चली जाए, दस-पन्द्रह दिन किसी होटल में रहे और दर्द शुरू होने पर अस्पताल में भर्ती हो जाए। वहाँ वह अकेली हो सकेगी। वह औरत नहीं जाएगी उसके साथ। पर कैसे? पैसा कहाँ था उसके पास? जो कमाया, साथ-साथ ख़र्च करती रही, तब आर्थिक स्वतन्त्रता विलास की वस्तु थी। जो बचाया, अपनी शादी में लगा दिया, थोड़ा-बहुत फिर भी जो बचा रहा, शादी के बाद मौज-मज़े में होम कर दिया। अब वह पूरी तरह मनीष पर निर्भर थी। मनीष के पास इतना पैसा नहीं था कि उसे हफ़्ते-दो-हफ़्ते सस्ते-से-सस्ते होटल में भी ठहरवा सके। फिर ज़रूरत क्या थी? बच्चे किसके नहीं होते! गाँव-क़स्बों में शहरों में ज़्यादा होते हैं। सब-की-सब औरतें बच्चे जनने में मर जातीं तो देहात में बढ़ती आबादी यों अज़ब न बनी होती। रहने दो। मैं जच्चा-बच्चा की मृत्यु दर नहीं जानना चाहता। मैंने तुम्हारी तरह अर्थशास्त्र नहीं पढ़ा। आँकड़ों पर मेरी आस्था नहीं है, अपनी आँखों पर है। कोई एक औरत बच्चा जनते इस घर में मर गई तो इसका यह मतलब नहीं कि सब मरेंगी। औरतों को तो बात में से बात निकालने का चसका होता है। मेरे पास इतना वक़्त कहाँ है? अभी तबादला हुआ है। नया काम समझने-निबटाने के बाद बिस्तर पर लेटता हूँ, तो बदन चस-चस कर रहा होता है, मुझे

तो साँस लेने में कोई तकलीफ़ नहीं होती, न किसी औरत का भूत मुझे सताता है। बढ़िया, चौड़ा, आरामदेह पलंग है। टीसते बदन को सुख मिलता है। गहरे सोऊँ नहीं तो अगले दिन काम कैसे करूँ?

हर आदमी अपने-अपने वर्ग-स्थान के प्रति संवेदनशील था। बच्चा उमा को पैदा करना था। इस क़स्बे के इस घर के उस पलंग पर, जिस पर वह औरत मरी थी। मनीष को नहीं। न उमा के माँ-बाप या बहनों को। वे सब अपने दायरों में सुरक्षित थे। वह औरत तो सिर्फ़ उमा के साथ रहती थी।

उसे हलका-हलका बुख़ार रहता था। जब तब पेट और कमर में दर्द की मरोड़ उठा करती थी। दिन फिर भी गुज़र जाता, पर रात होने पर बिस्तर पर लेटती तो घंटे भर बाद उठ बैठती। नाक-मुँह दोनों से साँस लेने की कोशिश करती, पर साँस आती नहीं। कभी-कभी इतना घबरा जाती कि मनीष को झकझोर कर जगा देती। कहती, "दम घुट रहा है मेरा, साँस नहीं आ रहा।"

"बेवक़ूफ़ी की बात मत करो," वह कहता, "हवा में सीमेन्ट के कण हैं, इसीलिए साँस लेने में तकलीफ़ होती है। शुरू-शुरू में सभी को होती है, फिर आदत पड़ जाती है। सबको पड़ गई, तुम्हें क्यों नहीं पड़ेगी? दम घुट कर कोई नहीं मरा आज तक। कोशिश करो, नींद आ जाएगी। आदमी चाहे तो बैठे-बैठे भी सो सकता है। और चारा भी क्या है, तुम्हीं बतलाओ, मैंने तो कहा था कि दिल्ली चली जाओ पर तुम..."

उमा निरुत्तर हो जाती और मनीष करवट बदल कर पलंग के दूसरे कोने पर सरक जाता। ख़ूब चौड़ा पलंग था, चार ताबूतों के बराबर। मनीष और उसके बीच वह औरत आराम से आ लेटती थी। उसी का था न पलंग, साध से बनवाया हुआ। होनी को टाल कर साँस लेने की ज़िद्दी आस में वह उमा के बराबर में लेटी रहती। साँस न उसे आती, न उमा को। उमा आँखें पूरी खोल, नीचे चेहरे पर जड़ी, भय से फटी उन आँखों में देखती, जिनसे मौत ने रोशनी तो छीनी, त्रास नहीं छीन पाई। ख़ौफ़ और दर्द का कैसा आलम था, जिसने मर कर भी उसकी आँखों को बन्द नहीं होने दिया। उमा और गहरे उनमें झाँकती। वह औरत मंद-मंद मुस्कराने लगती पर आँखों का आतंक बना रहता। उमा को लगता वह उसका अजन्मा बच्चा ही था, जो अब उसकी कोख से जन्म लेने वाला था। उसके घर में उसी पलंग पर। उसका मन पसीज़ उठता। वह उसे भरोसा देने लगती कि इस बार उसका बच्चा ज़िंदा जन्म लेगा, वह उसे सहेजकर रखेगी, उसकी अमानत की तरह। औरत मुस्कराना बन्द कर देती। उसकी पुतलियाँ और फैलतीं, त्रास और गहराता और

उसके साथ उमा को भी वह हैबतनाक मंज़र दीख जाता, जिसने कभी न ख़तम होने वाला ख़ौफ़ उसकी रूह में भर दिया था। हौल का बवंडर उठता और उसके पूरे वजूद पर तारी हो जाता।

पता नहीं कितनी रातें उसने उस औरत के साथ एक बिस्तर पर गुज़ारीं। फिर सहना नामुमकिन हो गया। वह उसे मनीष के पास छोड़, भटकी रूह की तरह घर में डोलने लगी। मनीष उस औरत की बग़ल में आराम से सोया रहता। उमा इस कमरे से उस कमरे में भागती, वक़्त काटने के लिए कोने-कोने की सफ़ाई करने लगती।

एक वक़्त आया कि सफ़ाई सजावट का फ़ितूर उसके सिर पर सवार हो गया। छोटे क़स्बे में और जो न हो, प्राकृतिक सम्पदा काफ़ी थी। उसने सारा दिन आस-पास के मैदानों-जंगलों में गुज़ारना शुरू कर दिया। तरह-तरह की आकर्षक आकार वाली डालियाँ, फलियाँ, लतरें, बाँस, जड़ें और जंगली फूल-पत्तियाँ ढूँढ़-ढूँढ़कर जमा करती और घर ले आती। फिर उनमें से कुछ फूलदानों में सजाती, कुछ के कोलाज बना डालती। फ़र्श और दीवारों पर सीमेन्ट की परत बार-बार साफ़ करती, उन्हें झाड़ती, पोंछती, चमकाती और अपनी बनाई कलाकृतियाँ उन पर सजा देती। फ़र्श पर छोटी मचियों पर रखे फूलदान, दीवार पर रंग-बिरंगे, जीवन की हँसी-ख़ुशी को मूर्त करते कोलाज। अपने सबसे प्रिय कोलाज से उसने शयनकक्ष की दीवार ढक दी। पत्रिकाओं में से हँसते-खिलखिलाते बच्चों के चित्र काटकर उनके बीच उगते सूरज और अनगिनत झिलमिलाते सूरजमुखी के फूलों के बिम्ब रँग कर कोलाज तैयार किया था। उसकी कोशिश थी कि घर को इतनी सुन्दरता और जीवंत हँसी से भर दे कि मौत अपना देखा हुआ रास्ता भूल जाए।

इस कोशिश में किसी-किसी रात बदन की हरारत ज़ोर पकड़ लेती। जूड़ी से थरथर काँपता शरीर तेज़ ज्वर के क़ब्ज़े में आ जाता। वह तय नहीं कर पाती, एस्पिरीन की गोली खाए या नहीं। कभी मेहनत से क्लांत देह ताप के सामने समर्पण कर देती और वह वहीं कमरे के धुले-पुँछे फ़र्श पर ढह जाती। नीम बेहोशी नींद का काम देती। माँ जी का ध्यान उस पर चला जाता तो उठाकर फ़र्श पर बिछे अपने बिस्तर पर लिटा देतीं। उमा को कुछ राहत मिलती। जब से उसने देखा है, माँ जी फ़र्श पर ही अपना बिस्तर बिछाती हैं। मनीष को ज़मीन पर पसरने से ख़ास चिढ़ है, वह जानती है। पर माँ जी से उसने समझौता कर रखा है। एक बार बतलाया था उन्होंने, कैसे पति के मरने पर जब उन्हें धरती पर उतारा गया तो वे भी उतर आई थीं। दोबारा पलंग पर नहीं चढ़ी थीं। मनीष की कहा-सुनी के बावजूद ज़मीन पर सोने का नियम बना लिया था।

उमा को वहाँ लिटा कर वे उसके सिर में तेल की मालिश करते हुए उसे ढाढ़स बँधातीं, "ऐसे घबराया नहीं करते, भगवान पर भरोसा रखो। मैंने दस बच्चों को जन्म दिया, ज़िंदा रहे कुल चार। तीन लड़कियाँ और यह एक लड़का, मनीष। भगवान की मर्ज़ी। हिम्मत रखो। भगवान जो करेगा अच्छा ही करेगा।"

उमा की हिम्मत जवाब दे जाती। वह यह पूछने लायक़ भी नहीं रहती कि दस बच्चों में से कुल चार को जीवित रख कर भगवान ने अच्छा क्या किया? वह औरत आकर उसके पैताने खड़ी हो जाती और अपनी दहशत भरी आँखों से उसे ताकती रहती। वह काँप-काँप जाती। माँ जी और मनीष उसे आम बीमारियों का इलाज करने वाले प्राइवेट फ़िजीशियन को दिखलाने के बारे में इस-उस से सलाह करते, गर्भावस्था में दिखलाना ठीक रहेगा या नहीं? निर्णय लिए जाने से पहले बुख़ार उतर जाता और इन्तज़ार का पुराना सिलसिला शुरू हो जाता उस दिन का, जब समय पूरा होने पर, प्रकृति उसे उस गुरुभार से मुक्त कर देगी।

एक महीने तक उसने इसी तरह घर को सजाया, सँवारा, सुन्दर-स्वास्थ्यकर बनाया। फिर बरसात के मौसम में शुरुआती हफ़्ते में, रात के तीसरे पहर, जब वह घर के अन्दर घुस आए चींटियों-मकोड़ों को बुहार कर बाहर फेंकने की नाकाम कोशिश कर रही थी, उसको लगा उसके भीतर कुछ फट गया। ढेर सारा पानी टाँगों के बीच से निकल कर फ़र्श पर बहने लगा। कोई ज़ोर से चीख़ पड़ा। शायद वह औरत थी।

माँ जी दौड़ी आईं और गुहार मचाने लगीं कि बरसाती रात के उसी अँधियारे पहर में मनीष भाग कर जाए और दाई को बुला लाए। उमा को ले जाकर पलंग पर लिटाने लगीं तो उसने क़हर बरपा कर दिया। "दूसरा पलंग लाओ। कहीं से भी लाओ, दूसरा लाओ। यह नहीं। इस पर नहीं।"

वह साफ़ देख रही थी उस पलंग पर वह औरत लेटी हुई थी।

माँ जी इस क़दर घबरा गईं कि ज़िन्दगी में पहली बार, इकलौते बेटे को गाली दे डाली, "नामुराद, बच्चा जनती औरत की बात सुना करते हैं। कहीं से भी एक खाट लेकर आ, माँग कर, चुरा कर, कैसे भी ला।"

क्या उन्होंने भी उस औरत को देख लिया था।

मनीष को याद आया, घर के सामने जो आम का बग़ीचा था, उसके बाहर एक तख़्त पड़ा रहता था। चौकीदार और उसके साथी उस पर बैठ कर खैनी फाँकते और ताश पीटा करते थे। इस बरसात में वह ख़ाली होगा। वह जाकर वही उठा लाया।

तख़्त बारिश के पानी से भीगा हुआ था। आम से झड़ा बौर सड़ कर उस पर चिपक गया था। उमा उस पर लेटी तो एक बार लिसलिसाहट ज़रूर महसूस की, फिर बदन से बेतरह झर रहे पसीने से उसे एकाकार कर लिया। बच रहीं दर्द की उठती–गिरती लहरें और हर ज्वार के बाद शरीर पर रेंगने काटने का अहसास। जब तक दर्द की लहर उतर कर दोबारा चढ़ने में पन्द्रह मिनट का वक़्फा देती रही, देह पर कीड़े रेंगने का अहसास तीव्रता से महसूस होता रहा। उसे लगा वह औरत, दूसरे कमरे में खिसकाए गए पलंग से उठकर, उसके बराबर में आ लेटी थी। यह उसकी ठंडी नीली उँगलियों का स्पर्श था, जो सहलाने–गुदगुदाने के बजाय बदन पर रेंग–रेंग कर डंक मार रहा था। डर कर वह चीख़ उठी। दर्द ने चीख़ को समेट लिया और उस लिजलिजे चुँटते अहसास से छुटकारा दिलाने के लिए पाँच–पाँच मिनट पर उठने लगा। पर छुटकारा मिला नहीं। ज्यों–ज्यों दर्द बढ़ा, वह अहसास भी बढ़ता गया। जब तक दाई वहाँ पहुँची, दर्द से निजात का वक़्त बेमानी रह गया था, फिर भी उमा ने उसके दोनों हाथ पकड़कर कहा, "मेरे बदन पर कुछ रेंग रहा है, काटे जा रहा है।"

दाई हँस पड़ी। बोली, "यह बोसीदा तख़्त कहाँ से उठा लाए, चींटियाँ–ही–चीटियाँ भरी पड़ी हैं सड़ी लकड़ी में। वह बढ़िया पलंग कहाँ गया, जिस पर मैंने पहली वाली की जचगी करवाई थी?"

"नहीं, वह नहीं," उमा चीख़ पड़ी," उस पर मैं उसका बच्चा ज़िंदा नहीं जन पाऊँगी।"

दाई ने कन्धे झटक दिए और अपने काम से लगी। उसके दोनों हाथ अपने बलिष्ठ हाथों में जकड़कर, बच्चा जनने के लिए, सामर्थ्य से बाहर का ज़ोर लगाने के लिए उसे उकसाने लगी। दर्द पूरे उठान पर था। उमा उस औरत से मिन्नत कर रही थी कि वह उसके बराबर से उठ जाए, जिससे वह उस सँकरे तख़्त पर पूरा फैल कर लेट सके और उसके बच्चे को ज़िंदा जन्म दे सके। होंठों–ही–होंठों में वह कहे जा रही थी, "इस बार तुम्हारा बच्चा ज़रूर ज़िंदा रहेगा, तुम देख लेना, ज़रूर रहेगा। इस ख़ौफ़ को अपनी आँखों से निकाल दो, मेरे बोसीदे पलंग से उठ जाओ। मुझे अकेला छोड़ दो। मैं वादा करती हूँ, कितनी भी ताक़त लगे, मैं तुम्हारे बच्चे को ज़िंदा जन्म दूँगी।"

उमा ने आँखें बन्द कीं, दाँत कसे, दाई के हाथों पर नाख़ून गड़ाए और शरीर के निचले भाग को शक्ति का केन्द्र बना लिया। पल भर के लिए उस औरत ने भी अपनी आँखें बन्द कर लीं। उतनी विमुक्ति काफ़ी थी। ख़ौफ़ से आज़ाद होते ही,

उसकी देह में एक नई इच्छाशक्ति ने जन्म लिया। शरीर की ताक़त से परे की चीज़ थी वह इच्छाशक्ति, जिसके बल पर बदन से निकला ख़ून का फ़व्वारा शिशु को भी बाहर खींच लाया।

"लड़की है," दाई ने कहा।

गर्व से उमा का चेहरा दीप्तिमान हो गया। डर, दर्द बदन पर रेंगती चींटियाँ सब भूल कर वह बुदबुदा उठी, "मैं जीत गई। अपनी बच्ची को रोते सुना मैंने।" उसने आँखें खोलीं और बच्ची के बजाय औरत को देखा। उसकी आँखें भी खुली थीं और उनका ख़ौफ़ बरक़रार था। उमा ने अपनी ग़लती महसूस की। हार-जीत का सवाल कहाँ था? यह जन्म उन दोनों का साझा था। "मेरी नहीं तुम्हारी बच्ची," उसने प्रार्थन के स्वर में कहा, "एक बार देखो तो उसे, कितनी स्वस्थ है। सुनो उसका जीवन-क्रंदन और भय को अपनी आँखों से मिटा दो। प्यार करो उसे और विदा लो।"

ख़ौफ़ज़दा चेहरे और फटी आँखों के साथ वह औरत हँस दी। अगर फ़व्वारे की तरह उमा का ख़ून बाहर न बह रहा होता तो उस हैबतनाक हँसी को देख जम जाता। कँपकँपी तो छूट ही गई। फिर थर-थर, थर-थर, उसका बदन थरथर्राता ही चला गया।

"मेरा काम ख़तम हुआ। मुझे इनाम दो, मैं जाऊँ," दाई ने कहा, "अब किसी डॉक्टर को बुलाओ। ख़ून गिरना बन्द नहीं हो रहा, ताप चढ़ रहा है। यह काम मेरा नहीं, डॉक्टर का है।"

माँ जी फिर गुहार मचा उठीं, "लेडी डॉक्टर को मार गोली। जा मनीष, किसी मर्द डॉक्टर को ही बुला ला। कुछ तो करेगा। ऐसे मर जाएगी बहू।"

एक बार फिर बरसाती रात के अँधेरे और पानी को कोसता, मनीष घर से बाहर निकला।

"कुछ नहीं बदला," उस औरत ने कहा, "इच्छाशक्ति मुझमें तुमसे कम नहीं थी। फ़र्क़ सिर्फ़ इतना था कि मेरा बच्चा पहले मरा, मैं बाद में और तुम पहले मरोगी, तुम्हारा बच्चा बाद में।"

"ऐसा मत कहो," थरथराते बदन, किटकिटाते दाँत और बहते ख़ून को नज़र-अन्दाज़ करके उमा ने कहा, "यह तुम्हारी ही बच्ची है, जिसने मेरी कोख से जन्म लिया है। यह ज़िंदा रहेगी। ज़रूर रहेगी। तुम देखो तो सही एक बार।"

मनीष जवान नौसिखिया डॉक्टर को लिए कमरे में दाख़िल हुआ। डॉक्टर ने देखा और सिर हिला दिया। "बहुत देर कर दी। गुर्दे नाकाम हो गए हैं। रक्त-स्राव रोकने का मेरे पास उपाय नहीं है। यह केस अस्पताल का था।"

उमा ने सुना और नहीं भी सुना। उसका पूरा ध्यान उस औरत पर केन्द्रित था। "बच्ची ?" उसने आर्तनाद करके कहा।

आख़िर वह औरत अपना ख़ौफ़ज़दा चेहरा लिए बच्ची के ऊपर झुक ही गई। उमा उन्हें एकटक निहारती रही। उस औरत की आँखों का फैलाव कम हुआ, पलकें झपकीं, पुतलियाँ सिकुड़ीं और उनमें आँसू उमड़ आए। फिर दुनिया भर की ममता और करुणा उनमें भर गई। अब जब उसने उमा को देखा तो उसकी आँखों में दहशत के बजाय करुणा का दर्द लहरा रहा था। उमा का डर जाता रहा। उसने अपनी बाँहें फैला दीं। वह पास चली आई। उसे अपनी बाँहों में थाम उसके बराबर में लेट गई।

उमा ने उसके सीने पर सिर रख कर कहा, "मैं मरना नहीं, जीना चाहती हूँ।"

"मैं भी जीना चाहती थी। बहुत कोशिश की थी मैंने।"

"जानती हूँ तुम्हारी कहानी। बहुत बार सुन चुकी हूँ।"

"भूल जाओ उसे, अब यह तुम्हारी कहानी है। ख़तम होकर फिर शुरू होने वाली। वह देखो।" उसने उसका चेहरा बच्ची की तरफ़ घुमा दिया। "हाँ, एक औरत अभी ज़िन्दा है, वह जो अभी पैदा हुई है।" आख़िरी हिचकी के साथ उमा ने कहा। बच्ची पर टिकी उसकी आँखें खुली-की-खुली रह गईं।

"इसके प्राण भी आँखों से निकले।" माँ जी ने काँप कर कहा।

सनाका खिंच गया। कोई आगे बढ़कर उन खुली आँखों में छाया ख़ौफ़ और दर्द देखने की हिम्मत नहीं जुटा पाया। तभी बच्ची धीमे सुर में रो पड़ी। एक और औरत दुनिया में आ गई। माँ जी का मन ममता से भर गया। वे बच्ची को उठाने आगे बढ़ीं। हिम्मत करके उमा की पलकें मूँदने को हाथ बढ़ाया। देखा चींटियों ने उसके पूरे बदन को ढँक लिया था पर उसकी आँखों में ख़ौफ़ नहीं, अपार करुणा भरी हुई थी। उन्होंने मर चुकी औरत की आँखें बन्द कर दीं और अभी पैदा हुई औरत को चींटियों के बीच से उठा, उस कमरे में दौड़ गईं, जहाँ साध से बना पुराना पलंग रखा था।

इक्कीसवीं सदी का पेड़

पेड़ को नहीं मालूम था, इक्कीसवीं सदी आएगी, आ गई। जब उसने उगना शुरू किया तो बीसवीं सदी थी या उन्नीसवीं, उसने पता करने की कोशिश नहीं की थी। पेड़ों को सदियों से क्या लेना-देना! सौ-दो सौ साल कुछ नहीं होते उनके लिए। उन्हें वहीं-के-वहीं खड़े रहना होता है, जड़ें जमाए। चाहे जितने साल बीतें। गर्दन ऊँची और कन्धे चौड़े करते जाने की छूट है, पर पैर में चक्कर पालने की नहीं। पेड़ क़द निकालता है, मांसपेशियाँ बनाता है, लम्बा-चौड़ा, मोटा, होता है, एक सेहतमंद गदबदे बच्चे की तरह, पर बड़े होने पर आवारागर्दी करने निकल जाना उसके स्वभाव संस्कार में नहीं है। उम्र कितनी बढ़े उसका काम नहीं बदलता और न कम होता है। पेड़ भी भला रिटायर होते हैं! पाँच साल गुज़रें या पचास या पाँच सौ, वह अपना काम करता रहता है। वही परिंदों को ठौर देना, दरिंदों को छाँव। पत्तियाँ झाड़ कर मिट्टी को उर्वर बनाना, नमी फैलाना, फल-फूल खिलाना, बीज बनाकर नए पौधे अंकुरित करना, पत्ते-टहनियों में हवा फँसा कर संगीत पैदा करना। कोई-कोई पेड़ ख़ुशबू भी फैलाता है। संशोधनः कोई नहीं, हर पेड़ ख़ुशबू फैलाता है, भीनी हो या घनी। गंध लोगों तक पहुँचे, न पहुँचे, यह उनकी घ्रणा शक्ति पर निर्भर है। आपने महसूस किया होगा...न भी किया हो...ध्यान देंगे तो करेंगे कि शोर के बीच आवाज़ ही नहीं गंध भी हम तक नहीं पहुँचती। कूड़ा-करकट फैला हो तो हम सुरों में बँधी महीन आवाज़ें सुन नहीं पाते। शोर और कूड़ा पेड़ों की तान और महक को ख़तरे में डाल देते हैं। परिंदे-दरिंदे फिर भी सुन-सूँघ लेते हैं, असल दिक़्क़त इन्सानों को होती है।

दिन में पेड़ योगाभ्यास करता था। श्वास-प्रश्वास की प्रक्रिया में गहरे खींचकर हवा पेट में भरता। फिर पेट पिचका कर, देर तक, धीमे-धीमे साँस बाहर फेंकता। गहराई से निकालकर बाहर फेंकी गई साँस को वैज्ञानिक ऑक्सीजन कहते थे। रात में पेड़ हँसता था। दिन भर के देखे इन्सानी कारनामे वह याददाश्त में

जमाकर रखता। सूरज छिपने के बाद उन्हें नाटक के दृश्यों की तरह सिलसिलेवार याद करता और मज़े लेकर हँसता। उसकी हँसी से निकलते उच्छ्वास को वैज्ञानिक कार्बन-डाई-आक्साइड कहते थे।

पेड़ ख़ुद कहीं नहीं जाता था, पर चिड़ियाँ दूर-दूर से घूम-फिर कर उसके पास आती थीं। जितनी चिड़ियाँ उतनी बातें। शाम घिरते ही दाना चुगने गई चिड़ियाँ पेड़ को आतीं। कानाबाती करने को आकुल मर्द-औरतों की तरह, वे जम कर बैठने से पहले ही पर-बेपर की उड़ाने लगतीं। पूरा मंज़र उनकी चहचहाहट से भर जाता। पेड़ हर कुछ पर यक़ीन नहीं करता था। कहीं जाता भले न हो, क़द इतना ऊँचा कर चुका था कि काफ़ी दूर तक ऊपर-नीचे देख लेता था। पर-बेपर की शिनाख़्त कर सकता था। कह कहा कर जब चिड़ियाँ शान्त हो जातीं तब रात के अँधेरे में वह उनकी बातें याद करके हँसता था।

प्रवासी पंछी सैर करते जाने कहाँ-से-कहाँ निकल जाया करते। महीनों गुज़र जाते पर वे लौटकर आते ज़रूर। यायावर की यही सिफ़त होती है, वे कहते, वह संन्यासी नहीं होता। भ्रमण चाहे जितना करे, लौटकर ज़रूर आता है। वे जो क़िस्से सुनाते, क्या बतलाएँ। कभी-कभी तो हतप्रभ पेड़ देर रात तक हँसना भूल जाता। फिर जो हँसता तो अट्टहास करके। तभी न सर्दियों में हवा में कार्बन-डाई-आक्साइड की मिकदार भक्क से बढ़ जाया करती थी।

ऐसा नहीं है कि परिंदों के तमाम क़िस्से तमतमाने या हँसाने वाले होते थे। कभी-कभी वे पुरसुकून ख़बरें भी दिया करते थे। एक दिन सर्दी के तीन महीने, जनवरी-फ़रवरी और मार्च दक्षिण में बिता कर, एक कोयल उत्तर देश लौटी तो ऐसी कहानी सुनाई कि पेड़ की बाँछें खिल गईं। उसने बतलाया कि दक्षिण के शहर में जब सड़क बनाई गई तो ऊँचे-बड़े दरख़्तों को बचा कर, घुमा-फिरा कर निकाली गई। और तो और जब कई मंज़िला मकान बना तब भी पेड़ों का पत्ता बाँका न हुआ। छज्जे में अर्धचन्द्रकार गोलाइयाँ काटकर पेड़ों के तनों को जगह दी गई और वे तीसरी-चौथी मंज़िलों के घरों की छतों को छाँव देते खड़े रहे। क्या-क्या नाज़ नहीं उठाए इन्सानों ने पेड़ों के।

वाह! उस रात पेड़ कम हँसा। दिल को ऐसा सुकून मिला कि अपनी हवा का आनन्द ख़ुद लेने का मन हो आया। भला हो, सबका भला हो। ऐसा सुर उठा कि उसे झपकी सी आ गई। वैज्ञानिकों ने उस रात परीक्षण किया होता तो कहते, कुछ पेड़ रात को भी ऑक्सीजन छोड़ते हैं। कहा तो था, पीपल के पेड़ के लिए। वह यही पेड़ था। बाद में प्रयोगशालाओं में परीक्षण हुए तो विभ्रम पैदा हो गया। सो, बहस ज़ारी है। वैसी ख़ुशनुमा रात लौट-लौटकर नहीं आई न।

पेड़ अपना काम करता रहा, वक़्त अपना। बिना रुके, वक़्त आगे बढ़ता गया। पेड़ वहीं खड़ा गुज़रे वक़्त को देखता रहा। वक़्त गुज़रा तो गलियों के बजाय सड़कें, सड़कों के बजाय हाइवे और फ्लाई ओवर बनने लगे। गलियों से भी पहले पगडंडियाँ हुआ करती थीं। सड़कों के किनारे पेड़ नहीं उगाए जाते थे। पेड़ों के बीच से पाँव-पाँव चलने लायक़ रास्ता बनाया जाता था। जैसे-जैसे पेड़ मारे जाते गए, रास्ता सड़क बनता गया। फिर भी लोग कहते, छायादार सड़क, ठंडी सड़क। यानी पेड़ पहले, सड़क उनकी छाया में। फिर हाइवे और फ्लाई ओवर बने, पेड़ हाशिए में खड़े दिखने लगे। फिर भी जो बचे रहे, पेड़ों की तरह ही बने रहे।

पेड़ कुछ-कुछ भगवान की तरह होते हैं। अनादि नहीं, पर अनन्त अवश्य। हम जानवरों की तरह उनकी आयु निर्धारित नहीं होती। हर साल, एक साल उम्र बढ़ती है, पर ख़तम नहीं होती। पेड़ ख़ुद मरते नहीं, पर मारे ज़रूर जा सकते हैं। कई बार क़ातिल, पेड़ काटकर जड़ें वहीं छोड़े जाते हैं। तब कभी-कभी बहुत कभी, उनमें से दोबारा पत्ती-टहनी फूट पड़ती है। जड़ से उखड़ कर तो भगवान भी...

जैसे-जैसे सड़कों को चौड़ा और इमारतों को ऊँचा करता वक़्त गुज़र रहा था, एक नई शै हवा में घुलने लगी थी। अनचीन्ही सी बू। अकेलेपन की। सदी के शुरू में कोई अकेलेपन का नाम लेता तो पेड़ फ़ौरन कहता, पेड़ भी कहीं अकेले होते हैं! जहाँ तक निगाह डालो और उम्र के साथ क़द बढ़ने पर निगाह जाती भी दूर तक है, पेड़ ही पेड़ नज़र आते हैं। एक ही साँस दूसरे तक पहुँचे तो कहने-सुनने की ज़रूरत नहीं रहती। पर अब...जवाबी साँसों को महसूसना मुश्किल होता जा रहा था। तो क्या हुआ ? पेड़ अकेला थोड़ा हो गया। निगाह दूर से हटाकर नीची करता है तो कितने लोग चलते, दौड़ते दीखने लगते हैं। दौड़ने का चलन नया है। पहले लोग कितने भी फुर्तीले क्यों न हों, चाल को दौड़ में नहीं ढालते थे। अब भी काम पर जाने वाले लोग नहीं दौड़ते। दौड़ते वही हैं जो महज़ दौड़ने को निकलते हैं। बस पकड़ने वालों को छोड़कर। पर वह छलाँग भर की दौड़ होती है, क़वायद या रेस वाली नहीं। पेड़ सब जानता है। ख़ैर, जाते हुए जो जैसे जहाँ जाए, लौटते हुए उसकी छाँव में ठिठके बग़ैर नहीं रह पाता। कुछ लोग बाक़ायदा बैठ कर सुस्ताते हैं, कुछ सिर्फ़ चाल धीमी करके लम्बी साँसें भर लेते हैं। उनकी साँसों और पदचापों की आवाज़ें भी चिड़ियों की चहचहाहट की तरह उसकी शाख़ाओं से गुज़रती हवा के सुरों के साथ संगत बिठला लेती हैं। फिर पेड़ अकेला क्यों महसूस करे ?

सैर करने वाले लोगों में उसे सबसे अच्छे, बूढ़ों का हाथ थाम जाते छोटे बच्चे लगते हैं। पता नहीं क्या बात है कि जितना बूढ़ा आदमी हो उतने ही छोटे बच्चे की उँगली पकड़कर घुमाने ले जाता है। घुटलियाँ छोड़ तभी-तभी पैरों पर चलना सीखे

बच्चे को डाँवाडोल होने से बचाने के लिए, बूढ़े जिस तरह दोहरे होकर क़द बच्चे के बराबर बनाते, उसे देखकर पेड़ को बड़ी ममता हो आती। वह और गहरे खींच प्राणवान साँसें छोड़ता। बूढ़ों के चेहरे खिल उठते। कहते, अरे, अचानक कैसी ठंडी हवा चल पड़ी, नहीं? पेड़ की साँसें और गहराती, दुलारती छूटतीं, यहाँ तक कि हवा पैदा करते-करते, वह ख़ुद झूम उठता। उसके देखते-देखते बच्चे क़द निकालते और एक दिन दौड़ने वालों में शामिल हो जाते। उनकी जगह नए बच्चे आ जाते, पुराने बूढ़ों की जगह नए बूढ़े ले लेते।

यूँ वक़्त गुज़र रहा था कि एक दिन एक बदहवास चिड़िया उसके पास आई। कहाँ तो दूर-दराज चीन देश से। उसकी कहानी सुनकर पेड़ दंग रह गया। चीन देश में वह अकेली चिड़िया बची थी। गुलेल का पत्थर बाल भर की दूरी से निकल न गया होता तो वह भी ढेर हो गई होती। वह उड़ निकली। दिन भर किसी चौड़े पत्तों वाले पेड़ में छुपी बैठी रहती, अँधेरा घिरने पर उड़ पड़ती। पेड़ से पेड़ तक छिपती-उड़ती वह सरहद पार कर यहाँ आ पहुँची।

पर बाक़ी चिड़ियाँ? वे क्यों मारी गईं? पेड़ ऑक्सीजन भरी साँसें फेंककर साँस छोड़ती चिड़िया को सहेजता रहा और ख़ुद से सवाल करता रहा। उससे क्या पूछना? साँस पर क़ाबू रहा तो ख़ुद बतलाएगी। उसने बतलाया। रुक-रुक कर। चीन में हुक्म हुआ कि खेतों की पैदावार बढ़ानी है। चिड़ियाँ अनाज खा जाती हैं, इसलिए उन्हें मार गिराना है। हर किसान का, हर चीनी नागरिक का फ़र्ज़ है, वह चिड़ियाँ मारे। वे मारने लगे। चिड़ियाँ ख़तम होने लगीं। हो गईं।

"बस मैं बच निकली, यहाँ तक पहुँचने में सालों लग गए।" चिड़िया ने डैने फड़फड़ाए, खुलकर साँस ली और हँस दी।

हँसी क्यों, पेड़ ने सोचा।

"बदला ले लिया हमने," चिड़िया ने कहा, "चिड़ियाँ नहीं रहीं तो एक फ़सल तो बढ़िया गई, फिर कीड़ों की फ़ौजें फ़सल पर टूट पड़ीं। तरह-तरह के कीड़े, दिन-दूने रात चौगुने बढ़ने लगे। चिड़ियाँ थीं तो कीड़ों की आबादी पर क़ाबू रखती थीं। अन्न खाती थीं मुट्ठी भर कीड़े मन भर।"

हुक्मरान नहीं जानते थे, चिड़ियों के न रहने पर ऐसा क़हर टूटेगा? इतने बेवक़ूफ़ हुक्मरान? बेवक़ूफ़ नहीं मग़रूर, चिड़िया ने समझाया। जब कोई आदमी समझता है कि उसके हर हुकम की फ़ौरन तामील होगी, उलटा-सीधा जैसा भी हो, तो उसकी दूर की नज़र धुँधला जाती है। ग़रूर के परदे के पीछे से उसे पास का ही दिखता है, दूर का नहीं। उसने हुक्म दिया, चिड़िया मारो। जितना सोचा न था, उतना आदेश पालन हुआ। आँख दिमाग़ मूँदकर, हर कोई उसकी बात पूरी करने दौड़ा।

घमंड और बढ़ा। परदा और गाढ़ा हुआ। और अँधेरे में चमकती अपनी तस्वीर से चकाचौंध होकर, वह आने वाले दिनों का हिसाब रखना भूल गया। भूल गया कि जल्दबाज़ी में दिए गए हुक्म की झटपट तामील उसे और ग़ाफ़िल बना देती है।

अरे, कमाल की ज़हीन हो तुम तो, पेड़ ने उसमें और साँस भरी, उसे सहेजा-सँभाला, पत्तों की ओट में महफ़ूज़ रखा। रात में हँसते हुए भी ख़याल रखा, चीनी चिड़िया देशी चिड़ियों के साथ पत्तों के बीच सोई हुई है ना। नीचे न उतर आए कहीं, विदेशी ठहरी। विषारी भरी हँसी से झरता कार्बन-डाई-ऑक्साइड, ऑक्सीजन की तरह हलका नहीं, बमबारी की तरह भारी होता है। ऊपर से नीचे गिरता है। चिड़ियाँ ऊपर सलामत रहती हैं।

वह क्या जानती नहीं होगी। कितनी तो चतुर थी। बचती-बचाती, चीन से यहाँ तक ज़िंदा उड़ आई थी। अब धीरे-धीरे वह दानिशमंद, अपनी ज़िन्दगी के ग़मज़दा हादसे को फ़लसफ़े में तब्दील कर लेगी। भूलेगी नहीं, कोई नहीं भूलता, पर यादगार पर मक़बरा ज़रूर खड़ा कर लेगी। फिर वह अकेली नहीं रहेगी। किसी को अकेले नहीं रहना चाहिए। यहाँ से कोई संगी ढूँढ़, घर बसा लेगी। वाह, फिर तो एक नई नस्ल तैयार होने लगेगी।

पर चिड़िया ने घोंसला नहीं बनाया। ज़हीन जितनी रही हो, दिल से ख़ाली हो चुकी थी। इतनी मेहनत से बचाई जान को कुछ दिन पेड़ से लगाए सहेजे रखा। फिर एक सुबह चुपचाप नए देश की मिट्टी में जा गिरी।

पेड़ डर गया।

अगर चिड़िया नई नस्ल शुरू करने की हिम्मत कर लेती तो वह निडर बना रहता। जैसे एक बेवक़ूफ़ी भरी बेदिली को ज़िंदा जवाब मिलने से, आगे आने वाली दरिंदगी से लड़ने का जज़्बा पैदा हो जाता। पर दरिंदगी वह क्यों कहे, पेड़ ने सोचा, वह कुनाम तो दो पैरों पर चलने वाले 'आदमी' का दिया हुआ है। दरिंदे, बेचारे उतना ज़ुल्म कहाँ करते हैं, जितना इन्सानी हुक्मरान। उतना लम्बा-चौड़ा प्रभाव क्षेत्र ही कहाँ होता है, किसी चौपाये के पास। रिहाइशी जंगल बड़ा हो तो भी, अमलदारी सीमित रहती है। इन्सान का ही माद्दा है कि अपना इक़बाल-जलाल कहाँ-से-कहाँ तक फैला ले। एक बार में जंगल के जंगल, बस्ती की बस्ती तहस-नहस कर डाले। आने वाली दरिंदगी से नहीं, इन्सानगी से हमें बचा, ए ख़ुदा। पर सुना है, ख़ुदा मर चुका ? नहीं, यह भी इन्सानगी का दावा है। जैसे पेड़ नहीं मरा करते, ख़ुदा भी नहीं मरता, साल-दर-साल, सदी-दर-सदी उम्र बढ़ाया करता है।

सदियों जिए पेड़ ने अपने डर को क़ाबू करने के लिए ख़ुदा का नाम लिया ही था कि एक और हादसा हो गुज़रा। ख़ुदा की मौत के डर ने पेड़ के पहले डर

को और बढ़ा दिया था। उसने ख़ुद से बहस तो की, पर शायद पूरी शिद्दत से नहीं, क्योंकि बाद में बुजुर्ग पेड़ यही महसूस करता रहा कि क़सूर उससे हुआ था।

चिड़िया के मातम और अपने डर में डूबे पेड़ ने एक क्षण के लिए, बस क्षण भर के लिए, साँस भरनी-छोड़नी बन्द कर दी होगी। उसका पूरा वजूद चिड़िया की कहानी दोहरा कर डर रहा था। पेड़ों को डरना नहीं चाहिए। डर जाते हैं तो हवा में ऑक्सीजन कम हो जाती है। फ़िज़ा में डोलती नाराज़ रूहें उस पर क़ाबिज़ हो जाती हैं और तब वह हो जाता है जो उस वक़्त हुआ।

क्षण भर के लिए, महज़ उतनी देर के लिए, जितनी देर पेड़ साँस रोक कर डर में डूबा था, हलकी सी आँधी चली। चिड़िया की नाराज़ आत्मा, चक्राकार घूमती हुई जैसे धरती से ऊपर उठी हो। और बुजुर्ग पेड़ ने देखा, उसका पड़ोसी, क़द्दावर जवान पेड़, जड़ से उखड़कर ज़मीन पर मरा पड़ा है।

हे भगवान! उसके बेटे की उम्र का नौजवान पेड़। यह क्या हो गया? इतनी तेज़ आँधी तो थी नहीं। इससे कहीं तेज़ अंधड़ वे दोनों पहले कितनी बार झेल चुके! आज क्या हुआ? ऐसी अकारण मौत। मेरे बेटे, मेरे वंशज़, मेरे जवाँ पेड़। यह क्यों हुआ? यह कोई आँधी में आँधी न थी। जीवन की अन्तिम साँस जैसे अन्य साँसों से अधिक दीर्घ होती है वैसे ही यह भी थी। विषाद ज़रूर घुला था बेइन्तहा। पर उसने तुम्हारी साँस कैसे उखाड़ दी? तुम इतने ज़िंदादिल, हिम्मती, क़द्दावर, जवानी के जोश और ग़रूर से भरपूर, आसमान की ऊँचाई छूने को आतुर, तुम कैसे... ?

ओह, कितनी बार समझाया था तुम्हें, क़द थोड़ा छोटा रखो, तने का आयतन फैलाने पर शक्ति लगाओ। पर तुम तो आसमान की बुलंदी छूने की आरज़ू रखते थे। जब भी मैं कहता, बड़ा हुआ तो क्या हुआ जैसे पेड़ खजूर, तुम बीच में टोक देते। बुढ़ापे में आपकी याददाश्त कमज़ोर पड़ गई है, मैं खजूर नहीं हूँ; मेरे फल लगे, अति दूर, न अति पास। और छाया, मैं कहता, पंथी को छाया तो चाहिए न? तुम हँस पड़ते, पाँचवें माले की छत पर कर तो रहा हूँ छाया। बाबा, ज़मीन पाँच मंज़िल ऊपर उठ गई, पंथी छतों पर जा चढ़े बेमौक़ा हँसी देख मैं झल्ला उठता, हँस मत, दिन में मत हँसा कर हवा दूषित हो जाती है। बूढ़ों की नसीहतों से ख़ुदा बचाए, तुम बुदबुदाते। मैंने नहीं कहा तुमसे, पेड़ बूढ़े नहीं होते। नौबत ही नहीं आई। मैं तो पहले ही दो हिदायतें देने का धीरज खो बैठा। कई बार समझाया कि बेटे हँसना हो तो रात में हँस, जब पूरा आलम नींद में डूबा हो और तंज भरी साँसों से किसी का नुक़सान न हो। और बेटे, लम्बाई को चौड़ाई के अनुपात में बढ़ा, क़द-पर-क़द निकालता न चला जा। फिर बन्द कर दिया। तुमने सुना नहीं तो क्या हुआ। मुझे कहते रहना चाहिए था। मेरा ख़याल था, हिदायतें मिलनी बन्द हो जाएँगी तो

तुम्हारे विरोध ख़तम हो जाएँगे। परम्परा और पुश्तैनी ज्ञान तुम्हारे भीतर जग उठेगा। ऐसा ही होता आया था, मैंने दुनिया देखी थी।

ख़ाक दुनिया देखी थी। अधीर, नकारा था मैं। मैंने अनगिनत पतझड़ देखे थे, मेरा फ़र्ज़ था सिखलाना। काश, मैं समझाना बन्द न करता। वह अपने क़द पर क़ाबू रखता, इतना लम्बा-पतला न होता चला जाता। तब वह चिड़िया की नाराज़ रूह को बहिश्त तक उड़ा ले जाने को आतुर हवा की दर्द भरी साँस की चपेट में न आता। धरती पर चौड़ा खड़ा उसका तना, उसे सँभाले रखता। काश, मैं समझाता और वह समझ लेता।

आँधी रुक गई। हवा सुबकी में बदल गई। तो क्या चिड़िया बहिश्त पहुँच गई ? सुना है, इस ज़मीन और हवा से बहुत ऊपर कहीं स्वर्ग है, जहाँ धरती से बहिष्कृत आत्माएँ चैन और सुकून से रहती हैं। मेरे जवाँ पेड़ की भी रहेगी ? कौन जानता है।

बुजुर्ग पेड़ को दिलासा नहीं मिला। दुःख हद से बढ़ा तो वह उसी में अर्थ खोजने लगा। पहले से भी गहरी-लम्बी प्राणवान साँसें भरने लगा जैसे वह ऐसा करके बाक़ी बचे को बचा ले जाएगा।

उस शाम पेड़ को लौटती चिड़ियों ने चहचहाना मुल्तवी रखा। धराशायी पेड़ पर बसेरा करने वाली चिड़ियाँ भी तुजुर्ग पेड़ की तरफ़ आ गईं और चुपचाप मातम पर बैठ गईं। दो पहर, बेचहक अफ़सोस में गुज़र गए। फिर जैसा कि सामूहिक मातम में होता है, वे धीमे सुर में एक-दूसरे से मातमपुरसी करने लगीं। दो-दो मौतें हुई थीं। विदेशी चिड़िया को जवाँ पेड़ ने अपने छितरे पत्तों का कफ़न ओढ़ा रखा था।

बात से बात निकलने लगी। पेड़ ने सुना आजकल अनेक जवान पेड़ औचक गिरने लगे हैं। ज़रा तेज़ हवा चली; आँधी नहीं, लू या बरसाती थपेड़ और पेड़ जड़ से उखड़ गए। पर क्यों ? आजकल पेड़ों की हालत बीमार क़ैदियों जैसी हो गई है। रोड़ी-पत्थर डाल कर सड़कें बनाई जाती हैं तो किनारे खड़े पेड़ों के चारों तरफ़, माक़ूल कच्चा दायरा नहीं छोड़ा जाता। जड़ों से रोड़ी यूँ साट-साट कर बिछाई जाती है कि तन फैलाने की क्या कहें, साँस तक लेना दूभर हो जाता है। तपेदिक के मरीज़ की तरह पेड़ कमज़ोर पड़ते जाते हैं। फिर ना-मुनासिब हवा का एक झोंका भी जानलेवा हो जाता है। लगता है लोगों को पेड़ों की ज़रूरत नहीं रही, चिड़ियाँ अफ़सोस कर रही थीं। हाँ, जैसे चीन में चिड़ियों की नहीं रही थी।

या ख़ुदा। पेड़ की साँसें आहों में बदल गईं। नाहक़ वह बच्चे को दोष देता रहा। कितनी बुलंद थी उसकी ख़ुदी कि फेफड़ों पर पड़े क़हर के बावजूद, क़द ऊँचा करके हवा ईजाद करता रहा...हँसता नहीं तो क्या करता। और वह बड़ा बुजुर्ग

शाबाशी के बजाय नसीहतें देता रहा। हे भगवान, ऐसे कितने जवाँ पेड़, बदबख़्त हुक्मरान और काहिल रियाया के शिकार हो चुके हैं। कितने अभी और होंगे?

पौ अभी फटी नहीं थी कि टिड्डी दल की तरह औरतों-मर्दों का जमावड़ा जवाँ पेड़ पर टूट पड़ा। नोच-खसोट कर टहनियाँ अलग करने लगा। घर का चूल्हा जलाने के लिए ईंधन मिलने की ख़ुशी में सब चहक-चहचहा रहे थे। जैसे कोई उत्सव हो। पेड़ों का दाह संस्कार ऐसे ही होता है।

फिर भी, ऐसी बेरुख़ी। पहले एक पल रुक कर अफ़सोस तो ज़ाहिर किया होता। हाय, इतना सुन्दर, सजीला, जवान पेड़ असमय कैसे उखड़ गिरा।

चिड़ियाँ कह रही थीं, शहर के बाशिंदों को पेड़ों की ज़रूरत नहीं रही। ठंडी गाड़ियों में चलने वाले पंथी नहीं कि छाया की दरकार हो। बिजली से आग बनाने वालों को पेड़ों से क्या काम? फिर ये इन्सानी टिड्डियाँ किस शहर से आई हैं? इस शहर के अन्दर कितने शहर बसे हैं? नहीं, लोगों को पेड़ों की ज़रूरत तो है, पर उनसे उंसियत नहीं रही। इस क़दर बेदिली! ऐसी बेमुरव्वत मौत! इतना बेदर्द इस्तेमाल!

दुःख की इन्तिहा ने पड़े की नज़र में तीखी रोशनी भर दी। भविष्य पर पड़ा आज का परदा पारदर्शी हो गया। वह आने वाले वक़्त में दूर तक देखने लगा...

एक मंज़िला मकान तोड़ कर, ऊँचे-ऊँचे हवाई महल बनाए जा रहे हैं। तोड़-फोड़ का मलबा पेड़ों की जड़ों में फेंका जा रहा है। सड़कें चौड़ी की जा रही हैं, फ़्लाईओवर बन रहे हैं। चौड़ी सड़कों पर स्कूटरों, गाड़ियों, ट्रकों की क़तार पर क़तार चली आ रही है। लोग चीख़ रहे हैं, भोंपू पर ज़ोर-ज़ोर से नारे लगा रहे हैं, काग़ज़ के पोस्टर और प्लास्टिक के थैले पेड़ों की जड़ों में डाल रहे हैं।

खा-पी कर बचा खाना जहाँ-तहाँ फेंक रहे हैं। पेट भर कर और ज़ोर से नारे लगा रहे हैं। ट्रकों पर लदा शोर, पहले चार-पाँच साल बाद सुनाई देता था। अब हर साल देने लगा है। प्लास्टिक लिपटे कचरे और मलबे ने पेड़ों की जड़ों पर कफ़न लपेट दिया है। साँस? साँस का क्या होगा? शोर है कि बढ़ता जा रहा है। एक जुलूस सड़क से घूम कर दूसरी पर पहुँचता है कि दूसरा जुलूस पहली सड़क के कान फोड़ने लगता है। शोर का डेसीबेल इतना बढ़ा कि तमाम विज्ञान सम्मत सीमाएँ लाँघ गया। गुज़रे ज़माने की फ़ौजों के बूटों की धमक कुछ नहीं थी इसके सामने। पुलों को बचाए जाने के लिए, उन्हें उन पर हौले से गुज़रना सिखलाया गया था। पर पेड़?

शोर उस बिन्दु पर पहुँच गया जब, प्लास्टिक में घुटे, बेहोश पेड़ उसे सह न सके। एक-एक करके आख़िरी हिचकी ली और धरती पर लौट गए। इधर पेड़

गिरता, उधर औरतों–मर्दों की टोली उस पर लपक पड़ती। टहनियाँ नोंची, खसोटी जातीं। कुल्हाड़ी और आरियाँ तना चाक करतीं। हर इन्सान ज़्यादा–से–ज़्यादा लकड़ी पर हक़ जमाने के लिए छीना–झपटी करता। ज़रा देर में पेड़ का नामोनिशाँ न बचता।

शोर मचाते इन्सानी रेवड़ पेड़ों पर टूट रहे थे तो भौंकते, गरियाते कुत्ते–सियार–भेड़िये कूड़े पर। शहर के आला हिस्से के वासियों ने जो जूठन वहाँ फेंकी थी, उसमें से मांस लिपटी बोटियाँ लूटने के लिए। जब से जंगल कटे थे, शेर–चीते जैसे मर्यादा पशूत्तम ख़तम हो गए थे। जूठा मांस खाने वाले अमर्यादित पशुओं का रुख़ शहर की तरफ़ हो गया था। अब कुत्तों और भेड़ियों में फ़र्क़ करना मुश्किल था।

पेड़ ने देखा कि जानवरों के रेले में नंग–धड़ंग बच्चे भी आ मिले हैं। जानवर हड्डियों पर दाँत गड़ाए थे और बच्चे दूसरे सड़ते खाने पर। सब कुछ हड़प हो जाने पर सिर्फ़ प्लास्टिक बचा रहता था। और शोर, दिन–पर–दिन शोर का डेसीबेल और कचरे का प्लास्टिक बढ़ता जा रहा था।

रह–रहकर पेड़ को एक सर्द देश से आए प्रवासी पंछी के शब्द याद आ रहे थे। उसने कहा था, इन्सान क्या खाक़ चुनेगा, यही कि कैंसर से मरे या एड्स से? इन्सानगी से रुँधे पेड़ भी क्या चुनेंगे, यही कि कचरे से मरें या शोर से?

पौ फट रही थी। वक़्त आ गया था कि पेड़ हवा में प्राण फूँकने का काम शुरू करे। पर दुःख की तमाम सरहदें पार करता, वह उस मुकाम पर पहुँच चुका था जहाँ साँस सिर्फ़ छूटता है, लिया नहीं जाता। वह यह भी समझ रहा था कि ख़ुद उसके पास ज़्यादा वक़्त नहीं है। प्लास्टिक ने उसकी जड़ें क़ैद कर रखी हैं। हवा का हलका–सा झोंका उसे ढेर करने के लिए काफ़ी है। हवा है कहाँ? शोर ने उसे सोख लिया है। पेड़ क्या करें? क्या अपनी साँसों के बल पर हवा ईजाद करे? जितनी देर के लिए भी कर सके...या...

तभी, क़त्ल हुए लापता पेड़ों ने जो श्मशानी वीराना छोड़ा था, उसमें पुष्पित शोर के बीच से उठते नारे, उसके कानों में पड़े। पेड़े लगाओ, पर्यावरण बचाओ।

पेड़ हँसने लगा।

जैसे–जैसे दिन का उजाला बढ़ा, वह साँस रोक कर हँसता गया।

जिस रोज़ पेड़ पहली बार दिन में हँसा, संयोग से वह इक्कीसवीं सदी की पहली सुबह थी।

बंजर

मेरे दोस्त!

(अगर दोस्ती नाम की कोई चीज़ होती है तो),

तुमने कहा तो अपने बारे में लिख रही हूँ। आज तक अपना निज सिर्फ़ छुपाया ही है। व्यक्तिनिष्ठि होने का आरोप लगा ज़रूर पर मैंने कब कुछ निजी किसी पर ज़ाहिर किया? हँस सकती तो आज इस आरोप पर हँसती। हँसने की आवाज़ ज़रूर कर सकती हूँ पर उसके कुछ मायने नहीं होंगे। जो हँसी आँखों तक न पहुँचे वह बेकार है, कुछ-कुछ सांत्वना के उस शोर की तरह जो खींचकर मुझ पर फेंका जाता रहा है। अच्छा, हम संस्कृति को लेकर इतनी ऊँची बातें करते हैं पर यह हमारी कैसी संस्कृति है जो दुःख में हमसे संवेदना की जगह उपदेश उगलवाती है! कैसे-कैसे उपदेश...। ब्यौरा नहीं दे सकती। क़लम रुकती है। वे कहते हैं, मैं सुन लेती हूँ। पर दूसरे के दुःख का माप-तौल कैसे किया जाता है, मैं नहीं जानती। इतना ज़रूर सोचती हूँ, उपदेश दिए बिना, दूसरे के दुःख को सस्ता किए बग़ैर, हम क्यों नहीं रह सकते? देखो न कैसी विडम्बना है, इतना सब छूट गया पर सोचने की शक्ति नहीं गई। महसूस कुछ नहीं होता पर सोच? सोचा चला जाता है, पर फ़ायदा कुछ नहीं है। बस, हवा के गोल-गोल घूमने जैसा है। जब तक सोच महसूस होने में न बदले, वह कुछ कहने के लिए नहीं उकसा सकता, दिशा भी नहीं दे सकता। उपदेश और उत्सव। एक के बाद एक चलते चले आते हैं। कभी दिवाली है, कभी दशहरा, कभी होली, कभी गणेश चतुर्थी (और भी बहुत कुछ) मुबारक हो! क्या? किसी उपलब्धि पर बधाई नहीं दी जा रही थी। यूँ ही किसी अमूर्त, सार्वजनिक उत्सव की अवधारणा पर। कहते हैं अमेरिका में कार्ड कम्पनियाँ नए-नए उत्सव, नई तारीखें ईजाद करती हैं जिससे कार्डों की बिक्री बढ़ सके। हमारे वेद-पुराण भी क्या किन्हीं कार्ड कम्पनियों ने लिखे थे जो इतने त्यौहार बना गए? सब त्यौहारों में सिर्फ़ एक पर्व अर्थपूर्ण लगता है—क्षमावाणी दिवस। और वह उसी दिन आता

है जिस दिन के लिए मेरे मन में किसी के लिए क्षमा नहीं है। अगर किसी दिन क्षमा कर पाई, सच्चे मन से, सिर्फ़ अपने को यक़ीन दिलाने भर को नहीं, तब शायद उस जड़ता से तनिक उबर पाऊँ।

पर तब तक सिर्फ़ उपदेश हैं और उत्सव हैं। वे कह रहे हैं, मैं सुन रही हूँ। क्षमा को लेकर क्या कम उपदेश मिले। एक ने कहा, 'उन्होंने जानबूझ कर थोड़ा मारा, दुर्घटना थी। क्षमा तो कर ही देना चाहिए,' जैसे वे ख़ुद महात्मा बुद्ध हों। शायद हों। मैं नहीं हूँ। एक बात ज़रूर जानती हूँ। यह मुमकिन है कि किसी चीज़ का कारण जान लेने पर आप कुछ हद तक माफ़ कर सकें। पर जब कारण यह हो कि बीच अँधेरे में, आप बिना लालटेन तक लगाए, ख़राब गाड़ी बीच सड़क पर सिर्फ़ इसलिए छोड़ गए, क्योंकि उसे धक्का देकर किनारे करने में तनिक मेहनत करनी पड़ती, और फिर वहीं बैठे देखते रहे, और अस्पताल तक ले जाने को आगे नहीं आए तो, धिक्कार के सिवा मन में और क्या भाव आ सकता है? और वे हैं कि उपदेश दे रहे हैं कि जान-बूझकर थोड़ा किया, इसलिए क्षमा तो कर ही देना चाहिए। पर मुझे उनमें महात्मा बुद्ध का नहीं, एक हत्यारे का चेहरा दिख रहा है। बुद्ध की दी शिक्षा में से किसी एक पर भी खरे उतर सको तो बहुत है। पूर्ण बुद्ध कौन हुआ है? बीते ज़माने के बुद्ध कहलाए जाने वाले के सिवा? और वह भी...हो पाए थे क्या? दूसरों का जीवन संचालित करने का, उपदेश देने का, मोह बना रहा था न। पर एक गुण को पूर्णतया आत्मसात कर सको तो महात्मा कहलाने के लिए काफ़ी है। माफ़ कर सको, सचमुच, हमेशा, मन से, हर अपराध को, तब तो शिव ही कहना पड़ेगा। उसने, मेरे बेटे ने, इसी एक गुण को निर्दोष, अखंड रूप में सोख लिया था। वह हर किसी को क्षमा कर देता था। उन्हें भी, जिन्होंने प्रेम को सोख लिया था। वह हर किसी को क्षमा कर देता था। उन्हें भी, जिन्होंने प्रेम का प्रपंच करके उसका दोहन किया था। वह छला नहीं गया था। सब कुछ जानते हुए, उसने उन्हें करने दिया था। उनका छल भी निश्छल बना दिया था। बिना कर्म किए फल प्राप्ति की उनकी चाह को मासूमियत में बदल दिया था। सबका काम अपने ऊपर ले लिया था। उन्हें उनके दोष सहित स्वीकार कर लिया था और माफ़ कर दिया था। एक बार नहीं, वह उन्हें रोज़, बार-बार, अनायास माफ़ करता चला गया था। उसने अपनी मृत्यु के आमन्त्रण को भी क्षमा कर दिया होगा। मैं जानती हूँ। फिर मैं क्यों नहीं कर पा रही? मैंने उससे कुछ नहीं सीखा। सीख सकूँ तो शायद कुछ शान्ति पा जाऊँ?

अभी तो मैंने केवल उन्हें माफ़ किया है जो मुझे उपदेश दे रहे थे। माफ़ ही नहीं किया, गले भी लगा लिया, क्योंकि मेरी समझ में कारण आ गया था। वे शब्द

को चाहते हैं, भाव को नहीं। वे जो कह रहे हैं, इसलिए कह रहे हैं, क्योंकि वह सुनने में अच्छा लगता है, इसलिए नहीं कि वे उसमें विश्वास करते हैं।

देकार्ते ने कहा था, इन्सान को कितनी भी पीड़ा क्यों न हो, दो और दो चार ही रहेंगे। वही समझो। दो और दो चार हैं। त्रिकोण के एंगल्स का जोड़ 180 डिग्री है और रहेगा। तुम अगर कहोगे नहीं, 150 डिग्री है तो, तत्काल मेरे मुँह से नहीं निकलेगा कि नहीं, 180 डिग्री है। दिमाग़ में आएगा ज़रूर। सिर्फ़ कहने की ज़रूरत महसूस नहीं होगी। मैं सोचकर रह जाऊँगी।

जैसे अब मैं सोचती हूँ, उपदेश दिए बिना क्यों नहीं रह पाते ? शायद इसलिए कि दूसरे का दुःख हमें सिर झुकाने पर मजबूर कर देता है। व्यक्ति के सामने नहीं, एक अमूर्त सत्ता के सामने। नहीं, सत्ता नहीं, अमूर्त भाव के सामने। और झुकना हम भूल चुके हैं।

पिछले दिनों मैं हैदराबाद गई थी। एक गोष्ठी में प्रसव की अनुभूति की बात हुई तो किसी ने कहा, शिशु के जन्म में निजी क्या है ? वह तो एक सार्वजनिक क्रिया है, यानी उत्सव। या उपलब्धि। या मातम, हाहाकार, रोदन। परिवार का नफ़ा या नुक़सान। तब निजी क्या बचा ? कुछ नहीं न। प्रसव की पीड़ा तक नहीं ?

प्रतिस्पर्धा भी उसी को लेकर है। सुख तो सार्वजनिक होता है। पर इतना सुख कब किसी ने देखा है कि पूरे अस्तित्व पर हावी हो जाए। वही बचे, हम रहें ही नहीं। कुछ निजी होता है तो केवल दुःख। दो और दो के चार होने के बावजूद। पर कोई तो सुख का क्षण होगा, तुम कहोगे।

हाँ, है। सुबह आँख पूरी तरह खुलने से पहले, मैं बाँह फैलाती हूँ। कन्धे का दर्द धीमे-धीमे हाथ रेंग कर उँगलियों तक पहुँचता है, तनिक सा सुख मिलता है। फिर आँख पूरी तरह खुल जाती हैं। बस, उसके बाद शुरू होती है दिनचर्या। बेमानी को बार-बार करना। सुबह उठो। नहाओ। पाठ करो। घड़ी देखो। नाश्ता बनाओ। खिलाओ-पिलाओ। घड़ी देखो। सफ़ाई करो। घड़ी देखो। शायद फ़ोन बज जाए। शायद दरवाज़े पर घंटी बज जाए। हाँ, इसी वक़्त आता है, कूड़ा गाड़ी लेकर कचरा माँगने। घंटी बजाता है। हमेशा, एक वक़्त पर नहीं आता, इसलिए घंटी बजने पर पता नहीं रहता, कौन है। कोई और भी हो सकता है। कोई हो, एक ही बात है। मुझे तो वही करना है। देखो, सुनो और करो। कुछ और नीरस और बेमानी।

अच्छा, जब किसी चीज़ में रस न रहे तो क्या चीज़ें कम ज़्यादा नीरस हो सकती हैं ? सब कुछ क्या सिर्फ़ बार-बार घटता नहीं चला जाता ? बार-बार घड़ी देखना। किसी के इन्तज़ार में नहीं। बस, यह देखने को कि अनन्त शून्य में से कितना वक़्त और गुज़र गया। अनन्त तो फिर भी अनन्त रहता है, और शून्य भी।

समय अनन्त बनता ही ऐसे है। ऐसा समय, जिसमें कोई पदचाप नहीं है। पदचाप का इन्तज़ार नहीं है। उसका अन्त नहीं है, क्योंकि हर क्षण अपने में अन्त है। अन्त हो चुका है। अब जो बचा है, वह नहीं है।

कितना अजीब है। कितनी ध्वनियाँ हैं जो मुझे पदचाप जैसी लगती हैं या लगनी चाहिए। सोचूँ तो जानती हूँ कि यह आवाज़ ऐसी लगती है कि भान होना चाहिए कि कोई आया है। भान होता नहीं। पर जानती हूँ कि होना चाहिए, इसलिए कह देती हूँ कि होता है। लोगों का मन रखने को। होता कुछ नहीं।

इस घर के लोगों ने खिड़की पर डली चिकें उठाने के लिए, जो रस्सी बाँध रखी है, उसमें नन्ही पीतल की घंटियाँ बाँध रखी हैं। हवा के चलने के साथ, वे बज उठती हैं। लगता है, दरवाज़े पर किसी ने दस्तक दी है। घंटी बजाई है या शायद पैरों की पायल बजी हो। तकलीफ़ होती है। लगता है, कोई आया है, जबकि कोई आता नहीं तकलीफ़ ज़रूर होती है, पर मैं जानती हूँ, कोई नहीं आएगा। मुझे यह नहीं लगता कि कोई आया है, सिर्फ़ यह लगता है कि इस ध्वनि से लगना चाहिए कि कोई आया है। पर वाक़ई लगता नहीं। फिर ज़ोर देकर ख़ुद से कहती हूँ, इसलिए नहीं लगता क्योंकि मैं जगी हुई हूँ। अगर सो रही होती तो अचानक, आवाज़ सुनने पर ज़रूर लगता। पर मैं जानती हूँ, सोने पर भी नहीं लगेगा। सोते-जागते क्षण भर को भी मैं यह नहीं भूलती कि कोई नहीं आएगा। धोखा भी मुझे धोखा नहीं दे सकता। तर्क बुद्धि से मैं जानती हूँ कि घंटी की रह-रहकर बज उठती आवाज़, जो तकलीफ़ मुझे दे रही है, उसकी वजह यह होनी चाहिए कि उससे मुझे किसी का दवाज़े की घंटी बजाना याद आता है और धोखा होता है कि कोई आया है। पर ऐसा है नहीं। तकलीफ़ होती है तो इसलिए कि मैं क्षण भर को भी झूठी आशा नहीं कर पाती। धोखा नहीं खा सकती। यहाँ तक कि सपना भी नहीं देखती। अगर कभी इतनी गहरी नींद सो जाऊँ और सपना शुरू हो जाए तो फ़ौरन ख़याल आता है, बस अब सपने में वह आने वाला है, और नींद टूट जाती है।

मैं कबिनी नदी के किनारे बँधी नाव के पास खड़ी हूँ। पानी की एक सुर फट-फट की आवाज़, नाव के काठ के तले पर बज रही है। मैं जानती हूँ, उसे सुनकर मुझे लगना चाहिए कि दो जन मेरी तरफ़ आ रहे हैं। क़दम-पर-क़दम बढ़ाते। बारी-बारी से दोनों की पदचाप सुनाई पड़ती है, पर आँख उठाकर देखने पर, कोई नहीं दिखता। इसलिए तकलीफ़ होती है।

पर यह सच नहीं है। मैंने आँख बन्द करके भी देख लिया। नहीं, बन्द करने की ज़रूरत नहीं पड़ी। मैं पहले से जानती हूँ कि, ऐसा मुझे लगना चाहिए पर लग

नहीं रहा। ज़रा सोचो, दु:ख के इर्द-गिर्द कितना लम्बा-चौड़ा उद्योग खड़ा है। कहानी, कविता, उपन्यास, सिनेमा और सबसे बढ़कर, नाटक। दु:ख को अभिव्यक्ति देने के लिए, अभिनेता मंच पर चढ़ कर कैसी-कैसी चेष्टाएँ करता है। भाव भंगिमा आवाज़ का उतार-चढ़ाव शब्दों की टूटन, आँखों के हाव-भाव, देह की सिकुड़न, कँपकँपी जड़ता। मूक रोदन, घुटे आँसू, जाने क्या-क्या। अति नाटकीयता की बात नहीं कर रही हूँ। हास्यास्पद भी नहीं लगता। न हँसी आती है, न रोना। एकदम अछूता छोड़ जाता है, अभिनीत दु:ख। दु:ख की भला कोई भाषा होती है, कोई भाव-भंगिमा? और चुप रहना हम कब का भूल चुके। चुप्पी को खींचना, सहना, बहुत मुश्किल होता है, इसीलिए शायद हम औरों के निजी दु:ख को नाटक की तरह देखते हैं। और अपेक्षा करते हैं कि उसमें डूब कर आदमी चुप न हो, ठीक-ठीक सार्वजनिक भाव-भंगिमा के साथ, उसे अभिव्यक्त करे, बल्कि कुछ अधिक नाटकीय होकर, उसका अभिनय करे, जिससे हम कह सकें, ज़रा सँभाल के, कुछ सँभल के।

मैं पोखरा गई थी। दोपहर को ज़रा देर को आँख लगी। एक आवाज़ सुनाई पड़ी, शायद मेरे बेटे की थी, लगा ऐसा ही। उसने कहा, बाहर जाकर देखो। मैं नंगे पाँव बाहर भाग ली। होटल के बाहर पोखरा ताल था। उसके किनारे खड़े रहकर हिमालय की पर्वत चोटियों को देखने लगी। उसने यही कहा था करने को। सूरज छिप रहा था। बर्फ़ से ढँकी पहाड़ियों पर नारंगी-लाल आग जैसी धधक रही थी। ख़ासकर, मच्छेरपुच्छ चोटी एकदम शिवालय की तरह दीप्त थी। मैं देखने लगी। कानों में शिव स्तुति गूँजने लगी। सुकून पाने की कोशिश में, पूरा साल पढ़ती रही थी। अर्धसुप्त अवस्था में याद आनी ही थी। आई। कानों में बजी या मस्तिष्क में, नहीं कह सकती। मैं आने-जाने वाले मुसाफ़िरों से अनजान, देखती सुनती रही। काफ़ी देर तक, क्योंकि स्तुति पूरी होने में क़रीब आधा घंटा लगता है और सूर्य को अस्त होने में भी। सुनते-देखते, मैं इन्तज़ार करती रही कि कुछ हो। आनन्द का स्फुरण, सौन्दर्य की अनुभूति, कोई सिहरन, पहचान, सुकून, कुछ भी। कुछ नहीं हुआ। मैंने देखा, सुना और कमरे में लौट गई।

उन कुछ लोगों से, जो मेरे दु:ख से दु:खी थे, मैंने कह दिया, पोखरा में जाकर मुझे सुकून मिला था। वे आश्वस्त हो गए। मैंने ख़ुद से भी यही कहा। बहुत बार। दो साल हो गए कहते कि पोखरा में मैंने अलौकिक सौन्दर्यानुभूति की थी। कि पोखरा में मैं इतनी गहरी नींद सोई थी कि मैंने सपने में अपने बेटे की आवाज़ सुनी थी और उसी के कहने पर सूर्यास्त के समय, शिव के दर्शन किए थे। पर यक़ीन नहीं कर पाई हूँ। मेरे भीतर जब कोई स्पंदन ही नहीं हुआ तो और सब चीज़ों का

होना, नाटक के उन दृश्यों की तरह ही था, जिनमें अभिनेता, तरह-तरह से दुःख को अभिव्यक्ति देता है और कुछ नहीं होता।

देकार्ते ने कहा था, दो और दो चार ही रहते हैं, चाहे हमारा शरीर कितनी भी भयानक पीड़ा से फटा क्यों न पड़ रहा हो। पर मन? या दिमाग़? पीड़ा क्या अकेले शरीर की होती है?

पोखरा के ताल पर तैरती नाव में बैठी।

नाव बीच में पहुँच गई। गहरा पानी।

इतना गहरा कि किनारे के पेड़ों की परछाइयाँ एकदम सीधी पड़ रही थीं। गहराई का यही सबूत होता है क्या? नहीं, यह ग़लत है। परछाइयों का ताल्लुक़ सूरज के प्रकाश-कोण से होता है। छोड़ो, उससे क्या फ़र्क़ पड़ेगा तुम्हें। मान लो कि पानी गहरा था।

मैंने आँखें बन्द कीं फिर खोलीं। ऐसे कई बार करके अपने भीतर के निस्तार को पहचाना। नहीं पहचाना कहाँ? नाव पर बैठने पर मैंने देखा कि ताल के किनारे जो पेड़ और झाड़ियाँ थीं, उन पर से रोशनी, लहरों की तरह गुज़र रही थी। पहले कभी नहीं देखा था। मेरा ख़याल था, पानी की लहरों पर रोशनी पड़ने पर ही वह इधर-उधर बह सकती है। एक बार ख़याल आया था, पहले देखा होता तो कहानी में इस बिम्ब का इस्तेमाल करती। पहले मानी? मानी जब मैं थी। जब चीज़ें, अनुभव, भावनाएँ, मेरी हुआ करती थीं। निजी मोह न रहे तो आदमी कुछ नहीं कर सकता। समाज के जिस अन्याय पर ग़ुस्सा आता था आज नहीं आता।

अब जाकर मार्क्सवाद की विडम्बना (विरोधाभास) मेरी समझ में आई है। तीखी निजी अनुभूति के भीतर से पनपे सामाजिक न्याय के लगाव को, जैसे ही निज से अलग किया गया, वह चिथर गया। मैं बार-बार साहित्य की भाषा में क्यों भटक जाती हूँ? जानते हो न, तीसेक साल लिखा है, अपने को छुपा कर। सच यह है कि मैंने कुछ नहीं पहचाना। न कुछ महसूसा। मैंने आँखें खोल लीं। इस बीच, इतना ज़रूर जाना कि पानी गहरा है। फिर मैं पानी में कूदी क्यों नहीं, बैठी रही, नाव में निश्चल, चुपचाप, बिना हिले-डुले। जकड़ी सी। मैं पानी में कुछ क्यों नहीं पा रही? मैंने पति से पूछा, 'क्या कायरता के कारण?' वह हिले-डुले नहीं। मेरे पास आने की कोशिश नहीं की। हाथ बढ़ा कर मुझे छुआ भी नहीं। एकदम सपाट स्वर में कहा, 'नहीं, यह ज़िन्दगी से लगाव है।' मैंने कुछ नहीं कहा। हम गहरे पानी में तैरती नाव में निश्चल बैठे रहे। दिन बीते। फिर सोच शुरू हुआ। अगर ज़रा लालच न होता तो दिमाग़ इतना कुछ ज़बरदस्ती, भूले कैसे रहता? तुम विश्वास करोगे, पूरे दो साल तक मुझे फ़ोटो में भी उसका चेहरा नहीं दिखा।

फिर मैंने ख़ुद को समझाया, नहीं, इतना बड़ा झूठ नहीं बोलूँगी। ख़ुद को नहीं, मैंने औरों को समझाया, जैसे अब तुम्हें समझा रही हूँ, वही शिव था, वह शिव ही था, वह शिव था तो यहाँ बना कैसे रहता? जाना था, इसलिए गया। गया, इसलिए जाना था।

मैं फिर साहित्यिक हो रही हूँ। मैं दो भागों में बँटी हुई हूँ। एक हिस्सा वह है जो चाहता है, नहीं चाहता नहीं है। चाहता तो कर न लेता। एक हिस्सा वह है, जो सोचता है कि चाहने भर से, वह कर सकता है। वह सब कुछ जो पहले करता था। सब नहीं तो कुछ ज़रूर। इसलिए वह जब तक कोशिश कर उठता है, कुछ थोड़ा-बहुत पुराना करने की। जैसे बोलना-चालना, हँसना, अख़बार पढ़ना, शीशे में चेहरा देखना, यही सब छोटी-छोटी चीज़ें इसमें कोशिश जैसा क्या है? तुम कहोगे, यह सब करते तो मैं तुम्हें कितनी बार देख चुका। अच्छा कहो, करना किसे कहते हैं, हाथ-पाँव-आँख के संचालन भर को? या उसमें कहीं मन भी होना पड़ता है? अख़बार पढ़ो और ग़ुस्सा न आए। अन्याय देखो और निस्पंद देखते रहो। सोचो, यह ग़लत है। भयानक रूप से ग़लत। महज़ सोचो, महसूसो नहीं। दूसरों पर ही नहीं, ख़ुद पर वार हो तो भी, शारीरिक पीड़ा ऊपर से गुज़र जाए। बस, यूँ ही मामूली सी राहत देती हुई लगे। असली पीड़ा में तनिक कमी लाती हुई। इसे क्या करना कहेंगे।

कभी-कभी मन होता है, रोऊँ। रोती जाऊँ। किसी से लिपट कर। पर एक क्षण भी नहीं बीतता कि तर्क सिर उठा लेता है, उससे क्या होगा? मैं जानती हूँ कुछ नहीं होगा। दो और दो चार ही रहते हैं न। त्रिकोण के कोणों का जोड़ 180 डिग्री रहेगा। विरेचन? संशुद्धि? वह तो मंचित दुःख की परिणति देखकर होता है या जब वापस लौटा लाने की या आगे बढ़ने की सम्भावना हो। जीते जाना तो जड़ता है केवल।

सबसे मुश्किल लगता है, आइने में मुँह देखना। आइना शब्द लिखने के लिए ही हफ़्तों तैयारी करनी पड़ी। जो उसमें दिखता है, धुँधला-सा मेरे जैसा, उसे देखना कितना भयानक है, शायद समझ सको। शायद न भी समझो। क्या पता वैसा कुछ तुमने भी महसूसा हो मुझे देखकर। एक दिन मैंने सोचा, आज जो हो, मुझे माथे पर बिन्दी लगानी ही है। मैं हाथ में बिन्दी की चिप्पी पकड़े घंटों बैठी रही शीशे के सामने। उसमें कोई चेहरा नहीं था। कुछ नहीं था। उस शून्य पर कुछ चेपना बेकार था। पता है, मैं हँसी भी थी, मुस्कराई भी थी। कई तरह के भाव अपने इधर वाले मुख पर लाई थी पर शीशे में कोई प्रतिक्रिया नहीं हुई थी। पता नहीं, कितनी देर वह बिन्दी मेरी उँगली की पोर पर चिपकी रही, फिर गिर गिरा गई होगी। शुरू-शुरू में जब जीवन का केन्द्र अचानक धसक कर एक गहरी खाई छोड़ गया था

तो, कितना छटपटाई थी कुछ करने को। अब सोचती हूँ लेखकीय अहंकार रहा होगा। साहित्य की दुनिया में रहकर, समाज, देश, व्यवस्था को बदलने की बात, इतनी बार सुनने को मिली थी कि यथार्थ शब्दों की ओट हो गया था। शब्द से बड़ा न कोई आडम्बर है, न अहंकार। इतने बड़े-बड़े शब्द लोग कैसे बोल लेते हैं ? मैं तो शब्द के बीच में ही पस्त हो जाती हूँ। दिल घबराने लगता है। इतना आडम्बर! पता नहीं तुम कैसे समाज, देश, व्यवस्था, विमर्श जैसे शब्द इस्तेमाल कर लेते हो। मेरी तो हिम्मत नहीं होती। बहुत बड़ा अहम् चाहिए, इन शब्दों को टप्पा खिला-खिला कर उछालने के लिए। दो-चार इन्सानों की ज़िन्दगी बदलना जहाँ अपने हाथ में न हो वहाँ ये शब्द मात्र शब्द बनकर रह जाते हैं। मैं अपने को बहुत तुच्छ, नगण्य अनुभव करती हूँ। शायद अहंकार के मिटते ही वह लेखकीय दंभ भी ख़तम हो गया जो दावा करवाता है कि देश में जो-जो हो रहा है उससे सरोकार रख लेने से ही, हम 'कुछ' कर सकते हैं, बदल सकते हैं। शुरू में मैंने भी यही सोचा था। जैसे, मैं सम्पूर्ण एकाग्रता से एकजुट होकर काम करूँगी तो तमाम व्यवस्था सुधर जाएगी। सरकार, संस्थान, लोग सब जग उठेंगे, अपना-अपना काम करने लगेंगे। फिर कोई सड़क दुर्घटना में निरर्थक नहीं मरेगा। कोई बिना दवा-पानी, बेइलाज नहीं रहेगा। कोई भूखा नहीं सोएगा। पर मेरे किए से एक भी इन्सान में संवेदना नहीं फूटी। हाँ, उपदेश बहुत मिले। अपनी कोशिशों का ब्यौरा नहीं दूँगी। जो सफल न हो उस कोशिश का ज़िक्र बेकार है। इतना ही कहूँगी कि थक-हार कर मैं उसी घिसे-पिटे निष्कर्ष पर पहुँची कि शायद दूसरों की पीड़ा दूर करने से मेरा दुःख बँट जाएगा। दो-चार बार मुँह से कहकर मैंने और मेरे पति ने इसे सच मान लिया और अपने सीमित साधनों के अनुरूप एक छोटा-सा दवाख़ाना खोल लिया, उसी जगह, जहाँ मेरे बच्चों को बीच सड़क मार डाला गया था।

हो सकता है, कुछ लोग वहाँ अपनी तकलीफ़ से निजात पा गए हों पर बदला कुछ नहीं। न वे, न हम, न समाज, न देश या व्यवस्था। बिना कुछ बदले हम अकारगर तरीक़े से अपना काम करते रहे। अब भी कर रहे हैं। हमें बार-बार बतलाया जाता है कि हमारा तरीक़ा घोर अव्यावसायिक है। उससे कुछ नहीं होने वाला। कहने वाले तो यह तक कह गए कि दो-चार लोगों की जान बचाने से क्या होगा ? कुछ नहीं। क्या हो सकता है ? बस, वे बच जाएँगे पहले की तरह नकारा जीवन जीने के लिए। तो क्या मृत्यु मात्र आँकड़ा है। डॉक्टर फिर मरीज़ को बचाने के लिए क्यों जद्दोज़हद करें ? वह तो अकेला एक अंक होता है न ? क्या इसीलिए आज हमारे आधुनिक देश में डॉक्टर इतने संवेदनशून्य हो गए हैं ? पर नहीं, सब नहीं। वे कहाँ संवेदनशून्य थे, जिन्होंने बच्चों को बचाने की कोशिश की थी ? बस,

बचाने के साधन उपलब्ध नहीं थे। थे तो वे दो ही न? दो का आँकड़ा कितना छोटा होता है।

हमें बतलाया जाता है कि निःशुल्क दवा देना ग़लत है। कम पैसों में देना भी ग़लत है। कहा जाता है, रोगी के हाथ में दवा पकड़ाओगे तो वह उसे खाएगा नहीं, बाज़ार में ले जाकर बेच देगा और बाक़ी ज़रूरत की चीज़ें ख़रीद लेगा। मैं क्या जानती नहीं? मैं ख़ुद कहाँ दवा खाती हूँ।

पर हमें तो विश्वास करना है, सब पर। चाहे समाज बदले या न बदले। अलगाव, सन्देह, अविश्वास आदि को झेल पाने की ताक़त नहीं है न हममें। हम तो जो कर रहे हैं, इसलिए कर रहे हैं कि हमें कुछ करना है। समाज को बदलने की मेरी अहंकार भरी महत्त्वाकांक्षा कब की टूट चुकी।

सच कहूँ, हमने जो कुछ किया, मोह के कारण किया। यह मोह उसकी छवि को बनाए रखने का था। ऐसा ही था मेरा बेटा, हर किसी का सहारा। कितने-कितने लोगों ने आकर मुझे बतलाया था, उनमें से कितनों को मैं पहचानती तक नहीं थी। किस-किस तरह आपद, विपद या मात्र हताशा में उसने उन्हें सँभाला, सहेजा था। दोस्तों को तो सँभालना ही था और दोस्त भी कितने। अचरज होता था, मुझ जैसी, मित्रहीन, समाज से इतर औरत के ऐसा बेटा कैसे पैदा हुआ जो हर किसी का दोस्त था। कॉलेज के लड़कों ने कहा, हम सबमें केवल वही एक था जो हममें से हरेक का क़रीबी दोस्त था। आस-पड़ोस के युवकों ने कहा, हम उसे बचपन से जानते थे, कभी हमने उसे किसी की निन्दा करते नहीं सुना। फिर वे आए, जिन्हें मैं नहीं जानती थी। कुछ बिलकुल अपरिचित। देशी-विदेशी, सब तरह के लोग। बतलाने लगे कैसे-कैसे उसने, समय पड़ने पर उनका साथ दिया था। मदद नहीं की थी, ज़ोर देकर हरेक ने कहा, साथ दिया था, आप समझ रही हैं न? साथ दिया था।

मैं समझ रही थी और नहीं भी समझ रही थी। इतनी छोटी उम्र में कब उसने यह सब कर डाला। पर उसने सोच-समझकर थोड़े किया था जो वक़्त लगता। वह तो जिया ही ऐसे था, हर रोज़। उसकी छवि को मैं कहाँ बनाए रख पाई। मैं तो सायास कर रही हूँ वह तो जीता ही ऐसे था।

फिर क्यों... ? नहीं, क्यों नहीं पूछूँगी? बहुत प्रवचन सुन चुकी।

एक बात कहूँ?

कहते डरती हूँ, जानती हूँ तुम्हें इसमें आध्यात्मिकता की बू आएगी। पर अब कैसा डर? कह डालती हूँ।

बार-बार मेरे मन में हूक उठती थी, कहाँ वीरान बंजर में मेरे बच्चे बिला गए। ऊसर भी कैसा?

खार से भरी, सफ़ेदी खाई मिट्टी। समुद्र के पानी जितनी खारी मिट्टी और वैसा ही पानी। ज़मीन के मात्र चार फुट नीचे पानी है। पेड़ की जड़ जमने से पहले, खारे पानी में जल जाती है। मई–जून में 48–50 डिग्री तापमान होता है। फिर पानी ख़ूब बरसता है पर नमक से भरी धरती उसे सोख नहीं पाती। दो–ढाई महीनों तक दो–तीन फ़ुट पानी ज़मीन के ऊपर खड़ा रहता है। जो पेड़ लू और खार से बच जाता है वह पानी से सड़ जाता है।

दलदल में सुफेद कमल ज़रूर खिलते हैं। प्रेतात्मा से। और पानी के सूखने के साथ ख़तम हो जाते हैं। फिर ठिठुराती हवा के थपेड़े खाता वही खारा ऊसर पसरा रहता है। खरपतवार तक नहीं उगता। उस ऊसर बंजर में, मैं बग़ीचा लगाने चली थी। जैसे, उसके उगने से उन्हें (मुझे) कुछ शान्ति मिल जाएगी।

सोचा था, लगाने भर से बग़ीचा बन जाएगा। बस, वहाँ के पर्यावरण के अनुकूल जंगली कहे जाने वाले पेड़ ही तो ढूँढ़ने होंगे।

पर्यावरणहितु संस्था के साथ काम करती रही हूँ। हमेशा से विश्वास दिलाया जाता रहा है (विशेषज्ञ दिलाते हैं तो हो जाता है) कि हिन्दुस्तान में वाक़ई बंजर जैसी कोई धरती नहीं है। जिसे अमेरिका में विल्डरनेस कहते हैं, वैसा यहाँ कुछ नहीं है। यहाँ तो भूमि के हर टुकड़े पर, उस पर निर्भर इन्सान बसे हुए हैं। कोई भी टुकड़ा अगर परती छोड़ दिया जाए तो प्रकृति ख़ुद–ब–ख़ुद उसे हरिया देगी। जो भी वनस्पति उस प्रदेश के पर्यावरण के अनुकूल होगी, उस पर उग आएगी, बस काटने चरने से बची रहे।

पर यहाँ तो पिछले सौ बरसों से कुछ नहीं उगा, न किसी ने कुछ रोपा, न काटा, न चरा। प्रकृति भी मुँह फेरे खड़ी थी।

फिर भी मेरा विश्वास टूटा नहीं। वक़्त लगता है विश्वास को टूटने में। लेखक का चोला उतारने में भी वक़्त लगता है।

शुरू–शुरू में वहाँ जाने पर जो लिखा था वह भी तुम्हें भेजे दे रही हूँ। सब तरफ़ ऊसर है, एकदम ऊसर। रेत भी नहीं कि पानी हो तो उमग आए। दलदल भी नहीं कि कमल सिंघाड़े ही खिल जाएँ। पानी है पर तीन–चार फ़ुट नीचे। नमकीन समुद्री जल सा खारा। पर समुद्र भी नहीं कि मूँगा मोती उग पाए। मछली केकड़े डोलें। कुछ नहीं। सफ़ेद खाई मिट्टी। खार। खरपतवार भी नहीं। मात्र इक्का–दुक्का कीकर। खार से ठुका वह भी।

ऊसर। बंजर! बियाबान। ख़ाली। रिक्त। अकेला। निर्जन। एकाकी। क्यों बार–बार कहती है वह? वह, अनाम एक औरत। नाम था पर भूल गया। पता नहीं, भूला या सिर्फ़ याद रखने की कोशिश नहीं की। याद किया नहीं तो लगा

भूल गया। भूला भी नहीं। इतना भी संबल नहीं सकार का। शायद भूला है, शायद न भी हो।

ख़ाली को बार-बार देखा क्यों? यह भी जीवन है। साकार है। ऊसर है, एकदम ऊसर। एकदम कहते ही साकार जग उठता है और कुछ नहीं तो शब्द तो हैं न। इनमें तुम कैसे दिखोगे, प्रभो?

वही पुरानी बात। तुम्हीं सूरज हो, तुम्हीं चाँद हो, तुम्हीं पवन, तुम्हीं आग, तुम्हीं जल, तुम्हीं धरती और तुम्हीं आत्मा। ये सब तो हैं यहाँ भी। पर पत्ता, टहनी, घास? कुछ नहीं है। बस, ऊसर धरती, तपता सूरज, खारा पानी, कभी चिसकती, कभी ठिठुराती हवा, और बेचारा चाँद। सब पर शीतलता बरसाता, घटता-बढ़ता चाँद। उसी में देख लेगी सब कुछ। जो है वह भी, जो नहीं है वह भी। क्या आत्मा के परस से धरती जगेगी? क्या उसके आँसू खार सोख सकेंगे। ऐसे बीहड़ सुनसान में बच्चों को कैसे छोड़ दे?

उसने उसको देखा, दूर की दृष्टि से। मैं तो कब का छूट गया। मैं को वह बनाना पड़ता है, जीने की मजबूरी के लिए। मैं को बहुत दूर से देखो तो वह में तब्दील हो जाता है। कौन है वह? वही जो सूर्य, चन्द्र, वायु, जल, अग्नि, धरती, आत्मा सब है? वही सब मैं भी थी न? मैं को मारे बग़ैर सपने नहीं देखे जा सकते। सपने के सिवा अब अपना कुछ बचा नहीं। सपने देखने की कला सीखनी होगी। कला यानी जीवन...।

वह तब की बात थी। अब उतना शब्द जाल मुश्किल है।

शुरू में मैं स्तब्ध भाव से वही करती गई थी जो पहले कर रही थी। जो उपन्यास उस समय लिख रही थी उसे भी उसी रौ में पूरा कर डाला था। सोचा था, समय को कर करके भर दूँगी। कहा न अहम् को ध्वस्त होने में समय लगता है। उसके बाद केवल अनन्त समय बचा रहता है और बचे रहते हैं शब्द। दूसरों के बोले शब्द।

जो आता है, कुछ-न-कुछ कहता है। एक बात तो हर कोई कहता है, तुम्हें लिखना चाहिए। लिखो। लिखो। तुमने भी कहा था।

बड़ी बहन घर आई तो बोली, मेरी तरह लिख, बचपन के बारे में लिख। मैं सोचती रह गई कौन-सा बचपन? किसका? मुझे तो उसके बारे में कुछ भी याद नहीं। ज़ोर डाला तो धुँधला-सा याद आया। मेरा बचपन अनेक दुःखों से भरा था। पर उनकी कोई ठीक-ठीक स्मृति मुझे नहीं है। कोशिश करने पर भी कोई तस्वीर नहीं उभरती। हद-से-हद, यह लगता है कि शुरू से लेकर आख़िर तक जो मेरे जीवन में घटा, इसी एक हादसे की तैयारी था। दुःख को पोशीदा रख कर, उसे

सहने की आदत इसीलिए डलवाई होगी, निर्भाव भगवान या शून्य ने, जिससे मैं इसे झेल सकूँ।

लोग कहते हैं उसकी कितनी मधुर स्मृतियाँ तुम्हारे पास होंगी। वे तुम्हें सहारा देंगी। तुम समझ सकते हो यह कहना कितना क्रूर है। स्मृतियाँ तो बड़े-बूढ़ों की होती हैं, अपने से बड़ों की। छब्बीस साल की उम्र में शेष हुए जीवन को स्मृति के सहारे कैसे सहेजा जा सकता है। अभी तो सब होना बाक़ी था। ऐसा नहीं है कि मधुर स्मृतियाँ नहीं हैं। होंगी ही। बहुत होंगी। पर उन्हें याद नहीं किया जा सकता। इस एक स्मृति ने उन सबको पूरी तरह दबोच रखा है। इसे स्मृति कहा भी नहीं जा सकता। यही तो यथार्थ है। रोज़ घटता, रोज़ का यथार्थ। अकेला अनुभव। एकमात्र अनुभूति।

जानते होंगे, विज्ञ हो, निपट वर्तमान में रहना कितना पीड़क होता है। जब न भविष्य आमन्त्रित करे न अतीत आमंत्रण दे, तो क्षण भर को भी विमुक्ति नहीं होती।

बहुत दिनों तक यह पत्र यूँ ही पड़ा रहा, तुम्हें भेजा नहीं।

फिर कल वहाँ गई तो देखा, उस ऊसर में तीन छोटे-छोटे झाऊँ के पौधे खड़े हैं। ये कब उगे ? ख़ुद-ब-ख़ुद ? इतना कुछ रोपा, कुछ पनपा नहीं और ये ख़ुद चले आए। तीन अतिथि। बतलाया गया है कि सबसे पहले बंजर खार में झाऊँ उगता है, फिर कुछ और।

उन्हें देखा तो एक मोह मन में पैदा होने लगा।

सोचा, शायद किसी दिन वह भी यहाँ दवा लेने आए। वही, जिसने बीच सड़क उन्हें मार डाला था। मैं या मेरे पति उसे पहचानते नहीं। माँगेगा तो दवा दे देंगे। उसके स्वस्थ होने की प्रार्थना भी कर लेंगे। क्या यूँ अनजाने में मेरा क्षमा संकल्प पूरा हो जाएगा ? वैसे ही, जैसे बंजर में झाऊँ उग आए हैं, अनायास।

सोचती हूँ आज यह पत्र तुम्हें भेज दूँगी।

अगली सुबह

नीचे वाले बंसल बाबू और मनकू फिर आवाज़ लगा रहे थे, "भाभी जी! सत्तो आंटी! ओ भाभी जी! आंटी, सत्तो आंटी!"

कितनी ज़ोर से चिल्लाते हैं ये लोग, हमेशा की तरह पहला ख़याल यही आया, फिर वह सहम गई। कुछ घंटों पहले उन्होंने ऐसी ही गुहार मचाई थी और उसे उनका शोर बुरा लगा था, पर जो ख़बर उन्होंने सुनाई थी, इतनी हैरतंगेज और ख़ौफ़नाक थी कि शोर आप ही सहम गया था। इंदिरा गांधी को सोलह गोलियों से छलनी करके मार दिया गया!

अब क्या हो गया! 'शुभ-शुभ', जपती वह कमरे से निकल कर बाहर छज्जे पर लटक गई।

"लड़कों को बाहर न जाने देना भाभी जी, शहर में दंगा हो गया।"

"चार सिख तो मैंने अपनी आँखों से कटते देखे सत्तो आंटी! मार कर फेंक दिया पुल के उस पार!" उनके लड़के मनकू ने हाथ के इशारों से जतला कर कहा। उसकी तरफ़ देखकर वह काँप उठी, पर बात समझ में नहीं आई।

"सिख? सिख क्यों मारे?" उसने पूछा।

"सुना नहीं, इंदिरा गांधी को सिखों ने मारा है।"

"रेडियो पर तो कहा, उनके अपने गार्डों ने गोली चलाई उन पर!"

"हाँ हाँ, वे दोनों सिख..." उत्तेजना से थरथराती आवाज़ में मनकू ने कहा।

"तो क्या हुआ? दो ने मारा, इसका यह मतलब नहीं कि पूरी क़ौम ने मार डाला।" अशोक ने बाहर निकलते हुए लताड़ा।

उसने देखा, अशोक के पीछे अजय के साथ सरबजीत भी कमरे से बाहर निकलने वाला है। वह तेज़ी से अन्दर पलटी और धक्का देकर सरबजीत को कमरे की पिछली दीवार पर पहुँचा दिया। फिर ग़ुस्से से गरज कर आवाज़ लगाई, "अशोक, चल अन्दर!"

चकित अशोक अन्दर को मुड़ा तो उसे भी भीतर करके दरवाज़े पर सिटकनी लगा दी और हाँफती हुई उसके सामने खड़ी हो गई।

"क्या हुआ?" तीनों लड़के अचरज से उसे देख रहे थे।

उसने हाथ के इशारे से उन्हें पास बुलाया, सरबजीत का हाथ कसकर पकड़ा और फुसफुसा कर कहा, "बाहर मत निकलना और किसी को ख़बर ना हो यह यहाँ है।"

तीनों लड़के ज़ोर से हँस पड़े।

उसने दोनों हाथों से सरबजीत का मुँह भींच कर बन्द कर दिया, "ख़ामोश! आवाज़ नहीं!"

"क्या हो गया तुम्हें, अम्माँ!" हँसना भूल अशोक गुस्से से उफन पड़ा।

"सुना नहीं, शहर में दंगा हो गया। लोग सिखों को मार रहे हैं।"

"बकवास! तुम भी दुनिया-जहान की अफ़वाहों पर यक़ीन कर लेती हो। पता है न, नीचे वाले ख़ामख़ाह शोर मचाने में कितने तेज़ हैं।"

"एकाध वारदात हो गई होगी, आंटी जी!" सरबजीत ने उसका हाथ हटाकर कहा, "उससे हमें क्या?"

"मैं देखकर आता हूँ क्या हो रहा है बाहर," छोटे अजय ने कहा और लपक कर सिकटकनी खोल ली।

"नहीं," फुफकार कर उसने उसकी कलाई पकड़कर मरोड़ दी, "ख़बरदार, जो मुझे बग़ैर पूछे कुछ किया!"

दोबारा सिटकनी चढ़ा कर, वह दरवाज़े के सामने दूसरा दरवाज़ा बनी खड़ी रही।

"तुम लोग नहीं जानते। सन् 1947 में यही हुआ था। सरबजीत को ख़तरा है। इसे छुपाकर रखना होगा।"

"मुझे भला क्या ख़तरा होगा, आंटी!" सरबजीत ने कहा, "मुझे यहाँ सब जानते हैं।"

"यही तो ख़तरा है," उसके मुँह से निकला, "बाबू जी को भी मौहल्ले में सब जानते थे। रेलवे के टिकट बाबू थे, सब उन्हें पहचानते थे। तभी तो...नहीं, वक़्त ज़ाया न कर! मेरे साथ आ।" सरबजीत का हाथ पकड़कर वह ज़बरदस्ती उसे घसीटती हुई पास के स्टोर में ले गई।

"यहाँ बैठ," उसने कहा, "बत्ती ना जलाना! दरवाज़े पर बाहर से ताला डाल रही हूँ। तीन बार ठक-ठक करूँगी तो समझ जाना मैं हूँ।"

"लगता है आंटी जी, आपने हाल में कोई बढ़िया जासूसी पिक्चर देखी है। चलो, आपकी ख़ुशी! बैठ जाता हूँ। पर साँस लेने का इन्तज़ाम है कोना?"

वह नहीं हँसी। "है ना वह जंगला!" दीवार में बने छोटे गोल छेद को दिखा कर वह दरवाज़ा बन्द करने लगी।

"ठहरो आंटी जी, कुछ खाने को दे जाओ। दोपहर को तो आप जानो..."

उसकी बात ख़तम होने से पहले वह पलटी और जल्दी-जल्दी थाली में खाना डाल, पानी की बोतल थाम वापस पहुँच गई। दरवाज़े पर ताला डाल कर आई तो अशोक-अजय ने उसकी तरफ़ से मुँह फेर लिया।

"तुमने कभी देखा नहीं, इसीलिए नहीं समझ रहे। मैंने देखा है। सन् 1947 में मेरी उमर दस बरस की थी। मेरे अपने बाबू जी..." उसका गला रुँध गया।

"कमाल करती हो अम्माँ, तब बँटवारा हुआ था देश का, अब बिना बात कोई किसी को क्यों मारेगा? लोग पागल हैं क्या?"

"हैं नहीं, हो जाते हैं।"

"सब-के-सब पागल हो जाते हैं?"

"सब नहीं, कुछ।"

"पर क्यों?"

"भड़काने वाले थोड़े हों तो भी बहुत हैं। दियासलाई की एक तीली फूस के ढेर में आग लगा देती है। एक बार भीड़ जमा हो जाए तो कुछ होकर रहता है, जश्न या जिहाद! भीड़ का आदमी आदमी नहीं रहता..."

अशोक हँस पड़ा। "किसका भाषण दोहरा रही हो।" उसने कहा।

वह जवाब देती, उससे पहले अजय पूछ बैठा, "आते कहाँ से हैं वे लोग?"

उसकी आवाज़ में जिज्ञासा थी, पर वह जवाब देने के बजाय सवाल से उलझ कर रह गई। सच, कहाँ से आते हैं वे लोग, दंगाई, हत्यारे? कल तक सब अपने काम-धंधे में लगे थे, किसी को किसी से कुछ लेना-देना नहीं था, फिर आज कैसे एक-दूसरे को पहचान गए, कैसे एकजुट हो जत्थे की शक्ल अख़्तियार कर ली, कैसे मारने लगे लोगों को गुट बनाकर? कौन होते हैं वे लोग, कहाँ से आते हैं और फिर कहाँ जाकर दोबारा छुप जाते हैं?

"बतलाओ न अम्माँ, कहाँ से आते हैं वे लोग?" अजय ने फिर कहा।

"कहीं से नहीं आते," अशोक ने डपट कर कहा, "अम्माँ को वहम हो गया है।"

तभी नीचे से फिर शोर उठा। इस बार भाभी जी की एक ही पुकार में वह दरवाज़ा खोलकर छज्जे पर झूल गई।

"क्या है भाई साहब," आवाज़ को बेहद मीठा बनाकर उसने पूछा।

"अशोक है घर पर?"

"हाँ जी, हाँ, है।"

"कोई दोस्त आया हुआ है उसका?"

"ना जी। वह तो गया कब का! सुबह आया था, फिर तीन बजे जब आप गए मेडिकल तो वह बोला, देखकर आऊँ।"

"लौटकर आए तो घुसने मत देना घर में।"

"नहीं जी। अब क्या भरोसा रहा उनका।"

"कैसे नहीं रहा?" अशोक ने चिल्लाकर कहा, "शरम करो अम्माँ!"

"चुप!" उसने घुड़ककर कहा।

"अजी मिठाइयाँ बाँट रहे थे ये लोग, भंगड़ा डाल रहे थे। मारते नहीं तो क्या करते! हिन्दुओं का ख़ून पानी है क्या?" बंसल बाबू बोले।

"आपने देखा भंगड़ा करते, मिठाई बाँटते?" अशोक ने पूछा।

"और क्या। झूठ कह रहे हैं हम!"

"सच ...देखा आपने?" अशोक की आवाज़ में असमंजस उभर आया।

"मार खाए बिना बाज़ नहीं आना था, इन लोगों ने! पंजाब में इतने हिन्दू क़त्ल किए, हम ग़म खाए रहे..."

"क्यों खाए रहे?" अशोक ने बात काटकर कहा, "वहाँ जाकर मारते तो बहादुरी होती! यहाँ वालों को मारने से फ़ायदा?"

"वाह बेटा, ख़ूब हिमायत कर रहे हो दुश्मनों की! हम नहीं मारेंगे तो पता है सफ़ाया करके रख देंगे वे हिन्दुओं का। क्यों भाभी जी, ग़लत कह रहा हूँ?"

"नहीं जी, बिलकुल सच्ची खरी बात है।" उसने कहा।

"तुम विश्वास करती हो, सचमुच विश्वास करती हो? मैं...नहीं...मैं विश्वास नहीं करूँगा।" अशोक उससे नहीं जैसे ख़ुद से नाराज़ हो रहा था।

"अम्माँ के पल्लू में बैठ कर क्या पता चलेगा बर्खुरदार! ज़रा बाहर निकल कर देखो!" बंसल बाबू ने चुनौती दी।

"हाँ हाँ, बाहर ही जा रहा हूँ।" रुँधे गले से चिल्लाकर अशोक ने कहा। सामने आ पड़ी माँ को रुखाई से परे धकेल, वह जैसा था, वैसा ही पैदल घर से निकल गया।

"अशोक अशोक।" वह चिल्लाती रह गई। बजरंगबली रक्षा करना इसकी, रक्षा करना, उसके चले जाने पर देर तक बुदबुद करती रही।

स्टोर के अन्दर बैठे सरबजीत सिंह का हाथ सुन्न पड़ गया। रोटी का कौर तोड़ कर मुँह में डाल रहा था कि सत्तो आंटी की बातें कान में पड़ीं। वह यहाँ बैठा रोटी चबा रहा है, और वहाँ वे लोग... ! रोटी का कौर वापस थाली में जा गिरा। उठकर वह दरवाज़े की तरफ़ बढ़ा। दरवाज़े की निचली फाँक से कमरे की रोशनी छन कर अन्दर आ रही थी। अब तक वह उस हलके उजास में देखने का आदी हो चुका था। दरवाज़ा बाहर से बन्द था। भीतर से टटोल कर ऊपर तक देखा। अन्दर कोई सिटकनी नहीं थी! बाहर से दरवाज़ा खोले जाने पर वह निहत्था, विवश, लाचार, उनकी दया पर निर्भर होगा! टटोल-टटोल कर उसने उस छोटे से पिंजरेनुमा कमरे की इंच-दर-इंच तलाशी ली। सिर्फ़ लकड़ी का एक मज़बूत तख़्ता हाथ लगा। उसी को दोनों हाथों से थाम, वह सतर्क होकर बैठ गया।

चारों तरफ़ गहरा सन्नाटा था, ठीक वैसा, जैसा हर रात के पहले पहर में होता है। अँधेरे और चुप्पी के बीच रेडियो ज़रूर बज रहा था, पर एक लय में, थका-हारा-सा। उसकी आवाज़ चुप्पी में समो जाती थी। कभी सितार के सुर, कभी वीणा की धुन, कभी भजन के बोल। ओम् शान्ति शान्ति! दिवंगत आत्मा को श्रद्धांजलि, मौन, संतप्त प्रार्थना। दुख में डूबा आदमी क्या किसी को मारने जाएगा? वह ख़ुद भी तो...उनके जाने का इतना गहरा सदमा लगा था दिल को कि एक ही हूक उठती थी रह-रहकर मन में, जो मेरे साथ हुआ किसी के साथ न हो। सात बरस होने को आए...ऐसे ज़ख़्म कहीं भरा करते हैं, अब भी दिल फोड़ा-सा रिसने-टीसने लगता है। कितना मन था, अपने छोटे घर में रहने का! कितनी मुसीबतें उठाकर दो कमरों का फ़्लैट बनाया था, पर एक दिन नहीं रह पाए उसमें। किराए के लिए दूसरों को देना पड़ा। उसी से गुज़र हो रही है, वरना गवर्नमेंट स्कूल में सिलाई-कढ़ाई सिखलाने का क्या मिलता है! फिर भी सिर पर छत है न! बंसल बाबू बुरे आदमी नहीं हैं। रोज़-रोज़ किराया बढ़ाने की माँग नहीं करते। मुसीबत के दिनों में तंग नहीं किया। दस बरस हो गए इसी कमरे में रहते। लाखों से अच्छी हूँ। रिफ़्यूजी होकर आए तो चाचा-चाची ने सहारा दिया। जैसा भी था, सहारा तो था। माँ भी हमेशा यही कहती थीं, 'सत्तो बेटी, हम लुटे सो लुटे, बस अब मानता माँग कि कहीं आग न लगे, ख़ून न बहे, सिर न कटे, फिर कहीं किसी की इज़्ज़त न लुटे। फिर कहीं किसी बेटी के सामने उसका बाप हलाल न हो, किसी माँ के सामने उसका बेटा... !'

सन्नाटे को चीरते हुए कुत्ते भौंक उठे। वह चौंक पड़ी। अशोक अब तक नहीं आया। पता नहीं कहाँ भटक रहा होगा। हे बजरंगबली, रक्षा करना उसकी।

कुत्ते ख़ामोश हो गए। सन्नाटे में बसा ख़ौफ़ सिमटने लगा। रेडियो पर आ रहा मीराबाई का भजन, 'मेरे तो गिरधर गोपाल...दूसरा न कोय...दूसरा न कोय...मेरे तो...' बोल उसे गले लगाकर थपकाने लगे।

मैं हूँ एक जन्मजात पागल, उसने सोचा। कितनी जल्दी घबरा जाती हूँ। ठीक कह रहा था अशोक, सैंतीस साल पहले जो हुआ, उसकी वजह दूसरी थी, तब देश का बँटवारा हुआ था। वह तो अंग्रेज़ कर गए हमारा बँटवारा, नहीं तो हिन्दुस्तान घने पेड़ जैसा था, चाहे जो बसेरा कर ले। घना पेड़ तो बरगद का भी होता है, जिसके नीचे कुछ उगता नहीं। उग सकता नहीं...दुर, दीमक लगे मेरे सोच को, उलटा-सीधा पता नहीं क्या सोच जाती हूँ! उठूँ, चलूँ, स्टोर खोल दूँ! अँधेरे तंग कमरे में बैठा लड़का मुझे कोस रहा होगा, उसके चेहरे पर हलकी-सी मुस्कान खेल गई। दुर, आग लगे मेरी अक़्ल को, यह तक नहीं पूछा, पुत्तर, और रोटी दूँ? पूरी बहमन हूँ, ठीक कहता है अशोक।

"माँ, खाना नहीं दोगी आज?" तभी अजय ने कहा और उसकी मुस्कराहट और सहज हो आई।

"चल रे खाना परोसूँ, मैं भी कमबख़्त..." वह चारपाई छोड़ उठी कि एक ऊँची चीख़ सन्नाटे को चीरती हुई गूँज गई। फिर सब कुछ शान्त हो गया।

"तूने सुनी?" सीने पर हाथ बाँध वह फुसफुसाई।

अजय ने हाँ में गरदन हिला दी।

उसने उसका हाथ पकड़ लिया, होंठों पर अँगुली रख कर समझाया, क़तई शोर नहीं होना चाहिए।

रेडियो का वाल्यूम थोड़ा तेज़ कर दिया और उसकी शान्तिपूर्ण स्वर लहरियों के बीच अपना काम आहिस्ता-आहिस्ता करना शुरू किया। कमरे के एक कोने में एक लंबूतरी अलमारी खड़ी थी। वही एक चीज़ थी, जो स्टोर के दरवाज़े को आड़ दे सकती थी। इशारों से समझा कर उसने अजय को साथ लेकर अलमारी उठाई और स्टोर के सामने रख दी। दरवाज़े पर लटकता ताला दीखना बन्द हो गया। दरवाज़े से हट कर ध्यान अब पहले-पहल अलमारी पर जाता था। फिर चारपाई उठाकर दूसरे कोने में की। दोनों कुर्सियाँ और लकड़ी का बक्सा भी अपनी जगह से हटाकर दूसरी जगह रखवाया। कोई देखेगा तो सोचेगा, कमरे का सामान बहुत दिनों से इसी तरह रखा हुआ है। पूरा समय उसने ख़याल रखा कि सामान की रगड़ फ़र्श पर न लगे और मन-ही-मन जपती रही कि सामान इधर-उधर करने की

आवाज़ नीचे वालों तक न पहुँचे। और हाँ, वह तो भूल ही चली थी, जहाँ से सामान हटाया है, जगह-जगह धूल-मिट्टी के दाग़ निकल आए हैं। उन्हें गीला कपड़ा करके पोंछ देना है। झाड़ू नहीं देनी, उसकी फटकार नीचे तक पहुँच जाएगी। वह सोचेंगे, सूरज डूबे झाड़ू देने का क्या काम। अपशकुनी जो होता है, साँझ ढले झाड़ू लगाना। स्टोर के भीतर सहसा अँधेरा गहरा गया। उस कमरे से आता हलका उजास भी लोप हो गया। सरबजीत ने दरवाज़े की फाँक से नीचे झाँक कर देखने की कोशिश की। लगा, कमरे की दीवार खिसक कर दरवाज़े से भिड़ गई है। क्या किया उन लोगों ने, कमरे की बत्ती क्यों बुझा दी ? एकदम घुप्प अँधेरे में क़ैद कर दिया उसे! वाहे गुरु, कहाँ फँस गया वह! हाथ में हथियार नहीं, कूदकर बाहर भाग सकने लायक़ खिड़की नहीं, दरवाज़ा खोल पाने को चाबी नहीं, इस दमघोंटू अँधेरे से छुटकारा पाने का उपाय नहीं। 'बत्ती न जलाना,' उसे सत्तो आंटी के शब्द याद आए। हाँ, बत्ती है अन्दर। एक बार जला कर ज़रूर देखेगा वह। हाथ आगे बढ़ा कर उसने सावधानी से कमरे के एक कोने से दूसरे कोने तक दीवार टटोल डाली। कहीं कोई स्विच नहीं मिला। तो अन्दर से बत्ती जलाई नहीं जा सकती। सत्तो आंटी ने झूठ बोला उससे। हाय रब्बा!

अशोक, अजय की अम्माँ से यह उम्मीद नहीं थी। पाँच बरस से उनके घर आ रहा है, उनके अपने बेटों की तरह। अशोक के साथ स्कूल में पढ़ा, अब कॉलेज का आख़िरी साल है, साझे में स्कूटर रिपेयरिंग की दुकान खोलने की तैयारी कर रहे हैं और आज इस तरह...

यह क्या उसका क़सूर है कि इंदिरा गांधी को उसके सिख रक्षकों ने मार दिया! क्यों मारा करमजलों ने! क्यों की ग़द्दारी ? जिसकी जान बचाने की क़सम ली, जिसकी हिफ़ाज़त करने की रोटी खाई, उसे अपने हाथों मार दिया! एक निहत्थी औरत जात को! एक बार नहीं, सोलह बार गोली चला कर! यह तो खालसा की बहादुरी नहीं। हम तो जानवर तक पर दोबारा चोट नहीं करते। एक झटके में ख़तम तो ठीक, वरना नहीं। कौन जाने मोनों ने दाढ़ी-केश रख कर गोली चला दी हो! बदकारी उनकी, बदनामी सिखों की! हाँ, यही हुआ होगा। हमारी क़ौम ग़ुस्सेबाज़ भले हो, दग़ाबाज़ नहीं होती। फिर मैं क्यों दुबका बैठा हूँ यहाँ भगोड़े की तरह। न हों औज़ार पास, दो हाथ, दो पैर तो हैं। धक्का मार कर दरवाज़ा तोड़ डालूँगा और सारी बात समझा दूँगा अशोक की अम्माँ को। कहूँगा, ग़ुस्सा थूक दो आंटी जी, सब चालबाज़ी है, लोगों के बहकावे में आकर अपनों से दुश्मनी ना करो। सच कहो आप, मैं क्या आपके बेटे की तरह नहीं ?

तभी स्टोर के अन्दर–बाहर लाल रोशनी भक से जल उठी। उसकी आँखें चुँधिया गईं। पल भर को कुछ समझ में नहीं आया। ऐसी लपट तो मढ़ि से उठती है। देखी थी न भाइया जी की मौत पर! मढ़ियों की आग यहाँ कैसे जली! यहाँ कौन मसान है? वाहे गुरु, यह तो आग लगी है आग! दीवार में बने, छोटे गोल छेद से ऊँची–ऊँची लपटें उठती दिखलाई दे रही हैं। इसी मोहल्ले में लगी है आग! इसी घर के पीछे! कौन जाने आगे भी लगी हो। या...वाहे गुरु, आग इसी घर में लगी है। मुझे ज़िंदा मढ़ि में फेंक भाग गए सबके सब, दग़ाबाज़! समझ क्या रखा है, हत्यारो, मैं ज़िंदा जल कर नहीं मरूँगा। खालसा हूँ खालसा! जितनों को मार सका, मार कर मरूँगा। जो बोले सो निहाल, सत् श्री अकाल!

मन पक्का करके उसने बन्द दरवाज़े पर ज़बरदस्त धक्का मारा।

हे मेरे परमात्मा, कर क्या रहा है लड़का! सारी दुनिया को इकट्ठा करना है क्या! सबर कर लड़के, सबर कर। ऐसा क्या हो गया? दरवाज़ा खोलकर जाऊँ अन्दर या...वह तय नहीं कर पाई कि धड़धड़ाते पैर ऊपर चढ़ने लगे।

"भाभी जी! सत्तो आंटी! ओ भाभी जी! सुना कुछ! सरदारों के जत्थे ने हमला बोल दिया। गुरुद्वारे से गोलियाँ बरसा रहे हैं।" बंसल बाबू और मनकू नीचे ठहर नहीं पा रहे थे, सीधा ऊपर चले आ रहे थे। वह झपट कर बाहर आई और सीढ़ी के दरवाज़े पर उनसे टकरा गई।

"अशोक लौट आया?" मनकू ने पूछा।

"ना, कहाँ लौटा।"

"आपने जाने क्यों दिया? कुछ हो गया तो?"

"रक्षा करना बजरंगबली।" सिर पकड़कर वह वहीं दीवार के सहारे टिक गई।

"कहा नहीं था सरदारों का भरोसा नहीं! आग देखी बाहर?"

"अशोक..." अस्फुट स्वर में उसके मुँह से निकला।

"आग सरदारों ने लगाई है?" अजय ने बाहर निकलकर पूछा।

"और क्या!"

"पर यह आग तो गुरुद्वारे में लगी लगती है!"

"तो?" मनकू ने आगे बढ़कर उसका कालर पकड़ लिया, "गोलियाँ चलाएँगे तो आग नहीं लगाएँगे? पानी पिलाएँगे! एक–एक को ज़िंदा ना भून दिया तो नाम नहीं!"

"अशोक..." टूटी आवाज़ में सत्तो ने फिर दोहराया, "अशोक कहाँ चला गया..."

"मैं देखता हूँ," मनकू ने कहा, "चल मेरे साथ।" वह अजय को खींचता हुआ बाहर ले गया।

"भाई साहब!" वह रो दी।

"फ़िकर ना करो, भाभी जी! हमारे रहते आपको क्या फ़िकर! आ जाएगा अशोक भी! मनकू लाएगा ढूँढ़कर। वह गया।"

"कौन?" उसकी आवाज़ काँप गई।

"वही, अशोक का दोस्त!"

उस एक धक्के के बाद सरबजीत ने दरवाज़े पर और धक्के नहीं मारे थे। नीचे से ऊपर आती चीख़ोपुकार साफ़ उसके कानों में पड़ी थी। वह दरवाज़े से सट कर खड़ा रहा। तख़्ते पर उसके हाथ और जकड़ गए। दरवाज़ा खुलते ही...! साँस रोक कर वह उस औरत के जवाब का इन्तज़ार करने लगा।

कान लगाकर सुनने के बावजूद उसने जो कहा, समझ में नहीं आया। इतनी धीमी आवाज़ में क्यों बोल रही है वह औरत, नीचे वाले तो ख़ूब चीख़ चिल्ला रहे हैं! पता नहीं, क्या साज़िश की जा रही है! यह वक़्त दरवाज़ा तोड़कर बाहर निकलने का नहीं है। इस घर में आग नहीं लगी, इतना तो पता चल गया। घर की मालकिन घर पर है। लगता है, सब लोग ख़ूब चौकन्ने हैं। मौक़ा देखकर वार करना मुनासिब होगा।

"गया कि नहीं?" बंसल बाबू ने दोहराया।

"कब का," सत्तो ने रोते-रोते जवाब दिया। बंसल बाबू के कानों तक भी वह मुश्किल से पहुँचा, "अब तक तो मर-खप गया होगा!"

बंसल बाबू लौट गए।

वह कमरे में आकर चारपाई पर ढह गई और बुदबुद करके हनुमान का जाप करने लगी।

दरवाज़े से सटा सरबजीत चौकन्ना खड़ा रहा। उसके और मौत के बीच बस वही दरवाज़ा था। तख़्ते पर जकड़े उसके हाथ पूरी तरह तैयार थे। मरना है तो मरेगा, पर बहादुरी से।

लपटों से बिंधी भले हो, रात फिर भी रात है। एक वक़्त आया, जब दरवाज़े का सहारा लिए सरबजीत और चारपाई पर उठँगी पड़ी अशोक की अम्माँ, दोनों की आँख लग गई।

हर रात के बाद सुबह होती है। उस रात के बाद भी हुई। बस, कोई सुबह रात से ज़्यादा स्याह होती है। पहली नवम्बर की सुबह ऐसी ही हैबतनाक सुबह थी।

अपने घर में वह दबे पाँव दाख़िल हुआ, दरवाज़े पर थपक दी तो ऐसे जैसे ज़रा शोर से धज्जियाँ उड़ जाएँगी। एक ही थपक में सत्तो चारपाई से उठकर दरवाज़े पर थी। 'कौन है' का फुसफुसाहट में जवाब मिलने पर फाँक भर दरवाज़ा खोला और उसे अन्दर कर लिया।

एक नज़र उसे देखा तो दिलोदिमाग़ झिंझुड़ कर रह गया। यह सात बरस बाद अशोक का बापू कहाँ से लौट आया! उसकी आँखों के सामने उसका जवान जिस्म आग की लपटों में झुलस कर रख हुआ था! शक की गुंज़ाइश नहीं थी। भरपूर जवानी में मौत से बुढ़ाया उसका चेहरा, एक दिन के लिए भी तो उससे जुदा नहीं हुआ।

झपटकर उस आदमी ने सिटकनी चढ़ा दी और उसे बाँह से खींचकर कमरे में ले आया। "उसे घर में नहीं रखा जा सकता, माँ?" उसने कहा।

माँ शब्द सुनकर वह चौंक उठी। अरे यह तो अजय है, उसका छोटा बेटा। इसके चेहरे को क्या हुआ? एक रात में इसकी उमर चौदह से चालीस कैसे हो गई।

"क्या... ?"

"मुझसे बहुत बड़ी ग़लती हो गई। मैं पुलिस स्टेशन चला गया।"

"फिर?"

"उनसे मदद माँग ली उसके लिए। उन्होंने कहा, कैसे हिन्दू हो तुम, उसको मार कर आए होते, तो करते हम मदद तुम्हारी!"

सत्तो ने उसके हाथ थाम लिए, "अब क्या होगा?"

"एक ही रास्ता है। उसके केश काटने पड़ेंगे।"

"वह कभी नहीं मानेगा।"

"मान जाएगा," अजय ने सूखे सख़्त स्वर में कहा, "उसे बतला दूँगा सब जो मैंने देखा।"

चौंक कर उसने अपने छोटे बेटे को देखा। यह वही लड़का है जो पहली रात पूछ रहा था, कहाँ से आते हैं वे लोग?

"जल्दी करो! वक़्त नहीं है। उसे यहाँ से निकालना है।" उसने कहा।

"क्यों, यहाँ क्या ख़तरा है?" सत्तो ने पूछा और अजय के जवाब दिए बग़ैर जवाब मिल गया।

सड़क के दोनों सिरों से एकसाथ शोर उठा और उनके चारों तरफ़ क़िलेबन्दी करने लगा।

"मारो! मारो! मारो!"

"बच कर ना जाने पाए!"

अजय ने खींचकर उसे अलमारी के पीछे कर दिया। स्टोर का दरवाज़ा खोलकर वह अन्दर घुस गई।

शोर से हड़बड़ा कर सरबजीत नींद से जग गया, पर तख़्ता उसके हाथ से फिसल चुका था। वह हाथ आता, उससे पहले वह औरत अन्दर थी। दोनों हाथों की मुट्ठियाँ बाँधकर उसने उसके सिर पर मारने के लिए उठाईं कि उसने उसकी कौली भर ली।

"पुत्तर! लाल मेरे, जल्दी कर! ख़तरा सिर पर आ गया। केश कटा कर अजय के साथ भाग जा। और कोई उपाय नहीं।"

तब तक अजय अन्दर आ चुका था। उसके हाथ में कैंची और अशोक का रेज़र-ब्लेड था। भौचक सरबजीत अब भी हाथ ऊपर उठाए खड़ा था। बाहर शोर के साथ दर्दनाक चीख़ें गूँजने लगी थीं।

एक ट्रक और कुछ स्कूटर धड़धड़ाते हुए उनके घर के सामने आकर रुके और सामने वाले मकान से आग की लपटें निकलने लगीं।

और चीखें! उफ़, वे हैबतनाक चीख़ें! फिर भी उनके हाथ मशीनों की तरह चलते रहे। सरबजीत का सिर और चेहरा साफ़ निकलते ही उसने उसे अशोक के कपड़े पहनने को दिए। वही क़मीज़ पेन्ट जिसमें मोहल्ले वाले सैकड़ों बार उसे देख चुके थे। दूसरा जोड़ा पहन कर वह रात घर से निकला था...अब तक नहीं लौटा। अशोक, मन में हूक उठी, कहाँ चला गया अशोक! पर सोचने कलपने का वक़्त नहीं था।

"आंटी जी..." कपड़े पहनते-पहनते सरबजीत ने रुँधे कंठ से कुछ कहना चाहा पर विदाई लेने-देने का वक़्त नहीं था।

"जल्दी चल," अजय ने कहा, "भीड़ का ध्यान दूसरे घर पर है। साइकिल तू चला, मैं पीछे बैठूँगा।" ठीक है, इस तरह भीड़ को अजय की सूरत ज़्यादा दीखेगी, सरबजीत की कम।

अशोक की साइकिल पर सवार होकर दोनों जने भीड़ के किनारे-किनारे भाग निकले।

बंसल बाबू के घर से किसी ने ध्यान नहीं दिया, सब छत पर चढ़ कर तमाशा देख रहे थे। उसने कटे केश समेट कर सहेज लिए। स्टोर के दरवाज़े पर दोबारा ताला डाल दिया। वह तय नहीं कर पा रही थी, उन लम्बे बालों का क्या करे कि

भीड़ के उन्मत्त नारों ने बरबस उसे बाहर खींच लिया। छज्जे पर लटक कर वह नीचे देखने लगी...

कैसी भीड़ है यह! ये जवान छोकरे जिहाद पर निकले हैं या जश्न पर! किसी के चेहरे पर दुख का ताप नहीं, रंजिश नहीं, मस्त हाथियों से वहशीपन के सिवा कुछ नहीं। एक हत्या तब भी हुई थी, सन् 1948 में। तब भी भीड़ जुटी थी, मातम मना था। लोगों के घरों में चूल्हे तक नहीं जले थे, उस रात और अगली सुबह। और एक अब है कि घर जल रहे हैं। यह मातम है या त्योहार?

छज्जे पर झूलती वह देख रही है...अजय और वह, सरबजीत, अभी भीड़ के नापाक इरादों के दायरे से बाहर नहीं निकले। बजरंगबली...बजरंगबली...उसने बुदबुदाने की कोशिश की पर देखा, ठीक उसके घर के सामने चार जवान छोकरे एक आदमी को सड़क पर घसीटे ला रहे हैं। ''छोड़ो उसे, हैवानो, छोड़ो!'' चीख़ कर वह नीचे दौड़ने को हुई कि पत्थर बन रह गई। एक सफ़ेद गाड़ी किनारे आकर रुकी, उसमें से बाहर झाँक कर एक आदमी चीख़ा। सीने में मुक्का खाकर उसने पहचाना, यह तो वही आदमी है, जिसे पिछली बार उसने वोट दिया था। पास-पड़ोस के सिखों ने भी। वह सँभल पाती, इससे पहले वह चिल्ला उठा, ''रोको रोको! साइकिल पर केश कटा सरदार जा रहा है!''

''नहीं!'' पूरा दम लगाकर वह चीख़ी, ''ये देखो केश!'' सरबजीत के कटे केश दोनों हाथों में ऊपर उठा लिए। आग की लपटों ने उन्हें रोशनी से बाँध दिया, ''लड़का मेरे घर में बन्द है। ले जाओ आ कर! उसको छोड़ो। वह मेरा बेटा है। जल्दी आओ ऊपर! कहीं निकल ना भागे!'' उस पर जैसे दौरा आ गया था।

वह आग की तपिश थी या उसकी अपनी उत्तेजना की। भेड़ियों की तरह जीभ लपलपाती भीड़ उसकी तरफ़ दौड़ पड़ी।

''वहाँ है,'' अलमारी की तरफ़ इशारा करके उसने कहा। नंगे मज़बूत हाथों ने दो धक्कों में पल्ले झटक दिए। अन्दर ठसाठस सामान भरा था। ग़ुस्से में फुफकार कर वे उसकी तरफ़ मुड़े।

''अलमारी के पीछे, स्टोर में!'' उसने कहा। शब्द मुँह से निकले भी नहीं थे कि अलमारी आगे खींच, भीड़ टूट पड़ी। चाबी लगाने की नौबत नहीं आई। जवान हाथों ने कुंडी समेत ताला तोड़ लिया। अपनी-अपनी छड़ और बर्छी सँभाले, मोर्चाबन्दी करते क़दमों से उचक कर उन्होंने भीतर झाँका। ख़ाली पड़ा कमरा मुँह चिढ़ा रहा था।

''झूठ! बार-बार झूठ! सच बोल, कहाँ छिपा रखा है उसको?'' पता नहीं कितने आदमी एकसाथ चीखे और उसकी तरफ़ बढ़ आए।

"शरम करो, राक्षसो, शरम करो!" उसने चिल्लाकर कहा, "यही धरम है तुम्हारा! इसी बूते पर हिन्दू कहते हो अपने को? उसकी जगह तुम्हारा बेटा हो तो? तुम्हारे मनकू को ज़िंदा जलाए कोई, तुम्हारे हरीश को पटक-पटक कर मारे! रहम खाओ, मेरे भाइयो, रहम खाओ। तुम भी बेटे-बेटी वाले हो। तुम्हारे भी बूढ़े माँ-बाप हैं। आओ मेरे साथ, बचाओ सामने वाले सरदार जी को!" छज्जे की रेलिंग का सहारा लेकर अपना बचाव करते हुए उसने इशारे करके सामने दिखलाया और स्तब्ध रह गई। बावलों की तरह वह नीचे कूद पड़ने को तैयार थी कि धाड़ से किसी ने लोहे की छड़ उसके सिर पर दे मारी। सरबजीत के केश सत्तो के ख़ून में सराबोर हो गए। 'अशोक... !' बेहोश होते-होते उसके मुँह से निकला। भीड़ की सरहद पर उसने अपने बेटे को देखा था।

उर्फ़ सैम

अच्छा लगता है सोच कर, अपने देश जा रहे हैं। हिन्दुस्तान के लिए टिकट कटवा कर उसने महसूस किया। हमेशा के लिए नहीं। जो यहाँ का आबोदाना छोड़कर हमेशा के लिए वापस अपनी मिट्टी पर बसने गए, उनके अनुभव काफ़ी कड़वे रहे। एक भी आदमी ऐसा नहीं मिला जो अपनी क़िस्मत को कोस न रहा हो और उसकी ख़ुशक़िस्मती से रश्क न करता हो।

हाँ, छुट्टी बिताने के लिए छह हफ़्ते वहाँ जाकर रहता है तो उसे किसी तरह का कष्ट नहीं होता। अपने माँ-बाप, भाई-बहन हों या पत्नी के, सब उसे सिर-आँखों पर बिठलाते हैं, जैसे सूरमा दुश्मनों से मोर्चे में विजय प्राप्त करके लौटा हो। दोस्त भी पीछे नहीं रहते। स्कूल-कॉलेज के दिनों में साल-दर-साल जिन दोस्तों से इम्तिहानों में बाज़ी हार कर शर्म से सिर झुकाना पड़ता था, अब उन्हीं की आँखों में रश्क की कौंध देखता है तो दिल बाग़-बाग़ हो जाता है। उसे दावत देने की होड़ सी लग जाती है। वह भी अपने साथ अमेरिका की सौग़ात ज़रूर ले जाता है। बल्कि बीच के तीन-चार साल वह इसी इरादे से हर क़िस्म का सस्ता अमेरिकी माल इकट्ठा करता रहता है। बिजली के छोटे-मोटे उपकरण, श्रृंगार के सामान, नायलॉन टेरेलीन की क़मीज़ें, साड़ियाँ आदि। जिन चीज़ों को ख़ुद इस्तेमाल करने से कतराता है, उन्हीं पर अपने नाते-रिश्तेदारों को लार टपकाते देखता है तो कभी-कभी मन होता है, चिल्लाकर कहे—कमबख़्तो, कमअक़्लो, इससे कहीं बेहतर सामान हिन्दुस्तान में मिलता है, लौटकर जाते वक़्त मैं अपने और अपने अमेरिकी दोस्तों के लिए ख़रीद कर ले भी जाऊँगा। पर ज़ब्त कर जाता है।

उसका उसूल है कि अपने नए देश के ख़िलाफ़ कभी कुछ नहीं कहता। कहीं किसी सिरफिरे की आँखों का रश्क तरस में बदल गया तो ? फिर उस देश की बदौलत ही उसे यह रुतबा हासिल हुआ है कि अपने देश में बड़े-से-बड़े आदमी से नज़रें मिला कर बात कर सकता है। उसका भी कुछ फ़र्ज़ बनता है।

उस हिसाब से उसे पैन-एम से सफ़र करना चाहिए, पर उसने बुकिंग एअर इंडिया से करवाई है। दरअसल उसे एअर इंडिया से कोई रूहानी लगाव नहीं है, जैसा जापानियों को जाल से या अंग्रेज़ों को ब्रिटिश एअरवेज़ से होता है। एक तरह की मजबूरी है...

वह जानता है कि उसके अमेरिकी परिचितों को जैसे ही यह पता चलेगा कि भारतीय होते हुए भी वह भारतीय विमान सेवा से यात्रा नहीं करना चाहता, वह उनकी नज़रों में बौना हो जाएगा। उनकी नज़रें! सर्र से ख़ून उसके सिर चढ़ गया। कान-गाल गर्म सुर्ख़ हो गए। कभी-कभी दिल चाहता है, सारे-के-सारे अमेरिकी अंधे हो जाएँ। फिर कोई बौना बनाती नज़रों से उसे न देख सके।

पर...वजूद सिर्फ़ नज़रों का नहीं, और बहुत कुछ है, सिर की जुंबिश, हाथ की हरकत, बदन का अनायास अकड़ जाना...तब तो उसे भी अंधा होना पड़ेगा। और उन्हें शायद बहरा भी। बेपनाह कोशिश के बावजूद अंग्रेज़ी बोलने का उसका लहजा अमेरिकियों जैसा नहीं हो पाया है। अंधा भी सुने तो समझ जाए, ज़रूर कोई हिन्दुस्तानी है, हद-से-हद पाकिस्तानी। जर्मन, फ्रेंच, रूसी नहीं। उफ़! ये लोग! उसका नाम है सावन प्रताप सिंह और ये लोग उसे पुकारते हैं सैम। बौना और विकृत! कितना शक्तिशाली हथियार है किसी का अस्तित्व मिटा डालने के लिए। किसी यूरोपीय का नाम बिगाड़ कर देखें। फ्रांसीसी या जर्मन आदमी अंग्रेज़ी बोलता है तो उनकी आँखों में प्रशंसा ही नहीं, कृतज्ञता कौंध जाती है। इसलिए कि ग़लत अंगेज़ी बोलते हुए भी उसके लहजे में फ़ख़्र रहता है, शर्मिंदगी नहीं; जो सही अंग्रेज़ी बोलते हुए भी, सावन को भारतीय होने की मजबूरी बनकर, ले डूबती है।

धीरे-धीरे बहुत-सी बातें उसकी समझ में आने लगी हैं। पन्द्रह बरस हो चले इस देश में रहते। अमेरिका जाकर पढ़ाई पूरी करने की धुन में माँ-बाप से झगड़ा करके कुँवारा ही चला आया था। पहली बार हिन्दुस्तान लौटा था शादी करने के लिए और सिर्फ़ उसी बार उसने पैन-एम से बुकिंग करवाई थी। एक बार उससे सफ़र करके इतना समझदार हो गया था कि बीवी को साथ लेकर लौटने पर, जब अमेरिकियों ने व्यंग्य करते हुए उससे पूछा कि हर हिन्दुस्तानी, शादी करने वापस देश क्यों भागता है, उसने निहायत शायराना अन्दाज़ में जवाब दिया, "मेरी जड़ें वहाँ हैं। उनकी जड़ें वहाँ हैं। जड़ों से जड़ें न मिलें तो मिलन कैसा?"

उन्हें जवाब पसन्द आया था। जड़ों की बहुत क़द्र करते हैं वे लोग। जब से वहाँ वह बेस्टसेलर उपन्यास निकला है, रूट्स, एक काले का लिखा, तब से हर नीग्रो अपने को काला कहलाना पसन्द करने लगा है और हर गोरा अमेरिकी अपनी जड़ें तलाशने लगा है। सुना, यहाँ से निर्यात होकर यह फ़ितूर हिन्दुस्तान भी जा पहुँचा

है। उस दिन वह हँसते-हँसते बावला हो गया था जब हिन्दुस्तान के किसी मंत्री को अपने भाषण में कहते सुना, तुलसीदास हमारी जड़ थे। कमाल करते हैं हिन्दुस्तानी। हिन्दी बोलेंगे तो अपनी भाषा की तरह नहीं, अंग्रेज़ी से अनुवाद करके। गधे! स्कूल-कॉलेज में सावन प्रताप सिंह हमेशा हिन्दी में अव्वल रहा। कितने ही व्याख्यानों में पुरस्कार प्राप्त किए। अब भी कभी मौक़ा मिल जाए तो...पर मिलता कहाँ है? हिन्दुस्तान में शुद्ध हिन्दी बोलो तो गँवार कहलाओ या पोंगा पंडित और अमेरिका में बोलो तो समझे कौन? बस, कभी-कभार भारत लौटने पर, किसी सांस्कृतिक कार्यक्रम में जा पहुँचता है तो कुछ देर अमेरिकी अंग्रेज़ी बोल कर, अपने विदेश रह आने की धाक जमा चुकने के बाद, विशुद्ध हिन्दी बोल लेता है। उस तरह वाहवाही ख़ूब मिलती है। वाह, पन्द्रह बरस विदेश रहते हो गए, फिर भी अपनी भाषा पर ऐसा अधिकार! धन्य हैं आप, धन्य धन्य! हाँ, एक बात है। मिलती यह वाहवाही ख़ालिस अंग्रेज़ी में ही है।

हँसते-हँसते उसे रोना आ गया था। लाल सुर्ख़ ग़ुस्से से उफनता रोना। कमबख़्तो, क्यों हँसी उड़वाते हो अपनी और हमारी? क्यों बौना बनवाते हो हमें इस देश में? तुलसीदास तुम्हारी रंगों में बसे हैं तो कहो, बसे हैं, जड़-जड़ क्या रटते हो? वैसे गनीमत जानो, मंत्री महोदय यह नहीं कह गए कि तुलसीदास जड़ थे। रोते-रोते वह फिर हँस दिया था।

इस जड़ धातु का सहारा उसे भी लेना पड़ा था, वह एकदम अलग बात थी। सच तो यह है कि हिन्दुस्तानी औरत से शादी करने की वजह उसे अलग-अलग लोगों को अलग-अलग बतलानी पड़ी थी। माँ से कहा, "मैं तो हिन्दुस्तानी खाने को तरस गया। उनका खाना भी कोई खाना है। न मिर्च मसाला, न घी तड़का। न, बुराई नहीं कर रहा। सेहत के लिए मुफ़ीद है। पर हम ठहरे हिन्दुस्तानी, ज़ुबान के ग़ुलाम। मुझे बीवी ऐसी चाहिए जो लज़ीज़ से लज़ीज़ खाना बनाकर खिला सके, फ़क़त हिन्दुस्तानी।"

माँ निहाल हो गई थीं। अख़बार में इश्तिहार दिया तो उसमें भी लिख मारा। तभी तो बीवी से उसे कहना पड़ा कि देश जाकर शादी इसलिए की क्योंकि अमेरिकी औरतों की बनिस्बत उसे हिन्दुसतानी औरतें ज़्यादा ख़ूबसूरत लगती हैं। खासकर वे, जो हिन्दुस्तानी तरीक़े से बनाव-शृंगार करती हों, चौड़ी लाल बिन्दी, भरा-भरा जूड़ा, लकदक साड़ी, झनझन करती चूड़ियाँ, ज़ेवर वग़ैरह। बाद में पछताना पड़ा था, जब देखा कि बीवी रसोईघर में बहुत कम समय बिताती है। तरह-तरह के टिन खोलकर मिनटों में बदज़ायका खाना तैयार करके, बाक़ी वक़्त

सजने-सँवरने में ही लगा देती है। हार कर उसे बतलाना पड़ा था कि हिन्दुस्तानी खाना नसीब करने की यही तरकीब उसे सूझी थी कि हिन्दुस्तानी लड़की को बीवी बनाकर लाए। पर तब तक वह हिन्दुस्तानी लड़की एक बच्चे की माँ बन चुकी थी और शुद्ध भारतीय शैली में पति की बातें ग़ौर से सुनने की फ़ुरसत उसे नहीं थी। फिर भी शिकायत का मौक़ा उसने नहीं दिया था। हफ़्ते में एक दिन हिन्दुस्तानी खाना बनाना शुरू कर दिया था। पर साथ ही पेजबॉय स्टाइल में बाल कटवा लिए थे, जींस पेन्ट का पहनावा अख़्तियार कर लिया था। उसके सावन प्रताप सिंह से सैम बनने के साथ-साथ, वह भी आशा रानी से ऐश बन गई थी। असल अफ़सोस इस बात का है कि इस नए पहनावे में वह ज़रा आकर्षक नहीं लगती, ख़ासकर दूसरे बच्चे आर्ची के जन्म के बाद से (वैसे नाम उसका अर्जुन है) इत्मीनान सिर्फ़ इस बात का है कि पार्टियों में वह अब भी भारी साड़ी और ज़ेवर से लद कर जाती है। उसके परिचित अमेरिकी ज़्यादातर उसे वहीं देखते हैं और साड़ी की ज़री और हार के कुंदन के काम पर हाय-हूय कर देते हैं। उसे लगता है उसकी बीवी एक ढाल की तरह है, जिसकी आड़ में वह उनकी बौना बनाती नज़रों को झेल सकता है।

पता नहीं क्यों, यह ताक़त पुरुषों से ज़्यादा स्त्रियों की नज़रों में है। ऐसा नहीं है कि सभी ने उसे नफ़रत से देखा हो। कितनी स्त्रियों के साथ वह डेट्स पर जा चुका है। दिल नहीं तो जेब खोल कर, उनके खाने-पीने और मनोरंजन पर ख़र्च किया है, घर के दरवाज़े पर खड़े होकर हिन्दी फ़िल्मों में वर्जित चुंबन लिए हैं और दो-चार बार घर के अन्दर प्रवेश भी पा चुका है। तब भी उसका बौनेपन का अहसास घटा नहीं, बढ़ा है। भारतीय साहित्य में हमेशा उसे समर्पण के नाम से पुकारा जाता रहा है। जानते हैं ये लेखक लोग, कितना अनैतिक है कच्ची उम्र के पाठकों को इस तरह धोखे में रखना! समर्पण नहीं, चुनौती होती है वह। पौरुष का स्वधर्म पूरा करने के बाद भी नपुंसकता का अहसास पैदा करा सकने वाली चुनौती। उस बौपनेपन को और छोटा कर देने वाली चुनौती, जौ वैसे भी इस देश के सामाजिक कार्यकलापों के बीच महसूस होती ही है, हर भारतीय को।

सब मौजूँ जवाबों से अलग, अगर सच पूछा जाए तो हिन्दुस्तानी औरत से शादी करने की असल वजह यही थी, अपने बौनेपन के अहसास को मिटा सकने की लालसा। भला हो भारतीय संस्कृति और मान्यताओं का, आशा रानी आशा से लाख ऐश बन जाए, पति को अपने से श्रेष्ठ योनि का प्राणी मानने से इनकार नहीं करती। यह ठीक है कि रोज़मर्रा के जीवन में वह सावन उर्फ़ सैम की मान्यताओं, अपेक्षाओं और सुझावों को नज़रअन्दाज़ कर देती है, उसकी पसन्द-नापसन्द को सनक का दर्जा देती है, अर्जुन और कविता को (लोग उसे केटी पुकारते हैं और

ऐश को यह पसन्द है) उसकी मर्ज़ी के ख़िलाफ़ अमेरिकियों से भी ज़्यादा अमेरिकी शैली से पालती है। पर यह भी सही है कि जहाँ तक स्थायी जीवन दर्शन का ताल्लुक़ है, उसे पुरुष-पति के रूप में अपने से नहीं, सम्पूर्ण स्त्री जाति से बड़ा मानती है। यानी वह उसे बेवक़ूफ़ भले माने, बौना नहीं मानती। शायद इसे ही अपनी जड़ें पाना कहते हैं। आशा मेरी जड़ है, मंत्री महोदय के अन्दाज़ में उसने दोहराया और ठठाकर हँस पड़ा। मेरी आशा वाक़ई जड़ है।

अमेरिका में ऐसे रच बस गई है कि छह हफ़्ते हिन्दुस्तान रहकर तंग आ जाती है। कहती है, कौन सुने रिश्तेदारों की चिखचिख, यहाँ आपन बिलकुल स्वतंत्र हैं। हाँ, एक-दूसरे को बोर करने के लिए, किसी तीसरे आदमी के दख़ल से बरी, एकदम स्वतंत्र। कभी-कभी सावन प्रताप किसी तीसरे आदमी के दख़ल के लिए तरस जाता है। कहीं इसीलिए तो यहाँ के लोग पति-पत्नी के बीच एक वह हमेशा तैयार नहीं रखते? पर आशा रानी वाक़ई जड़ हैं। बोर वे नहीं होतीं। अपने चार बेडरूम के स्वतंत्र दोमंज़िले मकान के हर कमरे में लगे रंगीन टी.वी. की चकमक दुनिया को लेकर प्रसन्न, व्यस्त रहती हैं। सिर्फ़ अपना मकान नहीं है, और सब कुछ है उनके पास। स्टडी में कम्प्यूटर, किचेन में हर सम्भव विद्युत उपकरण। और तीन हज़ार डॉलर महीने की कमाई। यानी तीस हज़ार रुपया। हिन्दुस्तान में ऊँची-से-ऊँची नौकरी में भी यह बरक्कत नहीं। बिज़नेस अलबत्ता कर सकता है। हिन्दुस्तान में डॉलर राजसी सिक्का है। कुछ इस तरह जैसे जिसकी जेब में हो, उसी का चेहरा उस पर छपा हो। पर जो लोग बिज़नेस करने वहाँ लौटकर गए, हमेशा यही रोना रोते पाए गए कि लाइसेंस लेने से माल बेचने तक, इतनी काग़ज़ी कार्यवाहियाँ हैं कि दिमाग़ ख़राब हो जाता है। ऐश कहती है, बिज़नेस ही करना है तो अमेरिका में करो। रियल एस्टेट। ग़लत नहीं कहती आशा। वह जानता है, हमेशा के लिए भारत लौट जाने में कोई तुक नहीं है। पर...

एक दुःस्वप्न है जो कभी उसका पीछा नहीं छोड़ता। रात का घुप अँधेरा हो या दिन का झकाझक उजाला। वह देख सकता है साफ़-साफ़, वह बूढ़ा हो चुका है। और बिलकुल अकेला है। निस्संग, निरुपाय। आशा के बारे में वह तय नहीं कर पाता। हो सकता है वह उससे पहले गुज़र चुकी हो या ओल्ड पीपल्स होम में उसके साथ हो। पर उससे कोई फ़र्क़ नहीं पड़ता। हर हाल में वह अपने को नितान्त अकेला महसूस करता है। आर्ची और केटी भूल चुके हैं कि उनका नाम अर्जुन और कविता हुआ करता था। किन्हीं सूज़न, जार्ज से उनकी शादियाँ हो चुकी हैं, बॉब, जॉन आदि उनके बच्चे हैं। अपने अमेरिकी नाना-दादा के नामों पर और वे अपने अधगोरे

हिन्दुस्तानी रिश्तेदारों को याद करना पसन्द नहीं करते। आर्ची–केटी कहते हैं, हर महीने उनसे फ़ोन पर बात होती है, क्रिसमस–ईस्टर पर उसे उनके भेजे उपहार और केक–टर्की मिल जाते हैं, उसी की उम्र के पचासों मर्द–औरतें उसके साथ हैं, वह अकेला किस तर्क से है?

बेवक़ूफ़! जाहिल! इतना भी नहीं समझते कि दूसरे बूढ़ों का साथ बूढ़े आदमी के लिए कितना त्रासदायक होता है। सुकून? मौत का सन्नाटा। हर हफ़्ते–दस दिन पर एक मौत। पता है ओल्ड होम का सबसे बड़ा त्योहार क्या है? शवयात्रा! छक कर खाते पीते हैं उस दिन लोग, इस अहसास को दूर भगाने के लिए कि अगली यात्रा उनकी हो सकती है।

अमेरिका में आजकल इस मुद्दे पर वैज्ञानिक शोध हो रहा है। लम्बी–चौड़ी केस स्टडीज़ के आधार पर निष्कर्ष निकाला जा रहा है कि वास्तव में बूढ़ों के लिए बूढ़ों का नहीं, बच्चों–जवानों का साथ अधिक लाभप्रद है। कितना विकसित देश है। अपनी निजी अक़्ल से काम तो लोग पिछड़े देशों में लेते हैं। हैं न अपने आदिवासी इस काम में अव्वल! यहाँ तो जब तक शोधकार्य पूरा नहीं हो जाता, लोग अपने पर क़ाबू रखते हैं, न जज़्बात का इस्तेमाल करते हैं, न दिमाग़ का। हाँ, जैसे ही मनोवैज्ञानिक तर्क अनुमति देता है, फटाफट क़तार में आ लगते हैं। हाल ही में वैज्ञानिकों ने सिद्ध कर दिया है कि नवजात बच्चों के लिए डिब्बे के दूध से माँ का दूध ज़्यादा मुफ़ीद है तो लाखों माँएँ डिब्बों की मोहताजी से मुक्त हो गईं।

काश, यह कुछ पहले हुआ होता! अर्जुन–कविता भी माँ का दूध पी लेते। ऐश बेचारी को भी दूध सुखाने के लिए क्या कम तकलीफ़ झेलनी पड़ी। इससे भी क्रान्तिकारी तथ्य जो उन्होंने साबित किया है, वह है ममता भरे स्पर्श की महत्ता। क्या कहें साहब, उन्होंने तो यह तक साबित कर दिया कि माँ के स्पर्श से बच्चे को राहत मिलती है और वह बीमारी के इलाज तक में सहायक हो सकती है। हमारे यहाँ की हिन्दुस्तानी माँएँ तो यों ही बिना कुछ जाने–समझे बच्चों को गोद में टाँगे–टाँगे फिरा करती हैं। यहाँ आकर कविता को तो फिर भी आशा रानी कभी–कभी सीने से लगा लेती थीं, पर आर्ची कुछ ऐसे ग़लत वक़्त पैदा हुआ कि अमेरिकी शोध पूरा हुआ नहीं था और आशा रानी ऐश बन चुकी थीं। उन लोगों को पता भी नहीं चलता था कि आर्ची अपने अलग कमरे में रात में कितनी देर रोया और कितनी देर सोया। दूध की बोतल तकिये पर ऊँचे करके मुँह से लगा दी जाती थी। पेशाब इकट्ठा करने को प्लास्टिक की नैपी थी, ज़्यादा भर जाने पर वह बदल देता था, और उससे पैदा हुई फुंसियों को दूर करने के लिए एक–से–एक बढ़िया पाउडर उपलब्ध हैं अमेरिका में।

यह कमबख़्त बूढ़ों पर खोज देर से शुरू हुई है। लगता नहीं, उसके बूढ़े होने तक पूरी हो पाएगी। वैसे भी विशुद्ध अमेरिकियों के मुक़ाबले भारतीय अमेरिकियों तक वैज्ञानिक ज्ञान कुछ देर से पहुँचता है। हर हाल में उसका बूढ़ेघर में रहना निश्चित है। नहीं, वह बर्दाश्त नहीं कर सकता। बूढ़े होने से पहले उसे हिन्दुस्तान लौटना होगा। दो भाई हैं, एक बहन। उनके तीन-तीन, चार-चार बच्चे। भरा पूरा परिवार है। अकेला कौन रहने देगा उसे ? वैसे भी वह एक अमीर बूढ़ा होगा। रोज़ नई वसीयत बनाने की धमकी देकर बच्चों को अपना बनाए रखेगा। वह हँसा। अपने ताऊ जी थे न, श्री हरदयाल सिंह, आख़िरी दिन तक सेर भर पक्का औटा हुआ दूध और असली घी के बने हलवे पर हाथ साफ़ किया करते थे। वसीयत बनाना उनकी हॉबी थी। शनिवार का दिन उसके लिए रिज़र्व था। हर शनिवार को उनके दोस्त वकील साहब घर तशरीफ़ लाते थे और दोनों एक कमरे में बन्द हो जाते थे। बाहर फैले रिश्तेदार वह-वह माल अन्दर भेजते थे कि सुना है, हर इतवार को वकील साहब को दस्त लगा करते थे। ताऊ जी मरे तो ढेरों ढेर वसीयतें बरामद हुईं। तारीख़वार लगाकर उन्हें पढ़ा गया। हर वसीयत में चंद सतरें लिखी पाई गईं, जो अपने मज़मून में एकदम यकसाँ थीं—जो कुछ मेरे पास था या है, साथ लिए जा रहा हूँ। वाक़ई उन्होंने अपनी जमा-पूँजी और जायदाद के रेहन का इस अक़्लमंदी से इस्तेमाल किया था कि दो-तीन हज़ार रुपयों के अलावा कुछ बाक़ी नहीं बचा था, सो उनके दाह संस्कार में ख़र्च हो गए।

उसका मन उड़ कर हिन्दुस्तान पहुँचने को कर आया। इस बार जाएगा तो अपना कुछ पक्का इन्तज़ाम करके आएगा।

छह महीने पहले बड़े भाई पवन कुमार का पत्र आया था। लिखा था, बीस बरस पहले जो ज़मीन पिता जी को मिली थी, उस पर उन्होंने मकान बनवाना शुरू कर दिया है। उसने याद करने की कोशिश की थी। हाँ, एक बार, एकदम बीहड़ जगह, ऊबड़-खाबड़ पथरीली ज़मीन का एक टुकड़ा पिता जी ने उसे दिखलाया था। सरकारी नौकरों को कम दाम पर यह ज़मीन दी गई थी। पुष्प विहार जैसा कुछ नाम था। देख सुनकर वह हँसते-हँसते दोहरा हो गया था! "पुष्प विहार!" उसने कहा था, "इसका नाम तो प्रस्तर विहार होना चाहिए।" वहाँ कभी मकान बनेगा, उसने क्या, किसी ने कल्पना नहीं की थी।

छह महीने पहले उसके बारे में पत्र में पढ़ कर उस पर कोई विशेष प्रतिक्रिया नहीं हुई थी। बनने दो, उसने सोचा था, मुझे क्या। पर महीना भर पहले, एक पड़ोसी दोस्त हिन्दुस्तान अपनी छुट्टी बिता कर लौटा तो दिल्ली में विकसित हो रही नई पॉश कॉलोनियों की बात करते ख़ासा भावुक हो उठा, "बीस बरस पहले जहाँ

जंगल-पठार थे, आज ख़ूबसूरत दोमंज़िला बंगले खड़े हैं। मैन, क्या हरे-भरे बग़ीचे, चौड़ी सड़कें, फ़व्वारे! लगता है, दिल्ली ने कनॉट प्लेस का दिल तोड़ साउथ को दिलदार बना लिया है। और उनमें भी सबसे ख़ूबसूरत, आला जगह है पुष्प विहार। गॉड, जानते हो, ज़मीन की क्या क़ीमत है वहाँ, चार सौ डॉलर प्रति मीटर! क्या समझे ?''

ख़ूब समझा था सावन प्रताप सिंह ने। फ़ौरन बड़े भाई पवन कुमार को पत्र लिखकर पूछा था कि पुष्प विहार में उनकी कितनी ज़मीन है और निर्माण कहाँ तक मुकम्मल हो चुका है। उसी वक़्त छुट्टी के लिए दरख़्वास्त भी दे दी थी। आज एअर इंडिया से बुकिंग भी हो गई। भाई का जवाब आ चुका। ज़मीन आठ सौ मीटर है। मकान की पहली मंज़िल बन चुकी। पुताई-रंगाई का काम चल रहा है। दूसरी मंज़िल बनाने का कार्यक्रम अभी स्थगित है, क्योंकि पिता जी के पास उतना पैसा नहीं है।

सावन प्रताप को एक बार फिर अपना आगत बुढ़ापा डंक मार गया था। अपनी छत वैसे उसके सिर पर अभी से है, पर बुढ़ापा आने पर...हाथ-पाँव से लाचार हो जाने पर...कमाया काफ़ी है उसने, पर यहाँ का रहन-सहन ऐसा है कि पैसा बचता नहीं। वह तो हिन्दुस्तानी जात का आदमी ही है जो फिर भी कुछ बचा लेता है वरना अमेरिकी तो क़र्ज़ और क़िस्तों के बोझ तले ही दबे रहते हैं। बुढ़ापा आने पर, काम करने की ताक़त खो जाने पर, कितने दिन साथ देगा यह रुपया। कितने दिन महफ़ूज़ रह सकेगा यह एपार्टमेंट ? हिन्दुस्तान के रहन-सहन और यहाँ के रहन-सहन में ज़मीन-आसमान का फ़र्क़ है। जल्दी मर जाए तो बात दूसरी है पर...एक तो अमेरिका में जल्दी कोई मरता नहीं, ऊपर से उसकी विरासत भी दुखदाई है। बाबा अठासी के होकर मरे, ताऊ नब्बे तक जिए और पिता जी भी पचहत्तर छू रहे हैं। ताऊ की तरह सेहमतंद रहा तो भी चलेगा पर बाबा की तरह छह साल लकवे में रहना पड़ा तो ? इलाज तक के लिए पैसा नहीं बचेगा।

ज़रूरी नहीं है कि ऐसा हो, उसने अपने को फटकारा। निगेटिव नहीं सोचना चाहिए। अमेरिकी मनोवैज्ञानिक कहते हैं, पॉज़िटिव सोचो तो भला होता है, निगेटिव सोचो तो बुरा। वैज्ञानिक बात है, अपने योगियों सोगियों की धार्मिक प्रवंचना नहीं। फिर भी...भावी सुरक्षा का इन्तज़ाम जो न कर रखे, वह बेवक़ूफ़। बुजुर्गों को हमेशा कहते सुना, अक़्लमंद वह, जो बुरे-से-बुरे वक़्त के लिए ख़ुद को तैयार रखे। जो हो, सावन प्रताप सिंह उर्फ़ सैम अपनी आख़िरी दिन ओल्ड होम में नहीं गुज़ारेगा, भले ही ये लोग उसे सीनियर सिटिजंस रिजॉर्ट के नाम से क्यों न पुकारें। हिन्दुस्तान लौट जाएगा तो सैम पुकारे जाने पर गर्व अनुभव करेगा,

शर्म नहीं। जो पैसा बचाया है, वहाँ जाकर बिज़नेस करेगा, छोटे भाई के बच्चों में से किसी को साथ लगा लेगा। कृतज्ञ रिश्तेदार बुढ़ापे में कुछेक होने ही चाहिए और ठाट से अपने मकान में रहेगा। अपना मकान! उसके क़दमों में तेज़ी आ गई।

दिल्ली के ऊपर चक्कर काटते हवाई जहाज़ की खिड़की से झाँक कर उसने पता चलाने की कोशिश की कि पुष्प विहार ठीक कहाँ है? मुमकिन नहीं था। दिल्ली के भूगोल से उसका परिचय पुरानी दिल्ली तक सीमित था, जहाँ दरियागंज की एक तंग गली में, ऊपर की मंज़िल पर बने दो कमरों के क्वार्टर में, उसके हैड क्लर्क पिता ने अपनी ज़िन्दगी जी थी। वहीं के नुक्कड़ वाले सरकारी स्कूल में उसने तालीम हासिल की थी और फिर दाख़िला मिला था एक छोटे शहर के टुटपुंजिया इन्जीनियरिंग कॉलेज में। जी तोड़ मेहनत करके वह दरम्याने नम्बरों से पास हो गया था और कह–सुन कर एक नौकरी का जुगाड़ भर कर लिया था। बस, एक साल काम किया, जो कमाया, पेट काटकर बचाया और अमेरिका भाग आया। वहाँ कौन जानता था उसे? बैरे से लेकर लिफ़्टमैन तक का काम किया, फ़ीस जुटाई और एम.एस. कर डाला। काम की उस देश में कमी नहीं थी। नौकरी, दलाली, छोटा–मोटा व्यापार। काफ़ी पैसा कमाया, फिर भी रहा अमेरिका के मध्यवर्ग की दरम्यानी सीढ़ी पर। उफ़ यह दरम्यानी ज़िन्दगी...!

जहाज़ की खिड़की से वह पुष्प विहार को पहचान तो नहीं पाया पर जो इलाक़ा, बिजली की बत्तियों की वजह से सबसे ज़्यादा चमचमा रहा था, उसे ही उसने पुष्प विहार मान लिया। जैसे–जैसे जहाज़ नीचे उतरा, उसका बदन कुछ इस तरह झूम उठा जैसे पैरों के नीचे जड़ें उग आई हों, गहरे, बहुत गहरे धरती में समा गई हों और इस तरह उसे सँभाल रही हों कि, हवा में वह झूम–झूम तो उठे पर तेज़–से–तेज़ तूफ़ान भी उसे उखाड़ कर फेंक न सके।

उपहारों से लैस माँ–बाप के पास पहुँचा तो वे निहाल हो गए। नया रंगीन टी.वी. और वी.सी.आर. पाकर पिता धन्य हो गए और उनसे भी ज़्यादा माँ, अपनी नई मिक्सी देखकर।

"तुम क्या कभी हिन्दुस्तान नहीं लौटोगे, बेटा?" गद्‌गद् कंठ से पिता कह उठे।

"करूँगा क्या लौटकर?" ठंडी साँस भर कर उसने कहा।

"क्यों बेटा, अपना देश है," माँ ने कहा, "इतना ढेर रुपया कमा लिया, यहाँ आकर बिज़नेस करो। अरे, रत्ना बीबी का दामाद आया था न, परके बरस, लाखों में खेल रहा है।"

सावन प्रताप होंठ टेढ़े करके मुस्करा दिया। "रहता कहाँ है?" उसने पूछा, "अपना मकान है?"

"नहीं किराए पर लिया है। तीन हज़ार पर। वह बेटा...तुम जानो...ज़मीन इतनी महँगी हो गई। अब इसी ज़मीन को लो साठ हज़ार में ख़रीदी थी और अब खड़े-खड़े तीस लाख में बेच लो। उतना पैसा..."

"उसके पास नहीं है। मेरे पास भी नहीं है। अपना मकान न हो तो क्यों लौटकर आएगा कोई? पिता जी, अमेरिका में मुझे कमी किस बात की है। ऊँची नौकरी है, पैसा है. घर-बार है पर..." उसने एक दीर्घ नि:श्वास भरी, "मन मेरा यहीं अटका रहता है। कितना अकेला हूँ मैं? कहाँ हैं मेरी जड़ें? कोई है ऐसा घर जिसे मैं अपना कह सकूँ?" क्षण भर वह अपने पर क़ाबू पाने की कोशिश में चुप रहा।

"यह मकान तो आप भैया के नाम कर रहे होंगे?" सहसा उसने पूछा। माँ-पिताजी सकपका गए।

"ऐसा है बेटा," पिताजी पहले सँभले, "पवन ने इसके बनवाने में पैसा लगाया है और श्रवण ने बहुत मेहनत की है। फिर पवन का कहना है, तुम्हारा अपना मकान अमेरिका में है ही। तो...मैंने...हमने सोचा, यह मकान पवन के नाम कर दें और ज़मीन दोनों के। बनवा सका तो श्रवण अपने लिए ऊपर बनवा लेगा, वरना..."

"भैया बनवा कर किराए पर चढ़ा देंगे। सुना है पाँच हज़ार किराया मिल जाता है इतने बड़े मकान का, इस कॉलोनी में।"

"पर श्रवण तो हमारे साथ ही रह रहा है। बाद में भी..."

"भैया आपके साथ क्यों नहीं रहते?" उसने पूछा।

"अब बेटा, संयुक्त परिवार का चलन आजकल उतना रहा नहीं, तुम तो जानते ही हो।"

"यही तो ग़लती कर रहे हैं आप लोग। हिन्दुस्तान में जो अच्छी बातें हैं, उन्हें मिटने दे रहे हैं। पता है आपको, अमेरिकी समाजशास्त्री कहते हैं, बच्चों की परवरिश के लिए संयुक्त परिवार उत्तम है। मार्गरेट मीड का नाम सुना है। जरमेन ग्रेयर का? नहीं, कहाँ सुना होगा? बदक़िस्मती है आप लोगों की। मैं लौटकर आऊँ तो..."

"पवन ने पैसा लगाया है।" पिता ने बाधा दी।

"पैसा!" सैम ने हिक़ारत से कहा, "पैसा क्या चीज़ है? हाथ का मैल। पैसा लौटाने में कितनी देर लगती है। आप चाहें तो कल लौटा दूँ। कितना लगा दिया ऐसा उन्होंने? लाख? दो लाख?"

"तीन लग गया होगा।"

"ठीक है। तीन लाख मैं वहाँ वापस जाते ही भेज दूँगा। उनके नाम। पर लिखा-पढ़ी आप अभी करवा रखिए। भैया को संयुक्त परिवार पसन्द नहीं तो वे अलग रहें। मकान आप मेरे नाम कर दीजिए। श्रवण को परेशान होने की ज़रूरत नहीं है। ऊपर की मंज़िल मैं बनवाऊँगा उसके लिए। वह हमेशा मेरे साथ रहेगा।"

पिता कुछ कहते, इससे पहले ही उसने उनके दोनों कमज़ोर हाथ अपने सबल हाथों में जकड़ लिए और कातर कंठ से बोला, "मुझे अपनी जड़ों से मत काटिए। हिन्दुस्तान लौट पाने के तमाम दरवाज़े बन्द मत कीजिए। यह मकान होगा तो मुझे लगेगा, हाँ, मेरे देश में मेरा नाम सुरक्षित है। अपनी तरफ़ खींचेगा यह हर पल मुझे। वरना समझ लीजिए, एक तरह से मैं मर गया।"

माँ फुग्गा मार कर रो दी। पिता ने खींचकर उसे छाती से लगा लिया।

वापस उड़ान भरते जहाज़ की खिड़की से झाँक कर सावन प्रताप सिंह उर्फ़ सैम ने नीचे देखा। वह रहा पुष्प विहार। हवाई अड्डे से विशेष दूर नहीं है। साफ़ नज़र आ रहा है। धीरे-धीरे नज़रों से ओझल होगा, फिर भी आँखों में बना रहेगा। अच्छा लग रहा है सोच कर, वह कहीं भी क्यों न रहे, ईंट-सीमेन्ट की इतनी सुदृढ़ जड़ें उसका इन्तज़ार करती रहेंगी, यहाँ उसके अपने देश में।

वितृष्णा

डेढ़ बजने वाला है। दिन का डेढ़। सूरज ठीक सिर पर है। धूप ने सड़क को नंगा कर रखा है। पास कहीं कोई पेड़ भी नहीं कि झीनी चादर की ओट दे दे।

मोटरसाइकिल के हत्थे को हाथ से थामे दिनेश बेमतलब सड़क के किनारे खड़ा है। हेलमेट के नीचे भट्ठी सुलग उठी थी। उतार कर सीट पर रख लिया है। अब आसमान नंगे सिर पर कोड़े बरसा रहा है। सिर, माथे और चेहरे से बहकर पसीना क़मीज़ के कॉलर के नीचे जमा हो रहा है। गीली क़मीज़ पीठ पर चिपक रही है। हाथ पाँव चिपचिपा रहे हैं। सूरज की तीखी चौंध बेसहारा आँखों के आगे लाल नारंगी गोले नचा रही है।

ऐसे में किसी को भी घर की याद आ सकती है। धूप और बारिश से बचने के लिए ही आदमी घर बनाता है।

यहीं सामने उसका घर है। सड़क के उस पार। मोटरसाइकिल को घसीट कर चार क़दम ले जाना होगा। आँगन पार करके बीसेक सीढ़ियाँ चढ़ेगा तो दरवाज़ा खोलने की देर होगी। वह घर के अन्दर होगा। कुल मिला कर दो मिनट भी नहीं लगेंगे।

उसने एक बार फिर कलाई पर बँधी घड़ी देखी। हाँ, डेढ़ बजा चाहता है। यही ठीक वक़्त है। शालिनी खाना खा रही होगी। और देर की तो वह अपने कमरे में जाकर सो रहेगी। घंटी बजेगी तो आकर दरवाज़ा खोलेगी ज़रूर, पर उस वक़्त उसका चेहरा...दिनेश के लिए बर्दाश्त करना मुश्किल हो जाता है।

वह आएगी, आहिस्ता-आहिस्ता, पैरों की आहट से वह पहचान लेगा—उसकी चाल हमेशा यकसाँ रहती है—वह आएगी, दरवाज़े की चटखनी नीचे गिराएगी और वापस लौट जाएगी। ठेलकर दरवाज़ा दिनेश को ही खोलना पड़ेगा। अन्दर घुसने पर वापस जाती उसकी पीठ की एक झलक देख पाएगा, उसका चेहरा नहीं। फिर खटाक, उसके कमरे का दरवाज़ा बन्द हो जाएगा। वह बाहर वाले कमरे में रह

जाएगा, जिसे वे बैठक और खाने के कमरे की तरह इस्तेमाल करते हैं। खाने की मेज़ पर करीने से खाना लगा होगा। एक थाली, न ज़्यादा बड़ी, न छोटी। उसमें दो कटोरियाँ, एक चम्मच, पास रखा एक गिलास, ट्रे में लगे सब्ज़ियों के दो डोंगे, परोसने को दो बड़े चम्मच, कपड़े से ढकी चार रोटियाँ। दिनेश आराम से हाथ-मुँह धोए, पीछे वॉशबेसिन पर साफ़ तौलिया टँगा होगा। फ्रिज़ से ठंडे पानी की बोतल और दही निकाले और खाना खा ले। इच्छा हो तो रसोईघर में जाकर खाना गरम भी कर सकता है। गैस के चूल्हे के पास दियासलाई रखी होगी और धुली-मँजी कड़ाही भी। शिकायत की गुंज़ाइश नहीं है।

खाना खाकर वह अपने कमरे में आराम कर सकता है। बिस्तर के पास मेज़ पर छोटी-सी डिबिया में सौफ़-इलायची रखी रहती है। खा ले और सो जाए। न चाहे तो न सोए।

उस पर किसी क़िस्म का दवाब नहीं है। पाँच बजे शालिनी उठती है तो चाय बनाकर मेज़ पर रख देती है। अपना प्याला लेकर वह अक्सर खिड़की पर चली जाती है और बाहर देखती रहती है। दिनेश जानता है, अगर वह भी अपना प्याला लेकर खिड़की पर गया तो शालिनी बैठक में लौट आएगी और कोई पत्रिका खोलकर बैठ जाएगी।

अपने ही घर में समय काटना कितना मुश्किल होता है। चार बजे से वह बाहर निकलने की योजना बनाने लगता है। पर पाँच बजे से पहले निकलने पर दरवाज़ा बन्द कर लेने के लिए शालिनी को पुकारना होगा। फिर वह चाहे कितनी देर इन्तज़ार क्यों न करे, दरवाज़े में चटखनी लगाने वह तभी आएगी जब वह घर से निकल चुका होगा, पहले नहीं। इससे तो...करवट बदलते पाँच बज जाएँ...

डेढ़ बज गया। अब घर पहुँच जाना चाहिए। वह जानता है, शालिनी को दोपहर में खाना खाकर सोने की आदत है। नींद में विघ्न पड़ने से उसके सिर में दर्द हो जाता है। कभी-कभी वह दर्द तीन दिन तक ठीक नहीं होता। वह नहीं चाहता, उसके देर से घर पहुँचने की वजह से उसके सिर में दर्द हो।

अभी घर पहुँच गया तो हो सकता है, शालिनी खाने की मेज़ पर बैठी मिल जाए। तब घंटी बजाने की ज़रूरत नहीं होगी। दरवाज़ा खाने की मेज़ के ठीक सामने है और खाते वक़्त वह चटखनी नहीं लगाती, ढुका कर छोड़ देती है। ठेल कर भीतर आया जा सकता है। शालिनी सामने बैठी मिलेगी। उसके सामने मेज़ पर दिनेश के खाने का इन्तज़ाम होगा। वही एक थाली, एक गिलास, एक चम्मच, दो कटोरियाँ, सब्ज़ी के डोंगे, कपड़े से ढकी रोटियाँ...सलीक़े से अदा किया गया ठंडा फ़र्ज़।

दिनेश भीतर घुसता है तो शालिनी मुँह ऊपर उठाकर नहीं देखती। चुपचाप खाती रहती है। वह कैसे समझ जाती है, आने वाला और कोई नहीं, बस दिनेश है? रोज़ वह नए तरीक़े से दरवाज़ा खोलता है। शायद वह चौंककर सिर ऊपर उठाए और एक भरपूर नज़र उसे देखने पर मजबूर हो जाए। फिर...क्या ऐसा नहीं हो सकता कि बरसों बाद उसे देखकर, वह नए सिरे से उसे पहचान उठे?

'शालिनी,' वह कहना चाहता है, 'शालिनी, मैं रिटायर हो चुका। अब मेरे पास कोई काम नहीं है। तुम्हें याद है, तुम कहती थीं मेरे पास कुछ कहने-सुनने का वक़्त नहीं है। दफ़्तर से घर लौटता हूँ तो फ़ाइलें साथ ले कर। हर वक़्त काम में डूबा रहता हूँ। अब मेरे पास फ़ुर्सत ही फ़ुर्सत है। हम घंटों बैठ कर बातें कर सकते हैं। यह तो मैं यूँ ही, आदत से लाचार सुबह घर से निकल जाता हूँ। तुम कहो तो बिलकुल न जाऊँ।' और भी बहुत कुछ वह कहना चाहता है और उसके लिए सही वक़्त की तलाश करता रहता है।

हाथ-मुँह धो कर वह शालिनी के सामने कुर्सी पर बैठ जाता है। खाना परोसता है तो उसकी तरफ़ देखता रहता है...वह मुँह ऊपर उठाए तो अपनी बात कह डाले। पर उसकी नज़रें थाली पर गड़ी रहती हैं और खाना ख़तम करते ही वह चुपचाप अपने बर्तन समेट कर उठ जाती है। कभी ऐसा नहीं होता कि कोई जूठा बर्तन मेज़ पर छूट जाए। ऐसा भी नहीं होता कि वह आँख उठाकर देख ले कि दिनेश खा चुका या अभी खा रहा है, मेज़ पर से उठ चुका या वहीं बैठा है। दिनेश सामने रहता है तो शालिनी का चेहरा, चेहरा नहीं रहता, सपाट पीठ बन जाता है। अपनी तरफ़ पीठ किए आदमी से बात करना बहुत हिम्मत का काम है। दिनेश में उतनी हिम्मत नहीं है।

फिर भी एक दिन, खाते-खाते वह पुकार उठा था, "शालिनी!"

शालिनी के जिस्म में हरकत नहीं हुई। कौर तोड़ती उसकी उँगलियाँ चौंककर काँपीं तक नहीं।

"शालिनी!" उसने और ऊँची आवाज़ में पुकारा।

शालिनी खाना खाती रही।

"मुझे तुमसे कुछ कहना है।" हिम्मत करके वह एक खाई फलाँग गया।

शालिनी ने मुँह ऊपर नहीं उठाया, न उसका हाथ रुका।

दिनेश ने चुप्पी को सुनने की कोशिश की। शायद वह उसे सुन चुकी हो, और बिना कहे कह रही हो, 'हाँ, कहिए, मैं सुन रही हूँ।' पर नहीं, उस चुप्पी में कोई शब्द नहीं था। बिलकुल बेजान थी वह।

"तुम कुछ बोलती क्यों नहीं?" आख़िर वह चीख़ पड़ा था।

"कहना आपको है मुझे नहीं," शालिनी ने धीमे से कहा था, फिर चुप्पी छा गई थी। ग़ुबार की तरह शब्द उठे थे और चारों तरफ़ छाए सन्नाटे में बिना कोई लहर पैदा किए सो गए थे। शालिनी का चेहरा पहले की तरह भावहीन था, सिर के साथ आँखें भी झुकी हुई थीं। उसके कसे होंठ इतनी कम देर के लिए खुले थे कि दिनेश सोचता रह गया कि वाक़ई उसने कुछ कहा था या महज़ उसका वहम था। दिनेश की हिम्मत पस्त हो गई थी। अभी बहुत सारी खाइयाँ सामने थीं और फलाँगने के लिए दूसरी तरफ़ तनिक संबल न था। वरना कहने को उसके पास बहुत कुछ था।

'शालिनी,' वह पूछना चाहता था, 'बीस साल पहले तुम्हें इतना कुछ कहना था, उसका क्या हुआ? कहाँ खो गए वे शब्द? बिना कहे तुम्हारा मन कैसे भर गया? तब मैं कितना व्यस्त था। तुमने मुझसे पूछा था, आपके पास घंटे भर की फ़ुर्सत नहीं है कि बैठ कर बात कर सकें तो मैंने कहा था, बात करने की फ़ुर्सत उन्हें होती है जिनके पास काम नहीं होता। अगर तुम घर को पूरे सलीक़े से चलाओ तो तुम्हारे पास भी चखचख करने को वक़्त न बचे...तुम समझती क्यों नहीं, शालिनी, तब मेरे पास वक़्त नहीं था। अब है। हालात बदलते रहते हैं। हालात के साथ हमें बदलना पड़ता है। देखो, घर में हम दो ही प्राणी हैं। एक बेटा है सो अमेरिका जा बसा। लौटकर क्या आएगा। अब जो कुछ कहना है हमें एक-दूसरे से कहना है। इस तरह चुप्पी साधे रहने से ज़िन्दगी कैसे चलेगी?'

एक बार फिर कोशिश करूँ अपनी बात कहने को, उसने सोचा था। रोज़ सोचता है। रोज़ अपने को समझाता है कि एक बार सन्नाटा टूट जाएगा तो सब ठीक हो जाएगा। आपस में बात करने का उनका अभ्यास जाता रहा है, बस। और कोई बात नहीं है। पर...शालिनी...।

कल दोपहर घर लौटा तो दरवाज़े के बाहर से अन्दर से आ रही हँसी की आवाज़ सुन ली। वह ठिठक गया। किसी और के घर के आगे तो नहीं जा खड़ा हुआ? दरवाज़े के ऊपर लगी अपने नाम की तख़्ती कई बार पढ़ डाली। घर तो उसी का है। तब कौन है अन्दर? हँसी एक नहीं दो नारी कंठों से फूट रही है। कौन है? एक तो शालिनी है, दूसरी? दूसरी कोई हो, शालिनी ज़रूर है। बेसब्री से उसने दरवाज़े को धक्का दिया और अन्दर जा पहुँचा। सामने सोफ़े पर मंगला बैठी थी, शालिनी की छोटी बहन। बराबर में शालिनी। दोनों ठहाके मार कर हँस रही थीं। इससे पहले कि हँसी सहसा थम जाने के बाद की चुप्पी कानों को खटकती, दिनेश बोल पड़ा, "अरे मंगला, तुम! कैसी हो? बड़े दिन बाद आईं। बैठो बैठो। और सब कैसा चल

रहा है? सुरेश कैसे हैं? और बच्चे? माधवी के डॉक्टर बनने में कितने साल बाक़ी हैं? हाँ...और कोई नई फ़िल्म देखी?''

वह एक के बाद एक सवाल पूछता चला गया। मंगला बीच-बीच में जवाब देती रही। शालिनी चुपचाप पास बैठी रही, फिर उठकर खड़ी हो गई। मंगला ने उसे देखा, क्षण भर को झिझकी, फिर वह भी खड़ी हो गई।

''अरे, कहाँ चल दीं?'' दिनेश ने कहा, ''बैठो-बैठो, खाना खाकर जाना। एकदम तैयार है।''

''हमने तो, जीजा जी, खा लिया।'' मंगला ने सकुचा कर कहा।

''खा लिया! ओह...! अच्छा किया, अच्छा किया!'' उसने कहा, ''मुझे देर भी तो कितनी हो गई। पर आओ, मेज़ पर बैठो मेरे साथ। चाय-कॉफ़ी ले लो। क्या लोगी?''

''नहीं, कॉफ़ी भी हम लोग...''

''चलो मंगला, हम उस कमरे में चलें।'' शालिनी ने कहा और अपने सोने के कमरे की तरफ़ बढ़ गई। पीछे-पीछे मंगला।

दिनेश वहीं छूट गया, आरामदेह, सुसज्जित बैठक में, जहाँ मेज़ पर करीने से उसका खाना लगा था, सन्तुलित, पौष्टिक और स्वादिष्ट।

उसका मन हुआ, सब्ज़ी के डोंगे उठाकर दीवार पर दे मारे; दाल कालीन पर बिखरा दे और चिल्लाकर कहे, सब्ज़ी में बाल है! दाल में कंकड़! शालिनी की इस सुचारू, सुव्यवस्थित, सपाट गृहस्थी का भ्रम टूटना चाहिए। शोर सुनकर वह अपने कमरे से बाहर आएगी तो वह उछलकर उसके सामने आ खड़ा होगा और उसके कन्धे दबोच लेगा (जिस्मानी ताक़त उसमें उससे कहीं ज़्यादा है) और तब तक उसके बदन को झटके देता रहेगा जब तक वह चीख़ न पड़े।

'बोलो,' वह कहेगा, 'कुछ भी बोलो! चुप रहोगी तो मैं तुम्हें मार डालूँगा!' तब ज़रूर बोलेगी वह।

उसने हाथों में एक-एक सब्ज़ी का डोंगा उठा लिया और वापस...मेज़ पर पटक दिया। ज़िन्दगी में कभी कोई वहशियाना हरकत की नहीं थी। अब भी न कर सका। बस लगा लगाया खाना मेज़ पर सूखता छोड़, घर से बाहर निकल गया।

क़मीज़ की बाँह से बार-बार माथे का पसीना पोंछते हुए वह सोच रहा था, अगर कल वह सचमुच कुछ कर गुज़रता तो क्या होता? क्या शालिनी...? उसकी आँखों की वितृष्णा झेल पाता वह? बलगम की तरह उसके पूरे अस्तित्व पर लिसड़ न जाती।

एक दिन उसका ध्यान आकृष्ट करने के लिए खाते-खाते वह कह उठा था, "दाल में कंकड़ हैं।" शालिनी चुपचाप उठी थी, दाल का डोंगा और थाली में परोसी दाल की कटोरी उठाकर कूड़ेदान में उलट आई थी। "फेंक क्यों दी? खाई जाती।" वह बरबस कह उठा था। शालिनी ने जवाब नहीं दिया था पर उसके पूरे हाव-भाव से ज़ाहिर था कि दाल में कंकड़ होने का सवाल ही पैदा नहीं होता। कहा उसने कुछ नहीं था, एक बार उसकी तरफ़ देखा भर था, पर वह देखना ऐसा था कि आदमी सब कहना-सुनना भूल जाए।

कब तक इस चिलचिलाती धूप में खड़ा रहूँ? उसने फिर क़मीज़ की बाँह से माथे का पसीना पोंछा और हसरत के साथ अपने घर की तरफ़ देखा। कल दोपहर बाद घर नहीं लौटा। आधी रात क्लब में और आधी पार्क में बैठ कर बिता दी। अब जाना चाहिए। इस बार देखा तो लगा उसके घर की खिड़की का पर्दा हिल रहा है। डोरी पर आधी दूर सकराया गया है, फिर रोक दिया गया है। एक हाथ अब भी वहाँ टिका हुआ है। शालिनी है पर्दे के पीछे। खिड़की से बाहर देख रही है। ज़रूर। अगर वह दबे पाँव भीतर घुसे और पीछे से जाकर उसके कन्धे दबोच ले? उसे ज़बरदस्ती अपने से सटा ले? आज उसकी पीठ से ही बात करे? हाँ, शायद यही ग़लती वह करता रहा है। उसकी आँखों में देखकर अपनी बात कहने की कोशिश की है। उनमें अपनापन ढूँढ़ता रहा है और उसकी जगह फैली वितृष्णा से चोट खाकर मूक रह गया है। आज पहले अपनी बात कहेगा, तब उसका चेहरा अपनी तरफ़ घुमाकर देखेगा। शायद उसकी बात सुन लेने पर शालिनी...उसका हृदय एक दबी उत्तेजना से धड़क उठा और वह मुस्तैदी से मोटरसाइकिल आगे घसीटने लगा।

खाना खाकर शालिनी खिड़की पर आ गई। पर्दा एक तरफ़ खिसक गया है। उसे खींचकर पूरी खिड़की ढक दे तो दरवाज़े में चटखनी लगाकर अपने कमरे में जाकर सो रहे। बाहर तो देखा नहीं जाता। उफ़, किस क़दर धूप है। कितने बरस हो गए, वह धूप में बाहर नहीं निकली। ज़रूरत ही नहीं पड़ती। कोई उससे पूछे, धूप का क्या मतलब होता है तो वह कहेगी—सिरदर्द! पता नहीं लोग कैसे घूम लेते हैं धूप में बेमतलब।

अब वहाँ, उसके घर के ठीक सामने, तपते सूरज के नीचे एक आदमी हाथ से मोटरसाइकिल थामे खड़ा है, निरुपाय सा। मोटरसाइकिल बिगड़ गई है शायद। बेचारा! ज़्यादा देर इसी तरह धूप में खड़ा रहा तो चक्कर खाकर गिर पड़ेगा। लगता है पसीना ख़ूब आ रहा है। जेब से रूमाल निकालने का भी धैर्य नहीं है। बार-बार क़मीज़ की बाँह से माथे का पसीना पोंछे जा रहा है।

इस तरह वहाँ खड़े रहने से क्या होगा ? मोटरसाइकिल घसीट कर ले जानी ही पड़ेगी। तब जाए, गैरेज बहुत पास नहीं तो ख़ास दूर भी नहीं है। ऐसे धूप के नीचे खड़े रहने से तो लू लगने का पूरा अन्देशा रहता है। कॉलेज में पढ़ती थी तो देखा था, सूरज के नीचे चक्कर खाकर एक मज़दूर को गिरते हुए। ज़मीन पर गिर कर कैसे छटपटाया था और पाँच मिनट में ख़तम हो गया था। बाद में लोगों ने कहा था, समय पर पानी मिल जाता तो बच जाता। उस वक़्त किसी की समझ में नहीं आया था कि हो क्या रहा है। यहाँ भी पास में कहीं पानी नहीं है। क्या पता, प्यास की वजह से ही यह मोटरसाइकिल आगे न बढ़ा पा रहा हो। न हो तो वही एक गिलास पानी उसे दे आए। हर्ज़ क्या है ? उसने फ्रिज़ खोलकर ठंडे पानी की बोतल निकाली और गिलास भर लिया। वापस खिड़की पर आकर एक बार फिर बाहर झाँका। वह आदमी उसी तरह वहीं खड़ा है। बार-बार उसी के घर की तरफ़ ताक रहा है। क्यों ? कोई जान-पहचान का आदमी तो नहीं है ? कौन है ? ...कौन होगा !

उसने देखा, मोटरसाइकिल घसीटता हुआ वह आदमी धीरे-धीरे उसके घर के आँगन में बढ़ा आ रहा है। अब उसका चेहरा साफ़ दिखाई दे रहा है। अरे यह तो... ! उसकी आँखों के किवाड़ बन्द हो गए। शरीर में शिथिलता आ गई। उदास भाव से उसने खिड़की का पर्दा खींच दिया और दरवाज़े की चटखनी बिना लगाए अपने कमरे की तरफ़ चल दी। जाते-जाते उसने मेज़ पर पड़ी ठंडे पानी की बोतल उठाई और वापस फ्रिज़ में रख दी। ज़रूरत होगी तो निकाल लेगा ख़ुद।

बेसब्री से दरवाज़ा ठेल कर दिनेश घर में घुसा। सामने शालिनी की पीठ दिखी। वह अपने कमरे में जा रही थी। फिर खटाक ! दरवाज़ा उसके पीठ पीछे बन्द हो गया। दिनेश क़रीने से सजे कमरे में अकेला रह गया।

ग्लेशियर से

मिसेज़ दत्ता अकेली ताजीवास ग्लेशियर की तरफ़ जा रही हैं। ताजीवास ग्लेशियर है। सब गाइड किताबों में लिखा है, है। इतने सारे लोग उसे देखने सोनमार्ग आए हैं। इसलिए...ज़रूरी है...कि है...पर...दिखलाई नहीं दे रहा...

दिखलाई जो दे रहा है, बिलकुल साफ़ दिख रहा है, वह है, आसमान को छू रहे हरे पहाड़ों की चोटियों पर पुता सफ़ेद रंग। बस में आते हुए रास्ते में ही दीख गया था।

"बर्फ़, वह देखो बर्फ़," मिस्टर दत्ता ने अपनी सीट से कहा था।

"बर्फ़," सीट नम्बर चौदह ने खँखार कर कहा था। "बर्फ़," सीट नम्बर तेईस ने किलक कर कहा था। "बर्फ़," सीट नम्बर दो और तीन ने इकट्ठा कहा था। मिसेज़ दत्ता ने देखा था, पहाड़ों की चोटियों पर सफ़ेदी जमी है। हाँ, वह बर्फ़ है...होनी तो चाहिए।

पहाड़ों पर बर्फ़ होती है।

बर्फ़ सफ़ेद होती है।

बर्फ़ ठंडी होती है, बेहद ठंडी...बर्फ़ की तरह।

वे जानती हैं।

नहीं, जानती नहीं। उन्होंने पढ़ा है, ऐसा होता है, सुना है, ऐसा है। देखा नहीं तो जाना क्या?

दूर बर्फ़ है। बर्फ़ दूर है। पर मरीचिका की तरह नहीं। चंद क़दम चल लेने पर पास आ जाएगी...पैरों के नीचे...ताजीवास ग्लेशियर सिर्फ़ दो मील दूर है। मिसेज़ गुप्ता, मिसेज़ सोनी, मिसेज़ लाल उस पर चल सकती हैं तो मिसेज़ दत्ता क्यों नहीं? मिसेज़ दत्ता हर वह काम कर सकती हैं जो मिसेज़ बत्रा, मिसेज़ सोनी, मिसेज़ सिंह करती हैं। अपने-अपने दायरे के भीतर आदमी एक-दूसरे के बराबर होता है!

पर...मिसेज़ दत्ता तो अकेली ग्लेशियर जा रही हैं।

मिस्टर दत्ता ने कहा था, आज टूरिस्ट बंगले में आराम करेंगे, कल सुबह ग्लेशियर देखने चलेंगे...जल्दी क्या है?

तीन बजे वे टूरिस्ट बंगले पर पहुँच गए थे।

चार बज रहे थे...

ग्लेशियर दो मील दूर है...ग्लेशियर सोलह घंटे दूर है...मिसेज़ दत्ता को मिस्टर दत्ता के साथ ग्लेशियर देखने जाना चाहिए...मिसेज़ दत्ता को अकेले घूमने की आदत नहीं है...

पाँच बज गए...

मिस्टर दत्ता चाय का तीसरा प्याला पी रहे हैं...मिसेज़ दत्ता दूसरा प्याला पी कर तृप्त हैं...आँखें मूँदे आराम कर रही हैं...कल ग्लेशियर चलेंगे...ग्लेशियर पन्द्रह घंटे दूर है...ठीक है...बात-बात पर बेताब होने की मिसेज़ दत्ता की आत बरसों पहले छूट चुकी...

साढ़े पाँच बजने लगे...

ऐसा भी होता है कि तोहफ़े पर चढ़े झीने काग़ज़ को उघाड़ने में डर लगता है और तोहफ़ा...मिसेज़ दत्ता को ख़ुद से डर लगता है...काग़ज़ झीना है पर एक के ऊपर एक, बेहिसाब, न जाने कितनी परतें हैं, कब तक कोई उतारे? मिसेज़ दत्ता को मिसेज़ दत्ता बने रहने की आदत है...

छह शायद बजे नहीं...

एकाएक हवा को न जाने क्या हो गया!

हू हू कर रोती हुई बदहवास उठी और चीड़ के घने दरख़्तों से टकरा-टकरा कर सिर धुनने लगी।

मिसेज़ दत्ता की आँख खुल गई। क्या हुआ? यह हवा को क्या हो गया!

वे उठकर खड़ी हुईं कि हवा आकर उनकी छाती से लिपट गई। गले में पड़े दुपट्टे ने अड़चन पैदा की तो खींचकर उसे दूर फेंक दिया। चीड़ के दरख़्त की तरह चौड़ा उनका सीना नहीं है...बिलखती हवा को सँभालें कि दुपट्टा...

आदतन मिसेज़ दत्ता दुपट्टे के पीछे चल दीं और दौड़ने पर मजबूर हो गईं। हवा पागल हो चुकी थी, मिसेज़ दत्ता को दौड़ने की आदत न थी, फिर भी कुछ बदहवासी के बाद दुपट्टा हाथ आ गया। पर हवा का बिलखना न रुका। वे खड़ी

रहीं पर चीड़ के दरख़्त झुक गए। शाखें झुकतीं और धक्का खाकर सीधी हो जातीं, हवा को उनकी हमदर्दी क़बूल न थी।

दुपट्टा हाथ में पकड़े, मिसेज़ दत्ता हवा के थपेड़े सहती कुछ देर खड़ी रहीं फिर जाने क्या हुआ कि ख़ुद अपने हाथ से उन्होंने दुपट्टा दूर फेंक दिया और हवा के बहाव के साथ चल दीं...दपुट्टे को पेड़ों ने उलझा लिया पर मिसेज़ दत्ता चलती गईं...

दस साल पहले वे मिसेज़ दत्ता नहीं थीं...

श्यामला पुरी ने कहा था, चल, हम दोनों बारामुला के पहाड़ों पर रहकर मधुमक्खियाँ पालें। मुँह पर जाली बाँध कर छत्ते में हाथ डालेंगे, शहद चुराएँगे और बेचेंगे शहर-शहर, पहाड़-पहाड़, ऊँचे और ऊँचे, बर्फ़ के साथ...तू और मैं...

नहीं नहीं, ऐसा भी कहीं होता है। कभी सुना नहीं, देखा नहीं...

तो चल हम लोग भेड़ पालें...जम्मू में पठान खानाबदोशों के खेमों में रहेंगे, सर्दी ख़तम होने पर चल देंगे...कंगन...सोनमर्ग...लद्दाख...हर महीने नया पहाड़, नया खेमा, पहले से लम्बी ऊन...साल में एक बार ऊन काटेंगे और बेच देंगे, अरे, मन हुआ तो भेड़ ही बेच डालेंगे। फिर नई जगह, नया खेमा, नया धंधा,...तू और मैं...बस हम दो और पहाड़...हर सुबह नया पड़ाव...

नहीं-नहीं, कैसे होगा? न, न, मुमकिन नहीं है यह होना...कोई भी तो ऐसे नहीं जीता...हमारे जानने वालों में...कोई भी तो नहीं...

श्यामला को लोग पागल कहते थे। थी जो पागल...थी? बी.ए. बीच में छोड़कर एक दिन एकाएक ग़ायब हो गई, जाने कहाँ। पर जाने से पहले...

तब वे मिसेज़ दत्ता नहीं थीं पर...

क्या थीं वे?

मिसेज़ दत्ता बनने की तैयारी में मशग़ूल एक अदना लड़की।

हर लड़की श्यामला नहीं हो सकती...

दस साल से उन्होंने व्यतीत हो याद नहीं किया। आज अचानक हवा को क्या हुआ...पहाड़ों पर घूमती श्यामला याद आ गई।

श्यामला बहुत लम्बी थी, देवदार की तरह। ढीला कुर्ता और पाजामा पहना करती थी। दुपट्टा ओढ़ती तो चलते-फिरते रास्ते में कहीं गिर जाता...चलती तो थी नहीं श्यामला, दौड़ती थी, इस पगलाई हवा की तरह...पागल नहीं तो क्या कहते उसे...

श्यामला...श्यामला...श्यामला...

श्यामला उसे, मिसेज़ दत्ता को, जो तब मिसेज़ दत्ता नहीं, उषा भटनागर थी, बहुत प्यार करती थी...

हर लड़की के लिए ज़रूरी नहीं है कि वह क़ीमती पर्दों के नीम अँधेरे में सोफ़ों और कालीन के रंग मिलाती हुई जिए, पत्थर और लकड़ी के चंद टुकड़ों पर बिछे रंगीन कपड़ों को घर कहकर पुकारे और हर बरस घर के सामान में लोगों को दिखलाने लायक़ इजाफ़ा करती हुई, एक दिन ख़ुद भी बेशक़ीमती सामान का दर्जा हासिल कर ले, श्यामला कहा करती थी...

हर औरत के लिए मुनासिब नहीं है कि वह अपने से एक चौथाई दिमाग़ वाले आदमी से शादी करके, उम्र भर उसके कहे जुमले दोहराती हुई जिए जो उसने बासी किताबों से चुराए हों, श्यामला कहती थी...

पर...उसे, उषा भटनागर को ख़ुद अपने से उतना प्यार नहीं था, जितना श्यामला को उससे था, लिहाज़ा...एक दिन उषा भटनागर मिसेज़ दत्ता बन गई...

पर मिसेज़ दत्ता तो अकेली...

यह वक़्त ग्लेशियर जाने का नहीं है, सूरज डूबने को है, अँधेरे में पाँव फिसल गया तो...और फिर जल्दी क्या है, सुबह आराम से नाश्ता करके, गाइड साथ लेकर चलेंगे, मिसेज़ दत्ता ने ख़ुद से कहा, ख़ुद-ब-ख़ुद कहा क्योंकि कुछ देर पहले मिस्टर दत्ता ये शब्द कह चुके थे पर...वह वापस नहीं लौटीं, ग्लेशियर की तरफ़ बढ़ती गईं...रास्ता ऊबड़-खाबड़ है। पहाड़ के बीच चढ़ती उतरती, पत्थर लुढ़काती, घास से महरूम धूल भरी पगडंडी है। पर ग़लतफ़हमी की गुंज़ाइश नहीं है। इतने पैर उसे रौंद गए कि यह पहाड़ी पगडंडी बड़े शहर की गली की तरह पालतू हो चुकी है। मिसेज़ दत्ता सही गली की मुसाफ़िर हैं।

फिर भी...

पगडंडी पर वे नीचे उतर रही हैं, झुंड-के-झुंड सैलानी ऊपर चढ़ रहे हैं। ऊबड़-खाबड़ पथरीली राह वे ऊपर चढ़ रही हैं, पर्यटकों की भीड़ नीचे उतर रही है, वे गलेशियर की तरफ़ जा रही हैं, लोग ग्लेशियर से लौट रहे हैं।

"घोड़ा ले लो मेमसाब, सिर्फ़ पन्द्रह रुपए।" आवाज़ आई है।

मेमसाहब ने देखा है, ठीक-ठीक गाइड है। सिर पर गोल प्यालानुमा कश्मीरी टोपी, मैला-पैबन्द लगा कुर्ता-पाजामा, जाकेट, नाटे क़द का जवान आदमी, बोलने का ठीक गाइडनुमा अन्दाज़।

"नहीं," उन्होंने कहा, "नहीं।"

"ले लो मेमसाब, हम भी कुछ कमाएगा। दस रुपया लेगा।"

"नहीं," उन्होंने फिर कहा, "नहीं।"

मैदान में दिन ढल चुका था। पर यहाँ...न जाने कितना वक़्त गुज़रा होगा...सूरज सिर पर है। गरम तीखी रोशनी सोच को पिघला रही है। मैं कौन हूँ...मिसेज़ दत्ता...बार-बार याद करना पड़ रहा है...

"किधर जाएगा मेमसाब, ग्लेशियर?"

कोई दूसरा गाइड है या शायद वही पहले वाला। एक कम्पनी की बनी मोटर गाड़ियों की तरह हैं सब।

"ग्लेशियर जाना, मेमसाब?"

"हाँ...नहीं..." उसने कहा, "पता नहीं अभी..."

"यह रास्ता तो ग्लेशियर जाता है।" गाइड जानकारी दे रहा है। आवाज़ें और भी हैं...

मिसेज़ दत्ता, क्यों ख़ामख़्वाह अपने को बहका रही हो। तुम ग्लेशियर जा रही हो और सही-सीधे जाने-पहचाने रास्ते से। तुम चाहो तो भी ग़लत रास्ते पर नहीं चल सकतीं...

तुम किससे बात कर रही हो! मिसेज़ दत्ता...कौन है वह...कहाँ है?

मुझसे? मैं मिसेज़ दत्ता हूँ?

नहीं...हाँ...हो...नहीं हो?

तुम हो, तुम।

मैं...मैं...कौन...मिसेज़ दत्ता...

तुम ग्लेशियर जा रही हो।

कौन हो तुम? कौन...कौन...

मैं...मेरा नाम...

उषा! मिसेज़ दत्ता! ग्लेशियर! बर्फ़! श्यामला! बर्फ़ की श्यामला! सूरज का ग्लेशियर! नहीं, बर्फ़ का ग्लेशियर! सूरज की श्यामला! उ...ऽषा उ...षा...ऽषा...उ...ऽषा...

"चुप," उसने कहा, "प्लीज़ इतनी सारी आवाज़ों में मत बँटो। मैं सोचना चाहती हूँ।"

पर सूरज की किरणें कम मानती हैं? हज़ार-हज़ार बूँदों में बँटकर बरसती रहीं। सात-सात रंगों में झिलमिला कर तरसाती रहीं। सोच पिघल कर मोम बन गया।

सामने क्या वही बह रहा है—मोम का सोता ? लावे की तरह उबलता...काले पत्थरों पर रंगीन लौ जलाता...

"घोड़ा ले लो मेमसाब," गाइड फिर पुकार रहा है, "नदी पार नहीं कर सकेगा।"

तो यह नदी है। क्या बहाव है ! सूरज और बर्फ़ के सम्मोहन से पैदा हुई नदी। ग्लेशियर को भी आख़िर पिघलना पड़ा...सूरज की किरणें पत्थर को भी न पागल बना दें तो...

"घोड़े पर पार कराएगा, मेमसाब। हम भी कमाएगा, ग़रीब आदमी है। सिर्फ़ पाँच रुपए।" गाइड क़रीब आ गया।

उसने जवाब नहीं दिया।

वह एकटक नदी के बहाव को देख रही है।

इतनी तेज़ तो कभी श्यामला भी नहीं दौड़ी।

लगा दूँ छलाँग ? कूद जाऊँ पानी में ?

समुद्री उफ़ान में वह उन्माद कहाँ जो इस पहाड़ी नदी में है। उठाकर पत्थर पर पटक देगी और बहा ले जाएगी, चूरा हुई देह के हर टुकड़े को साथ। समुद्र और पहाड़ी नदी में यही तो फ़र्क़ है। समुद्र की लहरें जाकर लौट आती हैं, पर पहाड़ी नदी जिस दिशा में दौड़ पड़ी तो दौड़ पड़ी, वापस नहीं आती। एक बार बदन क़ब्ज़े में आ जाए, उत्कंठित पानी उसे छोड़ेगा नहीं। रेशा-रेशा अलग हो जाए, सात रंगों से सात आवाज़ें फूट निकलें...कितना भी ठोस पत्थर हो, अख़्तियार उसका रहेगा नहीं। हर रेशे, हर रंग, हर आवाज़ को मथता पानी बहा ले जाएगा...उसे...वह कौन है... ?

"छाती तक पानी है मेमसाहब, दो रुपए में पार उतारेगा।" गाइड ने आख़िरी कोशिश की।

छाती तक पानी में खड़े होकर आँखें मूँद लो। पहाड़ी नदी का जुनून ख़ुद पाँव उखाड़ देगा, फिर पत्थर भी...

उतर जाऊँ पानी में ? बह जाने दूँ शरीर को... ?

उसकी आँखें मुँद गईं।

नदी का पानी, सूरज की बँटी किरणें, पत्थर और पगडंडी एकसाथ ऊपर उठे और गड्ड-मड्ड होकर गोल-गोल चक्कर काटने लगे।

वह सिर पकड़कर वहीं नदी के किनारे बैठ गई।

नदी का पानी खिलखिला कर हँस पड़ा।

डरपोक ! डरपोक ! ठोस धरती से इतना लगाव ! पार नहीं जाना ? नहीं जाना पार ?

उस पार! उस पार!

वह बैठी रही।

पानी हँसता रहा।

सारे सैलानी लौट गए।

गाइड ने हार मान ली।

उसने धीरे-धीरे आँखें खोलीं।

सामने नदी का अट्टहास करता पानी है पर दूर...पानी से परे...

वह घास पर बैठी है। चार क़दम पर बर्फ़ है। उसने छूकर देखी है। हाँ, बर्फ़ है। चीड़ की टूटी-बिछी फुनगियों सी उगती टहनियों से अटी बर्फ़ की ज़मीन। पर बर्फ़ को खिजाता नदी का पानी है।

चार छलांग लम्बी नदी की चौड़ाई है। आदमी को सिर्फ़ एक छलाँग की इजाज़त है। पर बर्फ़?

उसने ध्यान से देखा...उससे कुछ क़दम आगे पानी से रास तोड़े नहीं टूट रही। इस तरफ़ की बर्फ़ ने उस तरफ़ की बर्फ़ से मिलकर जीन कस दी है। बर्फ़ के उस छोटे से पुल के नीचे पानी बेपनाह छटपटा रहा है।

वह उठकर खड़ी हो गई।

हँसने दो पानी को। बर्फ़ पर सवार होकर वह नदी पार कर लेगी।

चिढ़ाते पानी को चिढ़ा कर वह हँस दी।

"एई लड़की। किधर जाता है!" कानों में एक कड़कदार आवाज़ पड़ी।

क्या हुआ? पानी बोल पड़ा या पुल नाराज़ हो गया?

उसने चौंककर इधर-उधर देखा...कहीं कोई नहीं है। बस, सूरज सिर पर है और गर्म रोशनी सोच को पिघला रही है।

उसने पैर आगे बढ़ाया।

"किदर जाता है लड़की?" आवाज़ फिर गूँजी।

सिर को हाथों में थामकर उसने देखा...

दाएँ हाथ पर, चीड़ की बिखरी टहनियों और नाटे पौधों पर हावी बर्फ़ की चढ़ाई है। आवाज़ उधर से आई है।

उसने देखा और आँखें मल कर फिर देखा, बर्फ़ की उस चढ़ाई पर एक ऊँचा दरख़्त उगा है...एक अकेला...चीड़ से ऊँचा...पहाड़ी पीपल...पर सोनमर्ग में पहाड़ी पीपल...रास्ते में तो नहीं देखा...

वह उसकी तरफ़ चल दी।

बिन झुके उठे, पेड़ अपनी जगह खड़ा है। हाँ, उसने महसूस किया, हवा का उन्माद शान्त हो चुका है, पेड़ अब नहीं हिल रहे होंगे...शायद...यहाँ बर्फ़ पर तो अकेला एक वही पेड़ है।

वह आगे बढ़ी।

कहाँ, यह दरख़्त तो नहीं है। बर्फ़ का आला बुत है...किसने बनाया? अपने डूबने की चाहत से रँगते सूरज ने इसे भी अपने रंग में समेट लिया है। तभी न इसकी आँखों से इस क़दर शोख़ नीली रोशनी फूट रही है।

वह आगे बढ़ रही है...

बुत अपनी जगह खड़ा है...बुत है न, कैसे हिले-डुलेगा?

"किधर जाता था?"

उसके दिल की धड़कन बन्द होने को हो गई। बर्फ़ का बुत नहीं, यह तो...

उसकी आँखें अपनी पूरी चौड़ाई में खुल गईं और खुली रहीं...

"किदर जाता था?" पठान ने फिर पूछा।

"उधर...बर्फ़ के पुल से...पार," किसी तरह जवाब उसने दे दिया।

"बर्फ़ के पुल से?" वह ठठाकर हँस पड़ा। नीली आँखें इस तरह भभक उठीं कि उसकी अपनी आँखें चुँधिया गईं।

"हाँ।" बमुश्किल उसने कहा।

"चल," उसने कहा और उसका हाथ पकड़कर एकदम चल पड़ा।

पुल के पास आकर वह रुका।

"चलेगा पार?" उसने उसी खिलखिलाती, दिपदिपाती आवाज़ में कहा।

उस चुम्बकीय उन्माद का स्पर्श पा लेने पर हाँ कहना दिक़्क़त पैदा करता है और हाँ कहने के सिवा दूसरा चारा रहता नहीं...

"चल," उसी ने कहा और उसे खींचता हुआ पुल पर दौड़ गया।

चार क़दम लम्बी दौड़ और...पैरों तले की ज़मीन खिसक गई।

बर्फ़ का पुल भड़भड़ाकर टूट गया।

छोटा-सा एक क्षण वह था जब वह हवा में लटकी थी, फिर एक खनखनाती हँसी उसे ऊपर उठाए थी।

नहीं-नहीं, क्या बेवक़ूफ़ी की बात है।

पर...छाती तक पानी है...पानी पर तिरती खिलखिलाहट है...क्या हुआ कि वह पानी में नहीं गिरी?

साफ़ उसने सुना था...उत्कंठा की धमक से टूटा बर्फ़ का टुकड़ा बोल पड़ा था—दुप! उसके गले से घुटी चीख़ निकली थी—दुप! चीख़ कम वह हँसी ज़्यादा थी। विस्मय और उत्तेजना से पैदा हुई उमंग भरी किलकारी...टूट कर गिरी कि अलमस्त हँसी ने उसे बाँहों में उठा लिया।

पठान छाती तक पानी में है। वह उसकी बाँहों में है और ठहरी हुई हवा को, ज़िन्दगी की चाहत से जन्मी हँसी, बहाए लिए जा रही है।

"देखा!" उसने कहा, "पुल का हाल!"

उसने देखा, नीली आँखों की मशाल भभक रही है—दुप! दुप!

उसकी हँसी में उसने अपनी खिलखिलाती हँसी जोड़ दी। नई हिस्सेदारी की तरावट से टपकती हँसी।

नदी पार हो गई।

उसने उसे बर्फ़ सनी घास पर उतार दिया। सामने फिर पहाड़ हैं।

"ग्लेशियर?" उसने कहा, "ग्लेशियर?"

"स्लेज गाड़ी खेलेगा?" पठान ने कहा।

"ग्लेशियर?" उसने व्यग्र होकर कहा, "ग्लेशियर!"

"यह तो रहा।" हवा में हाथ फहराकर उसने कहा।

"दिखलाई क्यों नहीं देता?" गहरी उत्कंठा से उसने पूछा।

"मैं दिखलाऊँगा तेरे को, मैं!" उसने कहा और लम्बे डग भरता वापस बर्फ़ की उसी चढ़ाई पर चल दिया जहाँ से कुछ देर पहले नीचे उतरा था।

वह उसके पीछे चल दी...चली...दौड़ी...भागमभाग भागी...कि कहीं नज़रों से ओझल न हो जाए। पैर फिसले, फिर जम गए। बर्फ़ पर वह लुढ़की, लिसड़ी, उठकर खड़ी हो गई।

गिरती तो वह ठठाकर हँस देता।

"आ! आ न, यह रहा ग्लेशियर!" उसके हाथ हवा को बटोर लेते।

"दिखलाई क्यों नहीं देता?" बेक़रार वह कहती, "दिखलाई क्यों नहीं देता?" और दौड़ पड़ती, लथर-पथर, भागमभाग कि बर्फ़ के खड़े कन्धे के पीछे वह ग़ायब न हो जाए। वह दीखना बन्द हो गया तो ग्लेशियर भी नहीं दिखेगा। वह चोटी के नीचे होती और वह चोटी के दूसरी तरफ़ उतर जाता तो पल भर को साँस रुक जाती...दुबारा न दिखा तो? पूरी ताक़त लगाकर वह दौड़ पड़ती...

एक खड़ी चढ़ाई...एक तीखा मोड़...फेफड़े फाड़ती एक लम्बी दौड़ और...वह जड़ लिए खड़ा था...बर्फ़ के किनारे...पहाड़ी पीपल का ऊँचा दरख़्त।

सामने बर्फ़ का झरना है पर मूक, निस्पंद!

चंचल पानी वेग से गिरा और बीच हवा में ठगा रह गया...निर्वाक् स्तब्ध!

"ग्लेशियर!" वह फुसफुसाई।

"स्लेज गाड़ी खेलेगा?" पठान ने कहा।

"ज़िन्दगी में पहली बार बर्फ़ देखी है।" तृप्त लालसा को शब्द उसने दिए।

उतावला हो वह हँस दिया।

क्या हुआ? ग्लेशियर फिर जल प्रपात बन गया!

"तब चल, खींचकर ले जाऊँगा ऊपर!" उसने कहा।

वह लकड़ी के सपाट तख़्ते पर बैठी है और वह रस्सी से खींचकर उसे ग्लेशियर की खड़ी बर्फ़ीली चढ़ाई पर ऊपर लिए जा रहा है।

तेज़ी से उठती-गिरती बदहवास साँसों की गूँज हवा को कँपा रही है।

"नहीं," उसने कहा, "तुम थक जाओगे। मैं चलूँगी। ऊपर तक ख़ुद चलूँगी।" उसने पीछे मुड़कर देखा।

"ले जाएगा खींचकर!" भरी बोतल से उड़लती शराब की तरह फक्कड़ आवाज़ में उसने कहा।

सूरज उनके साथ ऊपर चढ़ आया है। खुली बर्फ़ की सफ़ेदी सात रंग सोखकर और सफ़ेद हो उठी है। उसकी आँखें सतरंगी। नीली...हरी...भूरी...जामुनी या...सात रंग अपने में समेटे, काली। दमकते गुलाबी चेहरे पर तीखी नाक, काली दाढ़ी और वशीकरण मंत्र सी मोहपाश में बाँधती, रंग-रंग का धोखा देती आँखें। उफ़, इतना ख़ूबसूरत भी कोई हो सकता है...इन्सान?

कूदकर वह स्लेज से नीचे बर्फ़ पर आ गई।

"मैं साथ चलूँगी।" उसने कहा।

"तब हाथ पकड़े रखो। पहली बार बर्फ़ देखी है न।" वह खिलखिलाया। यह आदमी है या जुनून की जलती मशाल?

हाथ पकड़कर वह ऊपर चढ़ गई। थकान से बदन चूरा हो गया। चोटी पर पहुँचकर उसने स्लेज का मुँह मोड़ा है और कहा है, "बैठो पीछे।"

वह पीछे बैठ गई है। टाँगें उसकी कमर को घेरकर आगे जमाई हैं, हाथ उसके कन्धों पर रखे हैं और...ज़ऽम नीचे!

रफ़्तार। चाहत को दम देती रफ़्तार!

गति। दिल को धड़कने से आगे धकेलती गति!

तेज़ी का आलम यह कि हवा पिछड़ जाए!

"फिर चलेगा ऊपर?"

अनकहा हाँ।

फिर ऊपर। हाथ में उसका हाथ। बर्फ़ में जलती मशाल।

ज़ऽम नीचे!

ऊपर सूरज। नीचे ठंडी बूरे सी उड़ती बर्फ़...

फिर ऊपर

सूरज ढल रहा है...सोच पिघल चुका...अब मशाल की गरमी पा कर शरीर पिघल रहा है, मोम की तरह...कोई अहसास बाक़ी नहीं है...बस, रफ्तार है और रफ़्तार...नीचे फिर...ऊपर...

ज़ऽम नीचे, फिर ऊपर और...बर्फ़ पर केसर का बाग़ उग आया!

कितने मौसम बदल चुके।

कितने महीने?

ज़ाफ़रान का फूल बैंगनी से नारंगी हो गया। चाँद की रोशनी में चमक रहा है।

सूरज डूब चला।

उसकी आँखें मुँदी जा रही हैं।

ज़ाफ़रान का फूल रंग बदल-बदल कर चमक रहा है...बैंगनी...नारंगी... बैंगनी...नारंगी...

पल भर को आँखें खुलती हैं...बर्फ़ गुलाबी है या नीली...फिर मुँद जाती हैं। शरीर को पिघलती बूँदें बर्फ़ की नज़र हो चुकीं। मौत का फ़रिश्ता साथ है।

हाँ, अब पहचाना। यह मौत का फ़रिश्ता है। कोई इन्सान इतना ख़ूबसूरत नहीं हो सकता, न इतने गहरे छल सकता है।

तूफ़ान आने से पहले सन्नाटा छा जाता है, मौत के सन्नाटे से पहले तूफ़ान मचल उठता है, वह जुनून, वह शोख़ी, हवा का वह दिलफेंक मिज़ाज!

हाँ, अगली बार जब स्लेज नीचे लुढ़केगा तो वह बाहर कूद जाएगी।

मौत के फ़रिश्ते, तेरा लाख-लाख शुक्रिया, ज़िन्दगी का वह लाजवाब समाँ बाँधा कि...

अब बस...हाथ सुन्न हो गए...तेरे कन्धे छूटे जा रहे हैं...पैर मेरे नहीं, नींद की अमानत हैं...मशाल बर्फ़ीले बुत में बदल गई...मैं...बर्फ़...हूँ...

लुढ़कता हुआ उसका शरीर बर्फ़ की तलहटी पर आ लगा।

उसने तो अगली बार के लिए तय किया था। यह इसी बार...बेहोशी की बर्फ़ उस पर बिखर गई...

उसके बदन में गरमी दौड़ गई। तपती बूँदें गले से उतरीं और पूरे बदन में फैलने लगीं। उसने आँखें खोल दीं।

उसके होंठों से कहवा का प्याला लगा है...उसके सुन्न हाथ-पैरों को मला जा रहा है...सामने मिस्टर दत्ता खड़े हैं।

"इस तरह बिना बतलाए चली आईं," वे कह रहे हैं, "सूरज डूब गया तो घोड़े पर ढूँढ़ने निकला। वह तो ग़नीमत हो गई..."

सुनने लायक़ कुछ नहीं है। उसकी आँखें कुछ और ढूँढ़ रही हैं...वह...हाँ...वही तो है...उसके पैरों के पास...फिर यह धोखा कैसे हो गया!

उसने चाहा, आँखें मूँदकर बेहोशी की बर्फ़ीली चादर ऊपर खींच ले पर...कहवा के घूँट गले से उतरते चले गए...बदन में गर्मी फैलती रही...

पठान ने सहारा देकर मिसेज़ दत्ता को घोड़े पर सवार करा दिया। रास हाथ में लेकर वे सीधे तनकर बैठ गईं। नज़र घुमाकर ग्लेशियर को नहीं देखा। जो पीछे छूट गया सो...

मिसेज़ दत्ता ने घोड़े को एड़ दी। पहाड़ी घोड़ा दौड़ निकला। हवा पीछा करने लगी और उससे होड़ लेती एक आवाज़ दौड़ी...कल शाम आना। तेरे को मैं स्लेज गाड़ी खिलाऊँगा—मैं!

उसने मुड़कर देखा...पठान के पीछे बर्फ़ का पहाड़ है, घोड़े के आगे पहाड़ी नदी है, बीच में दूर तक फैला सपाट मैदान है...

दूर से देखने पर लगा...बर्फ़ पर पहाड़ी पीपल उग आया है...सूरज की किरणों ने बर्फ़ के आला बुत को रँग दिया है...वह और कोई नहीं मौत का फ़रिश्ता है...

अगली सुबह वे सोनमर्ग से नीचे उतर आए...

बरस पर बरस बीतने लगे...

आजकल मिसेज़ दत्ता के घर, कालीन और पर्दों पर धूल जमा करती है...

तीन लम्हे

सर्दी के दिन थे। काफी ठंड थी। मूसलाधार बारिश होने लगी। ठंड बढ़ गई। यूँ रविवार था। सुबह के बाद का पहला पहर। अमूमन इतवार को इस वक़्त कॉलोनी के तमाम प्राणी पार्क में जा बिराजते थे। धूप सेंकने। आज धूप नहीं थी। बरखा थी और सर्दी थी। तमाम ऊँची बस्ती बन्द दरवाज़ों के पीछे, घरों में समाई हुई थी। शायद हीटर भी जला रखे हों।

मैं पार्क में थी। रोज़ नहीं जाती थी। कभी-कभार। हर रविवार को भी नहीं। आज गई। अकेले, हरियाली का आनन्द लेने। सर्दी का मौसम हो तभी अकेलेपन को असल एकान्त मिलता है। ठिठुरने का मज़ा भी तब है जब निपट अकेले हों। वरना कोई-न-कोई पहलू में आ गरमाई देने लगता है। या हाथ बढ़ा माँगने लगता है। बारिश हो तो क्या कहने! ख़ुद से और ख़ुदी से पर्दा हुआ रहता है। ख़ुदा की ख़ुदा जाने।

मैं भीग रही थी, पर काँप नहीं रही थी। बारिश में डूबी थी। ख़ुद से बाहर के शून्य में, बरसते पानी में। शायद इसलिए कँपकँपी अपना एहसास मुल्तवी किए थी।

तभी अकेलेपन में खलल पड़ा। तीन बच्चे पार्क में घुसे। घुसे क्या, भीतर फुदके। छह-सात बरस के होंगे। सिर्फ़ एक ने कच्छा पहना हुआ था। शायद वह लड़की होगी। बाकी दोनों नंग-धड़ंग थे। रूखे बाल, मैली-फटी त्वचा और बिवाई भरे तलवे लिए, काले-कलूटे बच्चे।

इस पार्क में ऐसी वेशभूषा में बच्चे कभी नहीं दिखते। मनाही नहीं है। फाटक पर चेतावनी की तख़्ती नहीं लटकी। फिर भी ख़ुशहाल जनों के पार्क में रहते, वे भीतर नहीं घुसते! क्या बतलाऊँ क्यों नहीं घुसते? नहीं घुसते, कहा तो। तब भी नहीं, जब भीषण गर्मी के मौसम में भद्र जनों के बच्चे क़रीब-क़रीब नंगी पोशाकों में पार्क में खेलते हैं। क़रीब-क़रीब नंगा होने और अलिफ़ नंगा होने में बहुत फ़र्क़

है, जिसे एक मैले-कुचैले कच्छे से नहीं पाटा जा सकता। पर इस वक़्त मेरे सिवा पार्क में कोई नहीं था। मैं एक झाड़ी के पीछे दुबक ली। जंगल में तेंदुआ हूँ जैसे।

बच्चे भीतर आए। ठंड के बावजूद, बारिश में नहाने लगे। उछलते, कूदते, किलकारियाँ भरते, कलाबाज़ियाँ खाते। इतने कूदे-फाँदे, उलटे-पलटे हँसे-गाए कि बारिश ज़रा देर को थम गई। वे घास में लोट-लोटकर बदन सुखाने लगे। एक पोंछ लगी नहीं कि वर्षा फिर शुरू।

शुक्र किया मैंने भगवान का। इसलिए नहीं कि नंगे बच्चों को सिहरती सर्दी में भीगता देख मैं परपीड़क सुख भोगना चाहती थी। उतनी तेंदुआ नहीं थी। पर बारिश रुकी रहती तो कॉलोनी के रुतबेदार जन, धड़ाधड़ पार्क में चले आते। नंग-मलंग बच्चों को बाहर निकलने को फटकार बतलाने लगते। या उन्हें देख, डाँट से पेशतर, बच्चे खुद भाग लेते।

मेरे भीतर ग़ुस्सा फनफनाने लगता। छोटे-बड़े के फ़र्क़ पर आने वाला ग़ुस्सा। बेचैनी पैदा करता, बेबस ग़ुस्सा। उन बच्चों के चेहरे-मोहरे से उनकी माली हालत, माँ-बाप की आमदनी, समाज में उनका वर्ग और बदहाली साफ़ ज़ाहिर थी। फिलहाल मुझे उनसे सरोकार नहीं था। फिलवक़्त मैं, झाड़ी के पीछे तेंदुए-सी दुबकी, सोए दिमाग़ से कायनात भोगती, एक इन्सान-भर थी। अकेली। ओहदे वाले आ जाते तो मैं समाज हो जाती। सोए दिमाग़ को नाइन्साफ़ी का एहसास जगा देता। मैं ताव खाती, बहस करती और हारती चाहे जीतती, हर हाल, छोटी बनाई जाती। सुकून पर लाचारी हावी हो जाती।

अभी पार्क में उन तीन बच्चों के सिवा सिर्फ़ मैं थी। उनके लिए मैं भी नहीं थी। वे मुझे देख नहीं सकते थे। मैं झाड़ी के पीछे, मुड़-तुड़कर पूरी तरह छिपी बैठी थी। उनके लिए सिर्फ़ वे थे और हिचर-मिचर बारिश थी। कभी तेज़, कभी हलकी। अब तक घास पूरी तरह भीग चुकी थी। पानी से खेल लेने पर वे क्यारियों की मिट्टी में लोट रहे थे, गिलहरियों की तरह। बदन को धूल का आलेप मिल रहा था। पर क्यारियों में पौधे थे। काफी फूल-पत्तियाँ उनके मिट्टी-नहान में टूट-टूटकर बिखर रही थीं। गर्द के लिबास पर नगीने जड़ रही थीं।

मेरा डर बढ़ रहा था। इस वक़्त कोई आ गया तो टूटे पौधों की हमदर्दी में एकदम बेदर्द हो जाएगा। शुक्र था, बारिश की रफ़्तार बढ़ रही थी। मैं रेंगती हुई, झाड़ी-दर-झाड़ी, एक बड़े दरख़्त के नीचे पहुँच गई थी। मौलश्री का पेड़ था। बारिश ने फूलों से खुशबू छीनकर नीचे बिखेर दी थी। फूल सूख चुके थे, पर कुछ थे जो ज़बरन शाख से जुड़े थे। अब बौछार ने धराशायी कर दिया था। पर इस क़दर ख़ुशदिली से कि पूरा मंज़र ख़ुशबूदार हो गया था। फिर भी पेड़ की

छाजन और झाड़ी की आड़, दोनों, मेरी बूढ़ी हड्डियों को बौछार और शीत की मार से बचाने को, काफी नहीं थी। यक़ीनन मेरी बूढ़ी हड्डियों को घर लौट जाना चाहिए था।

पर जब तक मन इजाज़त न देता, वे हिलती-डुलती कैसे? और मन था कि जवान से बच्चा हुआ जाता था। हुक्म देने के नाक़ाबिल, पर बालहठ करने में माहिर।

'नई जाणा, मैनू नई जाणा, पार्क छड़ के नई जाणा।'

मेरा मन गा रहा था। बच्चे गा रहे थे। बूढ़ी हड्डियों के पास आवाज़ नहीं बची थी। जवान मन को डाँट-फटकार नहीं सकती थीं। बस काँपती खाल की लय पर बजे जा रही थीं। सूखी पत्तियों के खड़ताल की तरह।

मेरी हड्डियों को छोड़कर सबकुछ तरोतर था। रस से लबरेज़। पत्ती-पत्ती, बूटा-बूटा भीगा था, जवान मन की तरह।

बच्चे गाए जा रहे थे, ऊँचे-ऊँचे। जैसे जवान हो रहे हैं। मेरा मन भी गा रहा था, हौले-हौले। मेरी उम्र घट रही थी। बच्चों की बढ़ रही थी। हम सब जवान हो रहे थे।

मैंने देखा, वे जवान हो गए। एक त्रिकोण बना। एक लड़की, दो लड़के। लड़की को एक लड़के से प्यार हुआ, दूसरे से नहीं। कितना ख़ुशनुमा था कि इतने बदहाल, बेशऊर बच्चे भी जवान होने पर, प्यार कर सकते थे। कर रहे थे। करते हैं।

मैंने देखा, लड़की एक लड़के से प्यार कर रही है। दूसरा पतंग उड़ा रहा है। बारिश में भीगते-भीगते बड़ा हो रहा है। गर्मी-सर्दी में बोझा उठा रहा है। रोज़ी-रोटी कमा रहा है। लड़की भी उठा रही है। पहला लड़का भी। पर लड़की पहले से ही प्यार कर रही है। दूसरा अपने में निमग्न है। अपनी रोटी कमाने, मेरी बस्ती में चला आया है। बाक़ी दोनों दूसरी बस्ती में हैं। वे हैं, मैं हूँ। हमारी उम्र अब एक बराबर है।

एक जवान लड़के से उस लड़की को प्यार हुआ, दूसरे से मुझे। और ...और क्या? और कुछ नहीं। प्यार में और नहीं जोड़ना चाहिए। और शब्द जुड़ते ही प्यार गड़बड़ा जाता है। और विवाह, और घर, और संग-साथ, और साझेदारी। हमदर्द, हमनिवाला, हमसफ़र। खाना, सोना, रहना, भूखा-प्यासा, साथ-साथ। हर साथ के साथ एक अपेक्षा, एक उम्मीद, एक चाह कि वह हमसे भी ज़्यादा हमें चाहे। वह वह करे जो हम ख़ुद अपने लिए नहीं कर पाते। सोचते हैं, उसके लिए करते हैं, पर करते नहीं।

हमें अपना-अपना प्यार मिला। बस, बहुत हुआ। मैंने साथी नहीं कहा। प्यार। पूर्णविराम। होड़ा-होड़ी नहीं, जलन-डाह नहीं, रार-तकरार नहीं। एक भाव। उमंग। उल्लास। एक स्मृति।

स्मृति ? मैं फिर से बुढ़ा रही थी ? हाँ। ज़रूर।

और बारिश थम गई।

जाओ, बच्चो, घर जाओ। काफ़ी जवान हो लिए। मेरी बूढ़ी हड्डियों की फ़िक्र करो। मेरी खाल काँप तक नहीं रही। इस कदर ठिठुर चुकी। अब मेरी देह को घर जाना ही होगा। मन अपनी ज़िद पर अड़ा रहा तो प्रण प्राण त्याग भी सकती है। इतनी भी मन की ग़ुलाम नहीं।

पर जाऊँ तो कैसे ? मैं चली गई और ये बने रहे तो भद्र पड़ोस के यहाँ आने पर, उससे लड़ेगा कौन ? लड़ने में मैं रईस-से-रईस पड़ोसी को धता बतला सकती हूँ, जानती थी। पर उसके लिए ज़रूरी था कि गले से साफ़ करारी आवाज़ निकाल पाऊँ। हाथ-पाँव से जुम्बिश करवा सकूँ। झाड़ी के पीछे उकड़ूँ बैठे-बैठे, बदन इतना अकड़ गया था कि उसे हरकत में लाना, मुश्किल हुआ जा रहा था। इससे पहले कि उससे कोई और काम करवाया जा सकता, ज़रूरी था कि उसे ज़मीन से उठाकर खड़ा किया जाए।

मैं खड़ी हुई। एक ठिठुरी, झुकी, कृशकाय बुढ़िया। बारिश में चौड़ा हुई साड़ी बदन से इस तरह चिपकी थी कि उसे क़रीब-क़रीब नंगा किए दे रही थी। पर थी तो। साड़ी-ब्लाउज-पेटीकोट, एक नहीं अनेक वस्त्र थे। गीले-लिपटे पारदर्शी, पर थे। कपड़े थे। क़रीब-क़रीब और अलिफ़ नंगा होने में बहुत फ़र्क़ है।

बच्चे बीच उछाल यूँ थम गए जैसे बुतों में तब्दील हो गए हों। मेरी तरफ़ इस नज़र से ताका, जैसे झाड़ी के पीछे से वाकई खूँखार तेंदुआ या चीता प्रकट हो गया हो। मेरा अकड़ा, ठिठुरा, झुका शरीर, उन्हें घात लगा शिकार पर झपटता चौपाया जान पड़ा।

वे भाग गए। एकदम। अब सामने थे और अब आँख से ओझल।

यहाँ कमलनी खिलती है

वीराने में दो औरतें मौन बैठी थीं। पास-पास नहीं, दूर; अलग, दो छोरों पर असम्पृक्त। एक नज़र देखकर ही पता चल जाता था कि उनका आपस में कोई सम्बन्ध न था; वे देश के दो ध्रुवों पर वास करने वाली औरतें थीं।

एक औरत सूती सफ़ेद साड़ी में लिपटी थी। पूरी-की-पूरी सफ़ेद; रंग के नाम पर न छापा, न किनारा, न पल्लू। साड़ी थी एकदम कोरी धवल पर अहसास, उजाले का नहीं, बेरंग होने का जगाती थी। मैली-कुचैली या फिड्डी-धूसर नहीं थी। मोटी-झोटी भी नहीं, महीन बेहतरीन बुनी-कती थी जैसी मध्यवर्ग की उम्रदराज़ शहरी औरतें आमतौर पर पहनती हैं। हाँ, थी मुसी-तुसी। जैसे पहनी नहीं बदन पर लपेटी भर हो। बेख़याली में आदतन खुँसी पटलियाँ, कन्धे पर फिंका पल्लू और साड़ी के साथ ख़ुद को भूल चुकी औरत। बदन पर कोई ज़ेवर न था, न चेहरे पर तनिक-सा प्रसाधन, माथे पर बिन्दी तक नहीं। वीराने में बने एक मझोले अहाते के भीतर बैठी थी वह। चारों तरफ़ से खुला, बिला दरोदीवार, गाँव के चौपाल जैसा, खपरैल से ढका गोल अहाता।

दरअसल, वीराना वीरान था भी और नहीं भी। दो बीघा ज़मीन का टुकड़ा, दो फुट ऊँची चहारदीवारी से घिरा था। दीवार इन्सान की बनाई हुई थी, इसलिए उसे वीराने का हिस्सा नहीं माना जा सकता था। पर उसकी गढ़न स्त्री की साड़ी जैसी बेरंग-बेतरतीब थी; यूँ कि उसका होना-न-होना बेमानी थी। वह बस थी; पेड़-पत्तों से महरूम, उस खारी धरती की निर्जन सारहीनता को बाँध, कम करने के बजाय बढ़ा रही थी। उस ज़मीन को घेरते वक़्त घेरने वाले का इरादा, उसे आबाद करने का नहीं था। दिल की वीरानी को हरदम रौंदते यादों के काफ़िले को जीते-जीते, बाक़ी की ज़िन्दगी जीने की कूवत पैदा करने के लिए, जिस एकान्त की ज़रूरत होती है, उसी को निजी बनाने की कोशिश थी। कभी-कभी सुकून पाने को वीराने में ही ठौर बनाना पड़ता है; वैसा ही ठौर था वह मझोला छाजन।

पर अचरज, इन्सानों को बसाने का जज़्बा भले न रहा हो, फूलते-फलते पेड़ लगाने का इरादा ज़रूर था। इरादा कि उम्मीद! ज़िद या दीवानगी! जो था, कारगर न हुआ। धरती में खार की पहुँच इतनी गहरी थी और निकास के अभाव में, बरसात के ठहरे पानी की मियाद इतनी लम्बी कि पेड़ों का उगना, मुश्किल ही नहीं, क़रीब-क़रीब नामुमकिन था। कुछ झाऊँ और कीकर ज़रूर उग आते थे जब-तब। पर जब और तब के बीच का फ़ासला इतना कम होता कि पता न चलता, कब थे कब नहीं। उगते, हरसाते, ललचाते और मुक्ति पा जाते। जब पहले-पहल, पहला झाऊँ उगा तो बड़ी पुख्तगी के साथ इरादा, उम्मीद बना कि बस अब वह भरे भले नहीं पर जंगली पेड़ वहाँ हरे ज़रूर होंगे। और उसके एकाध साल बाद, ज़मीन ममतामयी हुई तो फलदार पेड़ भी उग सकेंगे। झाऊँ के बाद कीकर उगे तो उम्मीद भी उमगती चली गई, अंकुर से पौध बनती। सरदी पड़ने पर कीकर पीले पड़ कर सूख गए; झाऊँ भी गिनती के दस-बीस बचे। तब भी उम्मीद ने दम न तोड़ा। लगा इस बरस पाला ज़्यादा पड़ गया, अगली बार सब ठीक हो जाएगा। जब अगले बरस भी सिलसिला वही रहा तो धीरे-धीरे, जंगली पौधों के पेड़ बनने से पहले गलने-सूखने के साथ, उम्मीद क्या, ज़िद तक दम तोड़ गई।

दूसरी औरत छाजन के बाहर, चहारदीवारी के भीतर बैठी थी, हैंड पम्प के पास। फिड्डी, पेबन्द लगी कुर्ता और ढीली सलवार पहने थी। अर्सा पहले जब नया जोड़ा बना था तो रंग ठीक क्या रहा होगा, कहा नहीं जा सकता था। और जो हो, सफ़ेद वह कभी नहीं था। मैला-कुचैला या बेतरतीब फिंका हुआ अब भी नहीं। दुरुस्त न सही चुस्त ज़रूर था, देह पर सुशोभित। सीधी तनी थी उसकी मेहनतकश देह, उतनी ही जितनी पहली की दुखी-झुकी-लुकी। ज़ाहिर था वह निम्न से निम्नतर वर्ग की औरत थी। गाँव की वह औरत, जो दूसरों के खेतों पर फ़ी रोज़ मज़दूरी करके एक दिन की रोज़ी-रोटी का जुगाड़ करती है पर ख़ुदकाश्त ज़मीन न होने पर भी रहती किसान है। ज़मीन से जुड़ाव में; अपनी भाव-भंगिमा में। वह इस ऊसर धरती के साथ पली-बढ़ी थी। उसे उपजाऊ से खार होते देखा था। कोई नहर बनाई थी सरकार ने। पर पानी के निकास का सही बन्दोबस्त न होने पर ख़ार इधर के खेतों की तरफ़ दौड़ा था और हरियल धरती को कल्लर बनाकर छोड़ा था। आदमक़द पेड़ उगाने की न उसने कभी उम्मीद की, न किसी और ने ज़िद। उसने आस लगाई तो बस कमतर श्रेणी का धान उगाने वाले खेतिहरों की फसल की बुवाई-कटाई की, जो कमोबेश पूरी होती रही, दो-एक सालों के फासले पर। जब सूखा पड़ता और फसल सिरे से गायब हो जाती तो सरकार राहत के लिए जहाँ

सड़क-पुल बनाती, वहीं मजूरी करने चली जाती। जिस दिन मजूरी नहीं, उस दिन कमाई नहीं; रोटी नहीं। बिला काम-धाम, आराम से बैठने की उसे आदत न थी। सोने और जागने के बीच सिर्फ़ काम का फ़ासला जानती थी, इसलिए चन्द मिनट बेकार क्या बैठी, आप से आप आँखें मुँद गईं। इतनी गहरी सोई कि ओढ़नी बदन से हट, सिर पर टिकी रह गई। निस्पंद बैठे हुए भी उसकी देह ज़िन्दगी की थिरकन का भास देती रही। साँस का आना-जाना, छाती का उठना-गिरना, मानो उसकी रूहानियत के परचम हों।

कल उसने दूनी मज़दूरी करके, घरवाले और बच्चे के लिए कुछ रोटी-प्याज़ बचा रखा था कि आज काम पर न जा, यहाँ बैठ पाए। ऐसा भाग कम होता था कि एक दिन में दो दिनों के गुज़ारे लायक़ अन्न जुट जाए। सबकुछ बरखा भरोसे जो था। सचमुच पिछले दो बरस बड़भागी बीते थे। पिछले बरस भी बरखा इतनी हो गई थी कि धान की फसल ठीक-ठाक हो और उसे कटाई का काम मिलता रहे। और इस बरस...इस बरस तो यूँ टूट कर बरसा था सावन कि बिला खेत-ज़मीन, हरिया लिया था जिया। तभी न कल दूनी मज़दूरी का जुगाड़ हुआ और आज यहाँ बैठने आ पाई। जानती थी पहली औरत आज आएगी; पिछले दो बरसों से आ रही थी।

मुँदने से पहले उसकी आँखें दीवार के परली तरफ़ टिकी थीं। दीवार की बाँध में बँधकर, उधर की निचली ज़मीन के गड्डों-खड्डों पर, उमग-घुमगकर बरसा पानी जो ठहरा, तो भरा-पूरा पोखर बन लिया। और उसमें खिल आए कमलनी के अनगिन फूल। जहाँ तक वह जानती थी; और इस इलाके के बारे में शायद ही कुछ था जो वह नहीं जानती थी; तो इस बरस से पहले, किसी बरस यहाँ कमलनी नहीं खिली थी।

हे मैया अजब माया है थारी! इस बरस कमलनी भी यों खिली ज्यों बरसा पानी; अटाटूट। देवी पारवती का चमत्कार नहीं तो क्या कहे इसे? वह जाने थी भली-भाँत, पारवती के कहे पर ही खिली थी कमलनी यूँ घटाटोप। कहा होगा शिवजी से कि प्राणप्यारे खिला दो, छोरी खातिर उसकी नाईं कमलनी। बाबा शंकर मना करते तो कैसे; सूरत छोरी की ज्यों पारवती की परछाई। दिप-दिप मुख पर देवी जोगी मुस्कान लिए खत्म हुई थी; पल भर को जो छोरे का हाथ अपने हाथ से छूटने दिया हो। जैसे ही गाड़ी ट्रैक्टर से टकराई, सोने से छोरा-छोरी मिट्टी हो गए। यह औरत, जो दो बरस से यहाँ आया करे है; जने क्या सोच बंजर को आड़ दे, बीज छींटा करे है, छोरे की माँ है।

सफ़ेद झुकी औरत की आँखें उसकी देह की तरह बेजान नहीं थीं। जब-तब उनमें यादों का बरसाती अँधड़ सरगोशियाँ कर उठता। कभी काली आँधी की

किरकिर धूल तो कभी साँवले मेह की झिलमिल टपकन। प्यार से पगे पल की याद कुलाँच भरती कि विरह से सना उपरान्त लपक कर उसे दबोच लेता।

वह उन्हें पूरा नहीं खोलती थी, न इधर–उधर ताकने की इजाज़त देती थी। निगाहें यूँ नीचे झुकी रहतीं जैसे अपने दुख पर शर्मिन्दा हों। पर इधर–उधर न देखने की कोशिश जितनी करे, प्रकृति को पूरी तरह पछाड़ कहाँ पाती थी? गाहे बगाहे नज़र फिसल ही जाती, यहाँ–वहाँ। उसकी दूसरी कोशिश भी नाकाम रहती। बोझिल अधखुली आँखों को पूरी तरह मूँद, यह उम्मीद करने की, कि इस वीराने में यादों के भँवर में डूब, नींद आ जाएगी। एकाध दफ़ा यह तो हुआ कि भँवर से दो–एक खुशनुमा लम्हे ज़ेहन में उभरे और बरबस ओंठों पर हल्की मुस्कराहट तिर गई। पर ज़्यादा देर टिकी नहीं ...अनचाहे–मनचाहे उगे झाऊँ–कीकर की तरह समाधिस्थ हो गई। बची रही चीखती–चीरती एक आवृत्ति...पहले गुज़री इस तिथि की...

कभी ऐसा भी हुआ कि अधखुली आँखों से उसने उम्मीद के इस वीराने को फल–फूल से लदा देख लिया। बेर, कैर, करौंदों से ही नहीं, जामुन और आम के झुरमुट से हरियाया। पर भ्रम रहा भ्रम ही; दीवानगी में भी वह जाने रही कि वह दीवानगी थी, असलियत या सच्चाई नहीं। उन ज़बरन मुँदी, अधमुँदी आँखों में जब नींद कभी न आई तो सपने कैसे आते? नहीं आए इसी से दीवानगी को दीवानगी जाने रही और वीराने को वीराना।

अब भी, हमेशा की तरह, उसने ज़बरन आँखें मूँदी तो छलावे–सी मायावी, नामालूम–सी खुशबू ने पलकों पर दस्तक दी। कहाँ से आई खुशबू? क्या आँख लग गई, सपना आ बैठा उसके रूमाल का रूप ले, भीगी पलकों पर? आँखें औचक खुलीं तो इधर–उधर भटक भी लीं।

उसने देखा...ज़मीन को घेरे जो दो फुटी दीवार खड़ी थी, उसके दूसरी तरफ़ बाहर पानी–ही–पानी था। इतना पानी! हाँ होता है, देख चुकी है न दो बार। बरसात होने पर, उम्मीद का यह वीरान बगीचा, पानी से भरा उथला नाला बन, ख़ुद अपने पेड़ पौधों को निगल जाता है। पर यह मौत का साया फेंकता पानी नहीं, कुछ और है। इसमें तो बेशुमार कमलनी खिली हैं। दर्जनों, बीसियों, सैकड़ों की तादाद में। वह चौंककर खड़ी हो गई। कमलनी! यहाँ, जहाँ कुछ खिलता नहीं। समझी! आख़िरकार उसे नींद आ ही गई और यह सलोना सपना दिखला गई।

मन्त्र मुग्ध वह उठी और यन्त्र–बिद्ध क़दमों से दीवार के पास पहुँच गई। कमलनी बदस्तूर खिली रही; मन के तिलिस्मी पेड़ों की तरह बिलाई नहीं। उस पार जाने के लिए वह दीवार में, हैंड पम्प के पास बनी, फाँक की तरफ़ बढ़ी तो वहाँ

एक स्त्री मूर्ति देख, स्तब्ध-अवसन्न रह गई। कहाँ से आई यह प्रतिमा, उसने तो लगवाई नहीं, करुणा से ओत-प्रोत देव-मूर्ति...तब...कौन लगा गया...किसने तराशी ऐसी दिलकश...उसकी साँस रुक गई...मूर्ति की छाती उठती-गिरती साँस से हिल रही थी। यह तो...ज़िन्दगी की हलचल से लबालब, बादामी आँखें पूरी खोल सपनों में खोई...उसकी बहू थी ? ज़िन्दा ?

पर उसे तो उसने ख़ुद अपने हाथों...

सिर में घुमेर उठी और वह चक्कर खा वहीं उसके बराबर में ढह गई। पसीने से तरबतर बदन से चिपकी साड़ी का पल्लू कन्धों से लरज़, दूसरी औरत की ओढ़नी की तरह ज़मीन पर बिछ गया। वह बेख़बर उठंगी पड़ी रही। उस औरत ने करुण वात्सल्य से भीगी दृष्टि उस पर डाली पर अपनी जगह से हिली नहीं; सहारा दे उसे उठाया नहीं।

सिर हाथों में थाम, उसने ख़ुद को सँभाला और अपनी उसी झुकी, दुखी, जीवन से हताश, मुक्ति की तलाश में दिग्भ्रमित मुद्रा में बैठ गई। निगाह बरबस ऊपर उठी तो दूसरी औरत की स्निग्ध नज़र से जा टकराई।

नज़र के साथ चेहरा आँखों की राह ज़ेहन में पहुँचा तो हाहाकार करते दिल ने समझा, वह नितान्त अजनबी औरत थी। निश्चल रहकर भी, अपनी साँसों के स्पंदन से उस निष्कम्प सन्नाटे को आबाद कर रही थी। खुली बादामी आँखों, उसी मंज़र को ताक रही थी, जिसे सपना जान, मोहपाश में बँधी, वह फिर-फिर देखने की पगलाई ख्वाहिश लिए, चली आई थी। उनकी साँझा नज़रों के सामने हर तरफ़ कमलनी ही कमलनी थीं।

दोनों पास-पास मौन बैठी, एक दिशा में ताक रही थीं। पहली औरत अपने से बेख़बर थी और दूसरी से भी; पर दूसरी, पहली से पूरी तरह ख़बरदार थी। स्नेहिल, ममता में रची-पगी दृष्टि, जब-तब उस पर डाल, वापस कमलनी के घटाटोप की तरफ़ मोड़ लेती।

कितना वक़्त गुज़रा: कुछ पल, चन्द लम्हे, एक घन्टा, एक पहर; कौन हिसाब रखता। बेख़याली में गुम पहली औरत भला क्या क़यास लगाती, कितने बरस बीते वहाँ ? लगा, रेत की मानिन्द हाथों से फिसली पूरी ज़िन्दगी बीत ली। याद आया, यहाँ साँप के एक जोड़े ने बसेरा किया था। केंचुल छोड़ एक दिन सरक लिए। फिर नहीं लौटे। मोर-मोरनी भी भटक आए थे एक बार, जब बरसात से पहले, कुछ पेड़ उम्मीद बन उगे थे। वे भी चले गए न लौटने के लिए। वही बार-बार लौट आती है यहाँ। कब हुआ था वह सब ? क्या पिछले साल ही ? अब कहाँ थे वे ? यहीं कहीं थे आस-पास या गए ? सब गए; सब के सब ?

दूसरी बेख़बर नहीं थी। आश्वस्त थी कि दिन ढलने में अभी वक़्त था। साँझ उतरने पर, जब कमलनी पंखुड़ियाँ समेटना शुरू करेगी, तभी घर पलट पाएगी, सोचकर ही वीराने में पाँव रखा था। उसे पता था, छोरे की माँ छोरे की पुन्न तिथि पर साँझ घिरने पर ही वहाँ से पलटती थी। कमलनी कल फिर खिलेगी; सूरज उगने के साथ। पर पारवती अपने शिव को साथ ले जो गई सो गई। दो बरस बाद ये सौगात भेजी माँ के लिए; ढेरोढेर कमलनी के फूल। यहीं से पानी ले जाती थीं गाँव भर की औरतें। इस बरस हर ज़बान पर यही नाम था; यहाँ कमलनी खिलती है।

बरसात बाद के अगहन महीने की दुपहरी का तेज़ ताप, जिसमें हरिण भी काले पड़ जाते हैं, मद्धिम पड़ना शुरू हुआ तो दमकती-चमकती कमलनी, स्त्री की आर्द्र दृष्टि की तरह सौम्य दीखने लगीं। उसने अचकचा कर ऊपर आसमान की तरफ़ देखा; हाँ, सूरज चलाचली की ओर बढ़ रहा था। उसने ओढ़नी सिर से खींच, पूरा बदन ढका और असमंजस भरी निगाह से पास बैठी औरत को निहारा। निहोरा अब भी था उसमें पर हल्की दुविधा का भास लिए।

थिर मूरत में हरकत हुई तो पहली औरत मायाजाल से निकल ठोस ज़मीन पर आ गिरी। पर कमलनी...वे तो अब भी खिली थीं। कुछ सिमटी-सकुचाई ज़रूर थीं, नई दुलहिन की तरह। पर थीं सब-की-सब वहीं; मगन मन पानी के ऊपर तैरतीं। नहीं, मायावी नहीं था वह लोक जिसमें विचर, वह अभी-अभी लौटी थी। कमलनी थीं, वाक़ई थीं।

बेध्यानी टूटी तो जो पहले नहीं सूझा था, अब सोच बैठी। कौन थी वह औरत; यहाँ क्यों बैठी थी? हैंड पम्प से पानी लेने आई होगी। इस ख़ारे इलाके का पानी भी ख़ारा था; कुओं का ही नहीं, गहरे खुदे नलकूप का भी। वह खुदवा कर देख चुकी थी। मीठा पानी सिर्फ़ सरकार की कृपा से मिलता था। उसकी ज़मीन पर था मीठे पानी का एक हैंड पम्प। उसी ने कह-सुन कर लगवाया था। सुबह सकारे गाँव की औरतें उससे पानी भरने आती थीं। पर इतनी देर रुक-ठहर कोई बैठती न थी। भागती-दौड़ती आईं, पानी भरते-भरते आपस में दो बोल बोले और चल दीं। कभी वह नज़र आ गई तो शर्मीली-सी दुआ सलाम उससे भी कर ली, बस।

उठने-उठने को होती दूसरी औरत बैठी थी अब तक। पर उसके बदन की कसमसाहट पहली को उठने पर आमादा कर रही थी। क्या वे किसी काम के सिलसिले में आपस में टकराई थीं? याद आया, एक बार, एक स्वयंसेवी संस्था से दो औरतें यहाँ आई थीं; गाँव की औरतों को क्या-कुछ बतलाने। बड़ी मुश्किल से औरतों को इकट्ठा किया था पर बात आगे बढ़ी न थी। कैसे बढ़ती? औरतें

चाहती थीं रोज़गार और वे देती थीं, मात्र सलाह। तो...उसने क्या किया ? कुछ नहीं। सोचा भी नहीं कि कुछ कर सकती थी।

फिर एक बार...अरे पिछले बरस ही तो, धान की थोड़ी-सी फ़सल भी हुई थी इस ज़मीन पर; कुछ औरतें काट ले गई थीं। उनमें रही होगी यह भी। पर...आज...एक बरस बाद...इतनी देर से यहाँ क्यों बैठी है ? कौन है यह, क्यों है ? कौन हो सकती है ? ग़रीब घर की किसान औरत, और क्या। पर...आँखों से झरती कण-कण अनुकम्पा; सीधी-तनी-कृश देह से तरंगित वत्सल राग ? पेबन्द लगी फिड्डी पोशाक में दिप-दिप करती देवी-सी आकृति...उसकी बहू...नहीं पार्वती है यह साक्षात ! वही...वही...और कोई नहीं...

कुछ पल गुज़रे...एक पहर और बीता...

सूरज अवसान की तरफ़ बढ़ा, कमलनी सकुचाईं, मायाजाल तिड़कता चला गया। इतना कि तमाम संकोच-झिझक के बावजूद, सपनलोक से बेवफ़ाई कर, वह ज़मीनी सवाल कर बैठी।

"कुछ चाहिए ?"

"ना, "उसने कहा, "सोचा, इकली कैसे बैठोगी।"

ख़ुशक़िस्मत

हाथ में दवा का पत्ता थामे, निश्चेष्ट नलिनी सोच रही थी, उससे ग़लती ठीक कब हुई। अगर यह दवा न खिलाई होती तो क्या नरेन्द्र जीवित होता ? या आख़िरी क्षण अपोलो अस्पताल के डॉक्टर से लिया अपॉइन्टमेन्ट रद्द करके वह उसे दूसरे अस्पताल न ले गई होती तो जीवित होता ? वहीं के न्यूरोलोजिस्ट ने दवा की मिक़दार बढ़ाई थी न ? वह सलाह परिवार के परिचित डॉक्टर ने दी थी; उन्हीं के दवाखाने से फ़ोन करके अपोलो का अपॉइन्टमेन्ट रद्द करके दूसरे अस्पताल फ़ोन लगाया था। तुरन्त समय मिल गया तो ले गई। परिचित डॉक्टर पर आस्था थी इसीलिए उनकी सलाह मान कर न ?

नहीं...असल बात कुछ और थी। जान कर अनजान बनने का नाटक कब तक करेगी ? असल वजह, उसके भीतर कुंडली मारे बैठी दहशत ठीक कब, जो बड़े अस्पतालों के अन्दर जाने से रोक देती थी। एक रिश्तेदार को देखने गई थी एक बार तो दिमाग़ एकदम कोरा, ख़ाली हो गया था। दीखना-सुनना बन्द। जड़ जहाँ-की-तहाँ। एक दरियादिल जवान की मदद से बाहर निकली। अस्त-व्यस्त। बाहर आते ही आँखों के आगे अँधेरा छाया कि गिरते-गिरते बची। गिरते-गिरते वह हमेशा बच जाती है, इस मामले में वाक़ई भाग्यशाली है। कभी हड्डी नहीं टूटी। किसी का सहारा ले उठना नहीं पड़ा; किसी ने लाद कर घर तक नहीं पहुँचाया।

एक बार गिरी थी बीच सड़क, दुपहिया स्कूटर से टकरा कर। क़सूर सवार का नहीं, उसका था। बीच रास्ते ताज़ा लिखी कहानी का धाँसू शीर्षक क्या सूझा, अहमक़, दोनों तरफ़ के तेज़ यातायात से बेखबर, वहीं ठिठक गई। दाईं तरफ़ से आ रहे स्कूटर सवार ने काफ़ी से ज़्यादा कोशिश की पर इतनी ज़बरदस्त बेवक़ूफ़ी से टक्कर लिए बग़ैर न रह पाया। चपेट में आ, वह दूर जा गिरी। नौजवान दिल्ली में नया होगा जो रिवायत के ख़िलाफ़ रफ़ूचक्कर होने के बजाय, रुक कर पूछने लगा, "आप ठीक तो हैं ?"

बेतरह शर्मसार, वह तीर की तरह उठी, ज़ोरदार आवाज़ में ठीक होने के साथ ग़लती सोलह आने, स्कूटर सवार की नहीं, अपनी होने की तस्दीक की। तमाशबीनों की भीड़ छँट गई। किसी तरह लँगड़ाने पर क़ाबू रख, वह सामने कॉटेज एम्पोरियम में घुस गई। सोफ़े पर ढेर हो दरख्वास्त की कि तिपहिया मँगवा दें, सड़क पर फिसल कर ख़ासी चोट आई है। उन्होंने मँगवा दिया। रास्ते में एक्सरे करवा, घुटने में बाल आने की जानकारी ले, पट्टी बँधवा, घर पहुँची। सही अर्थ में उसे गिरना नहीं माना जा सकता था। आख़िर गिरना-उठना उसकी अपनी रचना थी। कहें कि वह वास्तविकता नहीं, कहानी थी।

तब की बात और थी। तब उसे खुश होने से डर नहीं लगता था। ख़ूब मज़े लेकर छोटे बेटे प्रशान्त को घुटने में तरेड़ आने का क़िस्सा सुनाया था। उसने अपने ख़ास अन्दाज़ में आँख मारकर कहा था, "भाइयों, हमारी माँ एकदम अलग किस्म की पागल हैं!" बड़ा बेटा सुशान्त तब अमरीका में नौकरी कर रहा था। वह भी कम बिन्दास नहीं था पर प्रशान्त और नलिनी कुछ अलग क़िस्म के दीवाने थे और एक-दूसरे के राज़दाँ-दोस्त।

तब की बात और थी। तब प्रशान्त था। पर उसके जाने के बाद भी नलिनी कभी ऐसे नहीं गिरी कि उठ न पाए।

नरेन्द्र उतना भाग्यशाली नहीं रहा। वह गिरा तो खक्खड़ सड़क पर मुँह के बल और होश गवाँ कर। चेहरे पर कई जगह चोट से खून बहा। चार जन उठाकर घर लाए। गनीमत कि गिरा घर के ठीक सामने। शायद बाहर निकलते ही। घर में काम करने वाली वीना से एक अजनबी ने आकर कहा, "एक गिलास पानी ले आओ, सड़क पर कोई बुज़ुर्ग गिरा पड़ा है।" गई तो पहचाना, यह तो अपने साहब के पिताजी हैं। हाँ, वह दिल्ली में अपने घर के नहीं, पुणे में सुशान्त के घर के बाहर सड़क पर गिरा था। वे दोनों बीस दिन के लिए वहाँ गए हुए थे। पहले नरेन्द्र नहीं जाता था; वह अकेली जाया करती थी, हर साल, महीनों ले लिए।

हर किसी से कहती, मेरी बहू अभिलाषा, सुशान्त की पत्नी, बिलकुल बेटी की तरह है। कोई कहता, आपकी साड़ी बड़ी सुन्दर है, वह चट कहती, "अभिलाषा ने भेजी है। हथकरघे की नुमाइश में जाती है तो मेरे लिए साड़ी, दुपट्टा या कुर्ता ख़रीद लेती है। मैं ख़ुद अपने लिए ख़रीदारी नहीं करती, वही करती है। आप तो जानते हैं, आजकल लड़कियाँ कितनी ख़रीदारी करती हैं, शगल मानिए कि ख़ब्त। वह भी तरंग में आकर कभी साड़ी ख़रीद लेती है, कभी सूट या नए ढब का कास्मेटिक। बाद में लगा, उस पर फ़बा नहीं तो बदलने के बजाय, मुझसे कहती है, आप पर जँचेगा, आप ले लीजिए। बस अपने लिए कुछ ख़रीदने से मेरी

छुट्टी।'' बखान सुन, एक पड़ोसिन ने हँसकर कहा था, ''साफ़ कहिए न, अपनी पुरानी चीज़ें पकड़ा देती है। आप भी...''

''बिल्कुल नहीं। एक-से-एक बढ़िया चीज़ होती है। न जँचे तो साफ़ कह देती हूँ मैं, नहीं चाहिए।'' फिर मुग्ध भाव से जोड़ा था, ''वह सोचती है, मैं अब भी जवान हूँ, कभी पेन्ट और टॉप भेज देती है। सफ़र में पहन लेती हूँ।''

''ख़ुशक़िस्मत हो!'' दूसरी ने ओंठ चबा कर कहा था तो वह पसीना-पसीना हो गई थी। अठारह बरस बीत गए, कोई खुशक़िस्मत कह दे तो बुरी तरह घबरा जाती है। जब से पत्नी सहित प्रशान्त दुर्घटनाग्रस्त हुआ, वह बेहद अन्धविश्वासी हो गई है। पहले नहीं थी। धड़ल्ले से कहती थी, मैं कर्मकांड में विश्वास नहीं करती। शादी में भी नेग और टोटकों को तरजीह नहीं दी थी। दहेज, टीका, मिलनी वगैरह से परहेज़ रखा था। नाते-रिश्तेदार नाराज़ हुए तो अपनी तरफ़ से साड़ी वगैरह दे मना लिया था।

पर कुछ ही महीने बाद...जब...वह हादसा हुआ और एक प्रख्यात लेखिका ने कहा, ''बेटे की शादी में इतना ख़ुश नहीं होना चाहिए था; तभी न...'' तो मन की दारुण रिक्ति में जो रंच मात्र आत्म विश्वास बचा था, चुक गया। वह ख़ुश होने से डरने लगी। अगले पाँच-छह साल बुरे गुज़रे। सुशान्त अमरीका से लौट, पुणे में बस गया। दो साल तक भाई की मृत्यु से उबर नहीं पाया, बीमारी से घिरा रहा। नलिनी नरेन्द्र को दिल्ली छोड़, महीनों उनके पास रहती। लोग कहते भाग्यशाली हो कि पति तुम्हें इतने लम्बे अर्से के लिए जाने देते हैं। वह डर जाती। कहती, ''न-न, दुर्भाग्य कहो। बीमार बेटे-बहू की देखभाल करने जाती हूँ, नरेन्द्र इतने दिन के लिए काम नहीं छोड़ सकते न? मैं...'' मन का चोर आगे बोलने न देता। वजह जो होती, यह तय था कि बेटे के पास रहना सुकून देता था। ज़्यादा ख़ुशी नहीं, हालात उस लायक़ नहीं थे, फिर भी दिल्ली में हरदम, हर पल, न होने का जो अहसास घेरे रहता था कम हो जाता। कोई कहता, ''आपकी बहू बहुत अच्छी है जो आपको बुलाती है वरना आजकल लड़कियाँ नहीं चाहतीं, पति की माँ पास रहे, भले तीमारदारी को।'' वह सच्चे पर डरे मन से कहती, ''सोलह आने सच।'' वह यक़ीन करती थी कि इस मामले में वह खुशक़िस्मत थी पर कहने से डरती थी।

पाँच साल बाद जब पोती हुई और सात साल बाद पोता तो अपनी घबराहट पर इतना क़ाबू उसने पा लिया कि जब-तब कहने लगी, ''मैं हर जुलाई में दो-एक महीने के लिए पुणे चली जाती हूँ। क्या मौसम है शहर का, न सर्दी न गर्मी। सुहाना समाँ और खुला ओर-छोर।'' कोई ओंठ टेढ़े करके कहता, ख़ुशक़िस्मत हो जो आवभगत करने वाली बहू पाई है तो पसलियों से बाहर निकलने को तैयार

दिल को हाथों से दबा, ख़ुद को करारी डाँट पिला कर कहती, "हाँ इस बात में मेरी क़िस्मत अच्छी है।" मन-ही-मन भगवान से माफ़ी माँग लेती, मैं ख़ुश नहीं हूँ, भगवन, बस आपकी इस करुणा के लिए आभारी हूँ।

धीरे-धीरे नलिनी और नरेन्द्र की उम्र बढ़ी। अठारह बरस आख़िर बरस होते हैं। नरेन्द्र सत्तर का होने को आया। कम रहा नहीं। असल में प्रशान्त के जाने के दस साल के भीतर, उसका बिज़नेस ठप्प हो गया था। वह क़रीब-क़रीब कंगाल हो गया। असल कंगाल तो दोनों पहले ही हो गए थे, दसेक साल में रुपए-पैसे से भी हो गए। काफ़ी दिन कारगर काम न होने पर, बिगड़े कामों की मार्फ़त चढ़े क़र्ज़ को उतारने की जद्दोजहद में, नरेन्द्र उसके साथ पुणे नहीं गए। वह अकेली जाती रही। कह देती नरेन्द्र काम छोड़कर आने को राज़ी नहीं। झूठ कितने दिन चलता? इस बरस नरेन्द्र को साथ ले पुणे पहुँची। अब तक सब जान गए थे, नरेन्द्र के पास काम छोड़, रुपया-पैसा भी नहीं था। तो क्या, नरेन्द्र कहता, जिसका क़ाबिल बेटा अच्छा कमा रहा हो उसे कंगाल कैसे कहें? उसका मानना था, बेटे को बूढ़े माँ-बाप की देखभाल करनी चाहिए। रिवायत है, हमारी परम्परा। उसने भी की थी अपने पिता की। नरेन्द्र बेवकूफ़ था या अपने पिता की तरह आत्मकेन्द्रित और स्वार्थी? कारोबारी नाकारापन के बोझ को बच्चों पर लादने को क्या कहेंगे?

ऐसे नहीं सोचना चाहिए। आख़िर नरेन्द्र अब इस दुनिया में नहीं है और नलिनी की ग़लती से। ग़लती की शुरुआत कब हुई? उसे पुणे न ले गई होती तो क्या वह आज जीवित होता?

वैसे कंगाल होने में सारी ग़लती नरेन्द्र की नहीं थी। कुछ हाथ हालात का था। नलिनी तो दुकानदार नहीं लेखक थी पर हालात ने उसे भी वह तजर्बा करवा दिया था, जिससे नरेन्द्र रोज़ वाबस्ता होता था। प्रशान्त के जाने के कुछ महीनों बाद, एक फ़िल्मकार उसके पास पैसा माँगने आई थी। एक मशहूर लेखिका ने भेजा था कि, "बेटा-बहू गुज़र गए, ज़िम्मेवारी रही नहीं, आपको पैसा दे सकती हैं।" पता नहीं, वाक़ई कहा था या फ़िल्मकार ने अपना तर्क उस पर थोपा था। ऐसा नहीं था कि सिर्फ़ मशहूर लेखक समझदारी की बातें करते थे, बस नलिनी के दायरे में थे सिर्फ़ लेखक। नरेन्द्र का पाला अन्य जनों से पड़ता था, जिनमें से बहुतों ने प्रख्यात लेखिका-फ़िल्मकार का तर्क अपनाया था। जब-तब दोस्त-परिचित, कारोबारी प्रस्ताव के साथ 'आपके बेटे समान' अपने बेटे-भतीजे-दामाद उसके पास भेज देते। व्यापार बुद्धि में नाकारा या चालबाज़ी का मारा, नरेन्द्र, नई रीत के उनके उद्यमों में पैसा डुबा देता। अंग्रेज़ी या मूल फ़्रांसीसी में इसी को अन्त्रेप्रनेयर कहते हैं, हिन्दी में उद्यमकर्ता, वह उसे समझाता। उसके पिता भी यही कहा करते थे। पर कामयाब

हो तभी दुकानदार उद्यमकर्ता कहलाता है; नाकाम हो तो कुन्दज़ेहन, जुआरी या हद से हद, बदक़िस्मत। नरेन्द्र वह सब था, बस कामयाब नहीं था। 'बेटे समान' नौजवानों के कारोबार में लगा पैसा डूब जाता या कम पड़ जाता तो क़र्ज़ लेकर, कमी पूरी कर लेता। क़र्ज़ उतारने का वक़्त आता तो दूसरी जगह से क़र्ज़ ले, पहला पाट देता। कभी दूसरे को तीसरे क़र्ज़ से उतारता, कभी माहवार किस्त दे बनाए या बढ़ाए रखता। क़र्ज़ देने वालों की कमी न थी। प्रशान्त के जाने के बाद उदारीकरण का युग आ गया था। महाजन पुराने ज़माने का खलनायक नहीं रहा था, उदारता का प्रतीक बन गया था, विकास का संवाहक। नामी-गिरामी बैंक घर आकर भलमनसाहत से क़र्ज़ देते थे। बार-बार देते थे, तब तक देते थे, जब तक उसका क़द इतना राक्षसी न हो जाए कि उसकी भूख मिटाने को, आप भलमनसाहत से सब कुछ बेच कंगाल हो जाएँ। बड़े सलीके से, खरामा खरामा, नरेन्द्र व्यापारी से क़र्ज़दार और क़र्ज़दार से कंगाल बन गया। उस औपन्यासिक यथार्थ का ब्यौरा देने का औचित्य नहीं है। नलिनी उसकी बारीकियाँ जान न पाईं। जानने की कोशिश भी नहीं की। कभी-कभी उसके नाम से भी क़र्ज़ लिया जाता था। सरसरी तौर पर वजह पूछती तो नरेन्द्र दो बातें कहता। एक, बिज़नेस चलता ही क़र्ज़ से है। दो, वह मोड़ आने ही वाला है, जिसे काट, बिज़नेस वक़्ती नुक़सान की डगर छोड़, ज़बरदस्त मुनाफ़े के मुक़ाम पर पहुँचेगा। नलिनी ने ध्यान नहीं दिया था। क्या नरेन्द्र की मौत की ज़िम्मेवार वह तभी होनी शुरू हो गई थी, जब उसने ध्यान नहीं दिया था। बस कराह कर कहा था, "पर किसके लिए? मुनाफ़ा, पैसा, सब किसके लिए?"

उन दिनों पैसों की तंगी नहीं थी, पैसे की ज़रूरत भी नहीं थी। न वह कोई त्योहार मनाती, न कहीं आती-जाती, न मेहमानों को न्योतती, न बढ़िया खाती-खिलाती। उन्हीं त्योहारों पर, जिन्हें वह मनाती न थी; जिनके आगमन की आहट में प्रशान्त की दूर होती पदचाप सुनाई देती थी; रफ़्ता-रफ़्ता अपने ज़ेवर अभिलाषा को दे दिए थे। रंगीन साड़ियाँ-सूट कामवालियों को और बढ़िया रंगीन साड़ियाँ भाँजियों को। बेटी कोई थी नहीं। बरसों त्योहार नहीं मनाए थे, दीवाली भी नहीं। पोता-पोती हुए तो मन हुआ, कम-से-कम दीवाली मना ले। पर तब तक सब मान चुके थे कि वह नहीं मनाएगी। दीवाली पर सुशान्त नए घर में गया तो दो दिन पहले वह दिल्ली लौट आई। गई थी क्योंकि बेटा बीमार था, लौट आई क्योंकि नीरोग हो चुका था। पर क्या उससे ग़लती वहीं शुरू हो गई थी जब उसने कहा नहीं था कि वह उनके साथ नए घर में दीवाली मनाना चाहती है? जब उसने ख़ुद को 'नेगेटिव' (अभिलाषा का प्रिय शब्द) करार होने दिया था?

शुरू में पैसे की ज़रूरत सिर्फ़ बस दवा-दारू के लिए थी। वह भी कभी-कभार। ज़्यादा करके वह डॉक्टर के पास जाती न थी। आँख का रेटिना चिर गया तो तेज़ दर्द के बावजूद, छह महीने तक डॉक्टर के पास नहीं गई। फिर एक सहेली घसीट ले गई तो डॉक्टर श्रौफ़ ने पूछा, "आख़िर दर्द सहने की आपकी हद क्या है?" कराह कर उसने कहा, "मैं औरत हूँ, बच्चे पैदा किए हैं और..." आगे कह नहीं पाई। डॉक्टर को उसमें दकियानूसी दिखी या औरत होने का फ़ख्र, एनेस्थीसिया दिए बिना नश्तर लगा दिया। दर्द बढ़ा, राहत मिली, चुक गया। गोद ख़ाली रही, शिगाफ़ भर गया।

उसने जानने की कोशिश नहीं की कि नरेन्द्र को उतने पैसे की ज़रूरत थी या जुए की मानिन्द, बिज़नेस लत बन चुका था। काफ़ी पैसे की ज़रूरत थी, इतना वह जानती थी। नरेन्द्र ने बेटे की याद में एक ख़ैराती दवाखाना खोला था, जो उसके कंगाल होने तक, यानी दस बरस चला। बंजर, ख़ारी ज़मीन पर दरख्त उगाकर, दवाखाने को हरियाली बख्शने की 'कोशिश' भी उद्यम में शामिल थी। ज़मीन इस क़दर ऊसर थी कि कोशिश काफ़ी से ज़्यादा पैसा माँगती थी। जुआरी साथियों ने जम् कर हौसला अफ़ज़ाई की और कोशिश के लिए क़र्ज़ लेने के रास्ते सुझाए। जो पैसा मिलता, कुछ दरख्त उगाने में, कुछ दवा बाँटने में, बाक़ी 'बेटे समान' नौजवानों को अन्त्रेप्रनेयर बनाने का सपना पूरा करने में लग जाता। उदारीकरण का कमाल था कि ख़ैरात भी क़र्ज़ से चलती थी। सब उदार थे; देनदार, सरकार, कानून, संगी-साथी। इसे क्या कहें कि उस जुए में उनका पासा सही पड़ा और नरेन्द्र का ग़लत? तक़दीर या उनकी क़ाबिलीयत के बरक्स नरेन्द्र की क़ाहिली?

और जो हो, नरेन्द्र बेवकूफ़ ज़रूर था जो याद न रख सका कि बुढ़ापा तभी इज़्ज़त से कटता है जब दो चीज़ पास हों; पैसा और सेहत। पैंसठ की उम्र तक पहुँचते, वह दोनों गवाँ चुका था। अब सत्तर का होकर पथरीली-कंकरीली सड़क पर मुँह के बल गिर, कुछ पल बेहोश रहने के बाद, कुर्सी पर फिंका पूछ रहा था, "क्या मैं गिर गया था?"

नलिनी भीतर घुसी तो यही मंज़र देखा। ज़रा देर पहले, उम्रदराज़ बन्दे की तरह टहलने निकली थी। नरेन्द्र को साथ चलने के लिए कहा था पर उसने मना कर दिया था। वीना थी ही घर पर। क़ाबिल लड़की थी। कुर्सी पर फिंके नरेन्द्र के चेहरे के ज़ख़्म डेटोल से साफ़ कर रही थी। सुशान्त को मोबाइल पर इत्तिला दे दी थी। क्षण भर हतप्रभ रहकर नलिनी, अपने सामान से लायसील क्रीम निकाल लाई और ज़ख़्मों पर लगा दी। ख़ून रुक गया। कितनी ख़ुशक़िस्मत थी वह कि कुछ दिन पहले, गहरी चोट आने पर डॉक्टर ने वह दी थी। वह गिरी नहीं थी, दूसरी

मंज़िल से गमला उस पर गिरा था। क्रीम साथ ले आई थी कि बच्चों के लिए छोड़ जाएगी; उन्हें चोट लगती रहती थी। कमाल क्रीम थी, लड़ाई के मैदान के ज़ख्मों तक पर लगाई जाती थी, बशर्ते ज़ख्म बेरहमी से साफ़ कर लिया जाए, जो वीना कर रही थी।

नलिनी को जो डरा रहा था वह नरेन्द्र का बार-बार पूछना था, '' क्या... मैं...गिर गया...था ?''

''हाँ, सड़क पर,'' वीना ने कहा तो बोला, ''मैं...बाहर गया...नहीं।''

''बेख़याली में निकले थे क्या ?'' घबरा कर नलिनी बोली तो वीना ने बतलाया, बाक़ायदा उससे कहकर गए थे, घूम कर आता हूँ। पाँच मिनट नहीं हुए कि एक आदमी आकर बोला, कोई गिरा पड़ा है, पानी ला दो। लेकर गई तो...

नलिनी के जाने के बाद सोचा होगा, घूम आए। बाहर निकलते ही गिर गया। पर याद क्यों नहीं ? गिरना याद नहीं। बाहर जाना तक याद नहीं!

तभी सुशान्त आ गया।

''आइए, बिस्तर पर लेटिए'', उसने कहा पर नरेन्द्र उठ न पाया। सहारा देकर उठाना चाहा, हुआ नहीं।

पोती ईषिता को साथ लिए अभिलाषा आ पहुँची। उसे फ़ोन नहीं किया गया था; ईषिता की गिटार की क्लास बीच में छोड़ वह नहीं आया करती थी। ईषिता नरेन्द्र की तरफ़ दौड़ी तो अभिलाषा ने डाँटकर कहा, ''तुम ऊपर जाओ।'' वह चली गई। क्यों ? तेरह बरस की है; इतनी नन्ही नहीं कि ज़रा-सा ज़ख्म न देख पाए; नलिनी को उड़ता-सा ख़याल आया। तब तक वह पूरी तरह 'नेगेटिव' हो चुकी थी। उसे याद आ गया था, तीन साल पहले भी नरेन्द्र, अपने दोस्त के बेटे नवीन के आँगन में गिर गया था और याद नहीं था कि गिरा था। नवीन ने फ़ौरन न्यूरोलोजिस्ट को दिखलाया था पर चश्मदीद गवाह न होने पर, सौ फ़ीसदी निदान नहीं हो पाया था। ई.ई.जी. में विकार न होने पर भी जासूसी उपन्यासों के 'सर्कम्स्टान्शियल एविडेन्स' की बिना पर संयोग को तर्क मान, मिर्गी की दवा दे दी गई थी। पिछले साल मिक़दार घटाई गई थी। क्या यह मिर्गी का दौरा था ? पर पिछली बार उठने में दिक़्क़त नहीं हुई थी। सिर पर चोट भी नहीं आई थी। तब क्या यह स्ट्रोक है या...

''अस्पताल ले जाना चाहिए न...।'' वह सुशान्त के बजाय अभिलाषा की तरफ़ मुड़ी; रोग की समझ उसे ज़्यादा थी।

''आज इतवार है।'' उन्होंने कहा।

''पर इमरजेन्सी... ?''

''चल सकेंगे ?'' एक बार फिर खींचा-खाँची हुई पर नरेन्द्र को उठाया न जा सका।

''एम्ब्यूलेन्स...'' नलिनी फुसफुसाई।

पिछली बार भी इतवार था। पर नवीन के पास जीप और दो दरबान थे। वे उठाकर अस्पताल ले गए थे। यहाँ एम्ब्यूलेन्स की दरकार होगी...होती तो होगी ही...फ़ोर्टिस! उसे अस्पताल का नाम याद आ गया। कई बार अभिलाषा को वहाँ डॉक्टर से फ़ोन पर मशविरा करते सुना था।

''ज़रूरत है भी ? मिर्गी का दौरा होगा। कल आप दिल्ली जा ही रही हैं, अपने डॉक्टर से पूछ लीजिएगा।''

कल दिल्ली लौटना है, नलिनी को याद ही नहीं रहा था। इस हालत में कैसे जाएँगे! स्थगित करना पड़ेगा। बाद में सोचेंगे...

बोली, ''जान-पहचान के डॉक्टर से फ़ोन पर पूछ लें...वह है न...डॉक्टर सुरेश ?''

''फ़ोन करके देख लीजिए।''

''मैं ? मैं तो उन्हें...जानती नहीं। मुझसे बात करेंगे ?'' कराह कर वह सुशान्त की तरफ़ घूम गई।

देखा, वह और वीना, गिरते-पड़ते नरेन्द्र को घसीट कर बिस्तर पर लिटाने में सफल हो गए थे। उतना तो हुआ।

तभी पोता शुभांशु आ गया। दौड़ कर दादा के पास पहुँचा, बोला, ''क्या हुआ दादा ?''

''शुभू...देख...मैं...गिर गया। क्या...बहुत...चोट...लगी... ?'' शुक्र है, नरेन्द्र शुभू को पहचान गया; नलिनी की आँखें भीग गईं।

''परवाह नहीं। मुझे भी लगती रहती है। ममी डॉक्टर के पास ले जाएँगी। अभी ठीक हो जाएँगे,'' शुभू बोला।

डूबती नलिनी, तिनके की तरह उसे थाम कर बोली,'' शुभू, और बात करो दादा से। पूछो, कल कहाँ गए थे हम लोग ?''

''शुभू, तुम जाओ होमवर्क करो। ''अभिलाषा बोली।

''वह तो दो दिन बाद देना है।''

''तो ? टाइम लगेगा करने में। तुम चलो, मैं आती हूँ।''

''पर दादा...''

''मुझे...बाथरूम...जा...ना है।'' नरेन्द्र ने कहा।

''मैं ले चलता हूँ, नाना को भी मैं सहारा देता था।''

"तुम जाओ, पापा हैं न।"

शुभू चला गया।

सुशान्त खींच-खाँच कर नरेन्द्र को बाथरूम ले गया। वह बार-बार दाएँ रुख लुढ़क वापस बिस्तर पर धम से गिरा तो नलिनी ने पास जाकर पूछा, "तुम्हें याद है, कल हम कहाँ गए थे?"

"हाँ," उसने रुक-रुक कर कहा, "शुभू...के...स्कूल।"

"क्यों?"

"मेडल...मिला...था।"

"वाह, तुम्हें तो सब याद है।"

"मैं...गिरा...कहाँ, चेहरे पर...घाव...क्यों हैं?"

वह कुछ कहती कि सुना, सुशान्त फ़ोन पर डॉक्टर सुरेश से बात कर रहा है। वह बीच में बोल पड़ी, "कहो, इमरजेंसी में लाना है, कैट स्कैन होना है।"

पिछली दफ़ा हुआ था।

फ़ोन कट गया।

"कह रहे हैं, बेहोश नहीं हैं, बात कर रहे हैं तो कल सुबह ले जाना, देख लेंगे।"

"पर तब तक...रात में कुछ हुआ तो...सिर की चोट है..."

"मैं सोऊँगा न उनके पास। कुछ नहीं होगा। फिक्र मत करो।" उसके स्वर की सरसता ने उसे आश्वस्त किया कि सुना, "आप इतना नेगेटिव क्यों सोचती हैं?" अभिलाषा लौट आई थी।

"कल दिल्ली कैसे जाएँगे? टिकट बदलवाना पड़ेगा। कितने पैसे लग जाएँगे?" नलिनी ने कहा। और नेगेटिव!

"फ़्लाइट चार बजे है। डॉक्टर सुबह देख लेगा। सुशान्त उनसे कहना पापा ज़्यादा देर बैठ नहीं सकते। मैं अपने पापा को ले जाती थी तो यही कहती थी।"

"पर यह तो चल तक नहीं सकते, कैसे जाएँगे?" नलिनी का मतलब था, वह कैसे सँभालेगी?

"व्हील चेयर ले लेंगे, सुशान्त एयरपोर्ट तक पहुँचा कर आएगा। एक दिन की छुट्टी ले लेगा।"

नलिनी नरेन्द्र से भी ज़्यादा गुमसुम हो रही।

डॉक्टर ने देखा, बार-बार पूछा, नाक-कान से ख़ून तो नहीं आया? न कहने पर पर्ची पर लिखा, "यात्रा में दवा बदलना ठीक नहीं है। मरीज़ हवाई जहाज़ से सफ़र

कर सकता है। घर पहुँच, अपने डॉक्टर से सलाह लेकर फ़ौरन सी.टी. स्कैन, एम.आर.आई. वगैरह करवाए, तभी सही निदान हो पाएगा।''

''देखा, आप नाहक नेगेटिव सोच रही थीं, डॉक्टर ने दिल्ली जाने की इजाज़त दे दी न?''

हाँ अभिलाषा, दे दी।

सामान बाँध रही थी कि देखा, नरेन्द्र का रूमाल खून से तरबतर है, नाक से ख़ून आ रहा है।

''सुशान्त!'' एकबारगी घबरा कर पुकारा पर अभिलाषा के जवाब ने चुप करवा दिया, ''नक्सीर फूट गई। बच्चों की फूटती रहती है।''

नलिनी ने अपने को काठ कर लिया। नहीं कहा, नरेन्द्र बच्चा नहीं है...उसके सिर पर चोट आई है...डॉक्टर इसी बात को लेकर परेशान था...।

प्रशान्त को याद किया, उसका कहा जुमला याद किया, ''भाइयो, हमारी माँ एकदम अलग किस्म की पागल हैं'' और पागलपन को बैसाखी की तरह थाम लिया। तब भी थामे रखा जब रास्ते में नरेन्द्र ने कहा, ''मेरी पसलियाँ...टूट गईं...छाती में बहुत...दर्द है।'' हँस कर कहा, ''पसलियाँ तो टूटती ही रहती हैं, पहले भी टूटी थी न एक बार? याद है फर्स्ट एड क्लास में क्या सिखाया था, बेहोश को कृत्रिम साँस देते हुए तड़ाक की आवाज़ आए तो समझो पसली टूट गई। परवाह मत करो, साँस देते रहो। पसली टूटने से ख़ास नुक़सान नहीं होता।''

व्हील चेयर ले ली गई। पुणे ही नहीं, दिल्ली एयरपोर्ट पर भी व्हील चेयर चालक का बर्ताव उदार नहीं, स्निग्ध था। इतना कि काठ बने रहना मुश्किल हो गया। नरेन्द्र की जेब से चश्मे का डिब्बा गिर गया तो लाख मना करने पर ढूँढ़ कर माना। बोला, ''बीमार की चीज़ खोनी नहीं चाहिए।''

वे इतने भले न होते तो वह काठ बनी रहती। अस्पताल जाने के भय को दुबारा हावी न होने देती। पर कब तक? आख़िर दर्द सहने की उसकी हद क्या थी?

परिचित डॉक्टर ने कहा, तीन पसलियाँ टूट गई थीं, जुड़ जाएँगी, गोलियाँ खाने से दर्द कम हो जाएगा। असल मसले दूसरे थे। किस न्यूरोलोजिस्ट को दिखाएँ? निदान क्या होगा? क्या-क्या टेस्ट करवाने होंगे?

पैसे की दिक़्क़त नहीं थी। चलते वक़्त सुशान्त ने दे दिए थे। इन्कार करने लायक हालत नहीं थी। उसके अलावा मदद की ज़रूरत नहीं थी, उतनी कमज़ेहन या कमज़ोर वह नहीं थी। बेटे-बहू की बीमारियों से अकेले निपट चुकी थी। वैसे मदद कोई दे भी नहीं रहा था; सलाह सब। परिचित डॉक्टर पहला आदमी था

जिसने यक़ीन के साथ पक्की राय दी थी। तभी अपोलो अस्पताल का अपॉइन्टमेन्ट रद्द करके, उसके सुझाए डॉक्टर के पास गई। डॉक्टर ने टेस्ट करवाने से पहले पूछा, पुणे बड़ा शहर है, तुरन्त अस्पताल क्यों नहीं ले गईं? नलिनी ने कह दिया वे यात्रा पर थे, वहाँ किसी को जानते न थे। इमरजेन्सी में कहा गया, मरीज़ घर जाना चाहे तो ज़रूर जाए, स्वस्थ होने में मरीज़ की मर्ज़ी मायने रखती है। इसलिए लौट आए, आप के पास।

डॉक्टर ने बेशुमार टेस्ट करवाए। पर उससे पहले कहा, "स्पष्ट कर दूँ, मैं फ़ोन पर बात नहीं करता। कहीं आप फ़ोन करके मुझे तंग करें।"

फ़ोन पर बात करके ही क्या हुआ था?

एक बार फिर प्रशान्त का जुमला याद करके, अनुभवी नलिनी ने हँसकर कहा, "इमरजेन्सी हुई तो अस्पताल आ जाएँगे, फ़ोन से क्या होगा?" न जाने कितने टेस्ट हुए। सब का मुआयना करके डॉक्टर ने राय दी कि नरेन्द्र को मिर्गी के दौरे नहीं पड़े थे।

"तब...हुआ क्या था? और अब..."

"ठीक कहा नहीं जा सकता। टेस्ट तुरन्त हुए नहीं। जो भी हुआ था...अब..."

"मुझे कुछ कहना है!" सहसा नरेन्द्र बोल पड़ा।

दिल्ली के रास्ते में दर्द की शिक़ायत करने के बाद, तीन दिन से वह चुप था। टेस्ट के दौरान, डॉक्टर की तफ़्तीश के दौरान...हर सवाल का जवाब नलिनी ने दिया था।

"कहिए," घड़ी पर नज़र डाल कर डॉक्टर ने बेरुखी से कहा।

"दोनों बार जब मुझे फिट पड़ा..."

"फिट! आपको कैसे पता, फिट था?" उपहास में हँसा डॉक्टर।

"डॉक्टर ने कहा था, दवा देते हुए! बतलाया तो था आपको।" तिलमिला कर नलिनी ने बाधा दी।

पर नरेन्द्र सिसक-सिसक कर कह रहा था, "दोनों बार...जब...मैं गिरा...मेरा बेटा...अठारह साल पहले...वह..."

डॉक्टर समझा नहीं, बोला, "क्या कह रहे हैं?"

नलिनी को फिर काठ होना पड़ा, सपाट स्वर में कहा, "हमारा बेटा मर गया था।" बीमार सुशान्त के साथ डॉक्टरों के पास जाने पर कई बार पहले कह चुकी थी।

"तो?"

"मैं...उसके ...बारे में...सोच...रहा था..गिरने से पहले..." नरेन्द्र फुग्गा मार कर रो दिया।

परेशान डॉक्टर बार-बार घड़ी देखने लगा, फिर बोला, ''यह वजह हो सकती है, मिर्गी के दौरे की। दवा की डोज़ बढ़ा देते हैं।''

जल्दी से नुस्खा घसीटा और नलिनी को पकड़ा दिया।

''पर आप तो कह रहे थे...मिर्गी नहीं है।''

''हो भी सकती है। एब्सॉर्बशन टेस्ट ने ख़ून में दवा नाकाफ़ी दिखलाई है।''

''मैं समझी नहीं।''

''ज़रूरत क्या है! डॉक्टर मैं हूँ आप नहीं। अब जाएँ, दूसरा मरीज़ इन्तज़ार कर रहा है। पन्द्रह दिन बाद का अपॉइन्टमेन्ट ले लें।''

''पर...''

''प्लीज़ जाइए!'' शब्द कोड़े की तरह बजे।

उसने देखा नरेन्द्र कमरे में नहीं है। वह भी बाहर निकल आई।

दवा ने अपना जलवा दिखलाया पाँच दिन बाद, दीवाली को देर रात। एक झंझावात आया। नरेन्द्र के जिस्म को गिरफ़्त में ले यूँ झिंझोड़ा ज्यूँ धुली चादर फटक-फटक निचोड़ रहा हो। उस रात एम्ब्यूलेन्स मिलना नामुमकिन था। पटाखों के बेमुरव्वत शोर और बिजली के बल्बों की बेलिहाज़ रोशनी से पगलाई दीवाली की अमावसी रात की बेरुख़ी के सामने, इतवार की रात की कुछ बिसात न थी।

निचुड़ी चादर-सा नरेन्द्र बिस्तर पर गिरा तब भी चक्रवात थमा नहीं, उसी ठौर घुमड़ता रहा, उसे मथता-कूटता रहा। अवाक् नलिनी टोहती रही...अब थमे...अब थमे...बिला मोहलत पटाखे फूटते रहे, फूहड़ रोशनी कुदक्कती रही...रात बाक़ी रही, त्योहार बना रहा। जैसे आया था, झंझावात अकस्मात थम गया, नरेन्द्र की देह पीछे छोड़ गया...निश्चेष्ट, निश्चल, निर्जीव।

लोग आए, रिवायती रोना-पीटना हुआ, फिर सभी ने दिलासा देते हुए कहा, ख़ुशक़िस्मत था नरेन्द्र। पहले स्ट्रोक में भगवान को प्यारा हुआ। लकवे की गलीज़ बीमारी भुगतने से बच गया।

दवा का पत्ता हाथ में थमे निश्चेष्ट नलिनी सोच रही थी, क्या कभी कोई ग़लती हुई ही नहीं?

□□□